TIAN'E
ZHI
WU

天鹅之舞

黄丹丹——著

时代出版传媒股份有限公司
安徽文艺出版社

黄丹丹，中国作家协会会员、鲁迅文学院高研班学员，第九次全国青创会代表，安徽省文学院第六、第七届签约作家，安徽省优秀青年文艺工作者"551"培养人选。发表小说、散文、诗歌等数百万字，作品多次被《小说选刊》《散文选刊》等权威文学选刊转载或收入年度选本。出版小说集《孤城》《别说你爱我》、散文集《应知不染心》《一脉花香》等。有小说改编成影视作品，曾获全国散文原创大赛一等奖、《美文》最受读者喜爱的中篇散文奖、《小说选刊》最受读者喜爱的小说家奖和《小说选刊》年度大奖等多种文学奖项，现任寿县文学艺术院院长、寿县作协主席。

TIAN'E
ZHI
WU

黄丹丹——著

天鹅之舞

时代出版传媒股份有限公司
安徽文艺出版社

图书在版编目（CIP）数据

天鹅之舞 / 黄丹丹著. -- 合肥：安徽文艺出版社，2025.4. -- ISBN 978-7-5396-8334-8

Ⅰ. I247.7

中国国家版本馆CIP数据核字第2025PJ3512号

出 版 人：姚 巍　　　　　　　　　策　　划：韩 露
责任编辑：卢嘉洋　　　　　　　　　装帧设计：张诚鑫

出版发行：安徽文艺出版社　　www.awpub.com
地　　址：合肥市翡翠路1118号　邮政编码：230071
营 销 部：(0551)63533889
印　　制：安徽新华印刷股份有限公司　(0551)65859551

开本：880×1230　1/32　印张：8.5　字数：174千字
版次：2025年4月第1版
印次：2025年4月第1次印刷
定价：68.00元(精装)

(如发现印装质量问题，影响阅读，请与出版社联系调换)

版权所有，侵权必究

目录

序
新时代古城的浮世绘
——黄丹丹小说集《天鹅之舞》/ 1

短篇小说
1. 花窗 / 3
2. 茑萝行 / 17
3. 南有嘉鱼 / 32
4. 归去来兮 / 50
5. 夜静春山空 / 65
6. 云深不知处 / 82
7. 北方有佳人 / 99
8. 故事里的人 / 116
9. 消失的朱迪 / 134
10. 飞翔的列车 / 144

中篇小说
1. 寻找栀园 / 163

2.天鹅之舞／200

附录：评论

1.意蕴丰赡："亲密关系"及其伦理的书写

——黄丹丹《南有嘉鱼》读札／241

2.仿生时代的爱情乌托邦

——评黄丹丹短篇小说《飞翔的列车》／247

3.必须服从的生活逻辑

——评黄丹丹《飞翔的列车》／252

4.情愫依依，丹心赤赤

——黄丹丹《北方有佳人》读札／257

序

新时代古城的浮世绘
——黄丹丹小说集《天鹅之舞》

李云雷

黄丹丹是近年涌现出来的优秀青年作家之一,她作为安徽代表参加了2024年第九次全国青年作家创作会议,出版了小说集《孤城》《别说你爱我》、散文集《应知不染心》《一脉花香》等,还曾荣获全国散文原创大赛一等奖、《美文》最受读者喜爱的中篇散文奖、《小说选刊》最受读者喜爱的小说家奖和《小说选刊》年度大奖等多种文学奖项。在题材上,黄丹丹与其他青年作家或描摹乡村风景,或瞩目都市经验不同,她立足家乡所在的县城——安徽淮南寿县,着力挖掘这个小城的生活经验与文化传统,形成了独特的艺术风格,为我们描绘了新时代古城的一幅幅浮世绘。黄丹丹的小说如同一个个独特的精神世界,无论是短篇小说还是中篇小说,都以其细腻的笔触、深刻的主题和独特的叙事风格吸引着读者。

中国的县城是政治文化的关键环节,古代有皇权不下县之说,即外来的权力只能统治到县一级,县以下基本是乡绅与宗族共治,这让各地保留了丰富而独特的文化传统。在传统中国的现代转型中,新的组织动员能力直接抵达每个村庄,但县城作为一个相对独立的单元仍然发挥着独特而重要的功能。在文学上也是如此,通过一个县城的面貌我们可以具体而微地感知到丰富的中国经验及其在时代中的变化。柳青《在旷野里》描述了20世纪50年代初陕西关中地区一个县委书记朱明山带领村民消灭棉花害虫的故事,小说呈现了共和国初期的蓬勃朝气;路遥的《平凡的世界》描述了从双水村到一个省的改革全景,其中的原西县城是重要节点,向上连接到黄原地区和省里,向下通达到石圪节公社和双水村,小说也从整体上描绘出了改革开放初期充满希望与奋斗的时代精神;张楚的《云落》则描述了一个县城自新世纪以来的面貌,让我们从细密的文字中感知到中国的迅猛发展及其带来的人心变化。

黄丹丹的《天鹅之舞》也是这样,她以专注热情的眼光关注着县城的每一个细微变化,并将之转化成了一篇篇小说。需要提及的是,与上述作家笔下的县城不同,黄丹丹所在的县城——安徽寿县——是一座历史文化名城,有着丰厚的历史积淀和文化积累。寿县古称寿春、寿阳、寿州,曾是楚国最后19年的首都,也是淮南王刘安及其门客撰写《淮南子》之地,著名的淝水之战、陈庆之北伐、赵匡胤讨南唐都发生在这里。青苔斑斑的寿州古城初建于北宋初年,至今已有1000多年历史,这是国内少有的保存完整的古代城池,穿过古城东门,可以看到门下的青石板路已被轧出一道道车辙,那是历史的车轮碾过的痕迹,饱含着岁月的沧桑。出生、成长于这座古城的黄丹丹,深受丰富的历史文化传统影响,她笔下的县城自然与其他作家笔下的不同。

其一,黄丹丹小说中有着丰富的文化元素。其小说的题目《茑萝行》《南有嘉鱼》《归去来兮》《夜静春山空》《云深不知处》《北方有佳人》都取材于古典诗词,含蓄蕴藉而有意味。以古诗为题书写当代人的生活,在古今之间形成了一种对照,也让当代人的生活有了文化与传统的底蕴。《南有嘉鱼》的标题来自《诗经》"南有嘉鱼,烝然罩罩。君子有酒,嘉宾式燕以乐",小说聚焦小城中郑家瑜和郑家亮两个孪生姐妹的关系,描述了她们从别扭、紧张、猜忌到最终消除误解,重归姊妹深情的过程。博物馆、非遗、古典诗词等文化要素点缀其中,呈现了一幅古城寿州的当代家庭生活图景。《北方有佳人》的标题则来自西汉李延年的诗句"北方有佳人,绝世而独立",小说以传统的佳人形象的意象,切入对家族历史真相的追寻,作者将人物的爱情婚姻置入社会与时代之中,爱与牺牲成为贯穿小说的主题,也让我们看到了多年前战友之间的情谊。《故事里的人》同样追溯家族历史的隐秘角落,曾经分属敌对阵营的两家,在儿女亲事之间反复撕扯,贯穿了不同的时代,也让我们看到了信仰与真情的力量。在《花窗》中,"花窗"既是寿县的珍贵文化遗产,也是一个极具象征意义的意象。花窗作为传统建筑中的元素,既分割空间又联通内外,在小说中承载着主人公对过去与现在、现实与虚幻的复杂情感,透过花窗,读者得以窥见历史的意外巧合、人物隐秘的情感和生活的斑驳痕迹。在《寻找栀园》中,到正阳关寻找栀园的过程既是对空间的探索,也是对内心世界的追寻,小说写到了双重性的父子关系,还涉及寿州锣鼓传承人之间的历史恩怨与内部竞争,小说在结尾处写到,"消失的迎水寺、观澜亭,记忆中与现实里的栀园,它们在虚拟的锣鼓声中沉潜,渐渐隐没在苍茫的暮色里。所有的这些,让我寻到一把打开记忆之门的密钥,此后,往事栩栩在目,我踏着父辈、祖辈的履痕走近了不曾相认的祖先"。这既是感慨,也充满了对文化传统的自觉。

其二,黄丹丹小说善于写家庭关系与情感关系。《天鹅之舞》关注夫妻关系与同学关系,在对往事的追忆与拼凑中,曾经发生的故事终于清晰,但他们已人到中年,虽然对逝去的爱人仍然无法释怀,但也只能以"天鹅之舞"回到曾经的青春。《云深不知处》关注单亲母亲梁茗茗与女儿的关系,小说以她对女儿轻易投奔异国父亲的不甘入手,细腻真切地呈现了一个母亲内心深处复杂彻骨的情感,女儿在视频通话中的表白,终于让她接受了女儿的远离,也将勇敢面对自己的孤独。《飞翔的列车》描述梦秋在列车上与自己曾经深爱过的男子偶遇的故事,在行进的列车上他们都在回忆,但从曾经的亲密无间到现在的彼此客气,中间已经隔了21年的时光,小说写出了人生与爱情的无奈。《消失的朱迪》描述曾经共同成长但消失在异国他乡的朱迪,那曾经的深情化作了时间流逝中的忧伤。

其三,黄丹丹的小说擅长捕捉新时代的新经验。《茑萝行》以"朱萸几乎如逃难般回到了古城寿州"开头,描述了朱萸在成长过程中与姐姐、妈妈、故乡以及"他"的关系,在平淡的叙述与留白中给读者提供了无限想象的空间。《归去来兮》描写留学澳大利亚的沈竹心与父亲、同学、故乡以及老字号的关系,小说的开头是,"耗资一千澳币,耗时二十多个小时,沈竹心从悉尼回到了家乡"。《夜静春山空》的开头是:"午后,母亲站在北窗下,缓缓地转过身,对坐在餐桌旁处理邮件的余凡说:'凡凡,我想回趟寿州。'"小说在他们回寿县的过程中以冷静舒缓的笔调展开了对小说主人公余凡身世的揭秘,原来他不是父母的亲生孩子——"余奕宁和他老婆当时就央求俺爸妈给他们一个养,你出生三天就被他们抱走了,这事,对外一直瞒着"。小说将戏剧化的故事安排在"夜静春山空"的场景之中,颇具反差感。从这几篇小说的开头,我们可以看到那些离去之后又归来的寿州人,这不仅拓展了作者的创作题材,也展现了古城寿州在新时代展现的魅力。

黄丹丹的小说在叙事上,善于运用细腻的描写和独特的视角来展现人物的内心世界和生活场景。她的作品主题丰富多样,涉及人性、情感、理想、现实等多个层面,从不同角度呈现了新时代古城寿州的生活场景,仿佛一幅幅生动形象的浮世绘,让读者在阅读中既能感到故事的魅力,又能引发对生活的深刻思考。

(李云雷,1976年生,山东冠县人,北京大学中文系博士。现为《小说选刊》副主编。中国现代文学馆特邀研究员,中国文艺评论家协会青年委员会委员。著有评论集《重申新文学的理想》《新时代文学与中国故事》等,小说集《再见,牛魔王》《沉默的人》等。曾获冯牧文学奖、茅盾文学新人奖、2008年年度"青年批评家奖"、十月文学奖、《南方文坛》优秀论文奖、《当代作家评论》优秀论文奖、《诗刊》2020年度陈子昂青年批评家奖、中国文联中国评协"啄木鸟杯"年度优秀作品奖等。)

短篇小说

花　　窗

下车前,我给老沈发微信:"我到了。"半晌未见回复,我只好舍弃用微信联系,拨打电话。电话响了许久,无人接听,我索性折身往回走。方才在车上遥遥看见河湾时,我突然想到背包里的速写本上已许久未留涂鸦,心头顿生画兴,便朝那河湾走去。

春风浩荡的正阳港,我隐身于一丛尚未返青的芦荻间,映入眼帘的是滩涂和泊有几只渔船的水面,移至我速写本上的是线条勾勒出的黑白世界。夕光渐暗时,我收起速写本,背包上岸,沿着堤坝走。从堤坝走下去,踏上一截青石板路。青石板路走到头,是座石砌城门,门上悬挂的石匾上书有"凤城首镇"四字,看似旧物。天光暗下来,路灯亮了。我穿过城门,回头看,发现城门上又有一匾,上书"拱辰"二字,自觉与其有同名之缘,便掏出手机对着城门拍了张照片留念。拿出手机才发现,有十多个未接电话,其中仅老沈就拨打了十个。上午在车上,为避免打扰他人,我把手机从响铃模式设为静音,下午在河边沉浸于画境,竟忽略了往日时刻不离的手机。我不忙回复电话,打开微信,想必微信里也布满未读信息的红圈。果然。仅老沈的对话框里就有好几个"视频通话",外加一连串语音信息、图片信息、文字信息。我翻阅完所有微信信息,决定先回复老沈。与老沈的视频通话即刻接通,他似乎在酒桌上,周遭嘈杂,他大声道歉:"对不住呀宫辰老师,我下午在接待省里来的作家采风团,你打电话时,手机不在身边。"我忙说没关系,老沈眼尖,看出了端倪。"宫辰老师在正阳关?"我说对。"在北门?"他问。我怔了怔,发现自己已失去方向感,便说:"在'拱辰'匾下。""你在那儿等一下,我马上过去。"老沈说完就挂了线。

我站在"拱辰"匾下四顾。不一会儿,一辆电动三轮车携着一束光朝我驶来,车在我身边停下。"宫辰老师好啊,我是老沈!"老沈从车窗里探出头伸出手,示意我坐上他的车。我躬身和老沈握了手后,便坐进他的小车。"没想到宫辰老师这么快就来了,昨天我们在微信里没有敲定见面的时间,今天又赶上作家们来采风,镇里安排我给他们讲解,竟误了接待宫辰老师这个大事,对不住啦!"老沈说着,轻巧地将车头转了个弯,驶过一条青石板铺就的窄巷,进入迎门置有一块巨石与两口大水缸的院内。

"宫辰老师请吧!"车停在院子里的一栋小楼旁。下了车,走到小楼的楼梯间,老沈礼让我先上楼。楼梯是木头的,踏上去吱吱作响,我为自己这一年半来暴增的体重令楼梯发出的抗议感到尴尬,于是尽量放轻脚步。即将走到楼梯尽头时,老沈在我身后提醒:"宫辰老师往右转。"随即又大喊了一嗓子,"贵客到!"我在楼梯转角处正思忖着哪边为右时,一扇木门打开了。门里走出一位高挑的年轻女孩,笑容可掬地说:"欢迎欢迎,欢迎大画家光临正阳关!"我连连点头致谢,随之进入包厢,众人纷纷起身问候,这突如其来的热闹瞬间打破了我在正阳港半日获得的平静。

入座后,我默默数了数,围坐者恰好二十位,除去我这个"入侵者"和老沈这个讲解员,加上方才迎我的那位年轻女镇长——入座后,老沈隆重地介绍了她,还有坐在下首殷勤布菜、倒酒的中年男士,这一桌居然有十多位作家。酒桌上气氛热烈,大家七嘴八舌地讲段子、相互敬酒"炸罍子"——老沈悄悄对我说,本地人喝酒豪迈,将一口气喝干一大杯酒谓之"炸罍子"。罍乃古人的盛酒器,正阳关所在的寿州城,曾是楚国最后的都城寿春,如今寿州城里的安徽楚文化博物馆里就有本地出土的罍子展出。

老沈学识渊博且善言,我佩服他在敬酒寒暄的同时,还能不停地对我进行信息输出。相较满座热闹的宾客,我为自己与现场氛围格格不入的木讷感到尴尬,幸而,我发现席间有位略显腼腆的女作家,与我一样,对待他人的敬酒与寒暄只会讪笑着端起果汁作势抿一口。这个秘密的发现大大缓解了我的尴尬——毕竟不止我一人不合群。但很快,一位作家同样发现了这个秘密。他提议,让两位不喝酒、不说话的艺术家给大家唱首歌。我忙起身,想说自己五音不全,却看见女作家连连摆手,红着脸说自己不会唱歌。那位提议的作家起哄:"但凡会说话的人没有不会唱歌的,不会美声可以唱通俗,不会通俗的可以唱流行,再不行,童谣也算,《两只老虎》总会吧?"

话说到这分儿上了,我便举起手中的果汁杯,故作大方地说:"各位老师,那就由我来献唱《两只老虎》吧!友情提示,老师们可以随时喊停,因为我五音不全,可能一开口就会找不着调儿。两只老虎,两只老虎,跑得快……"我硬着头皮刚唱了一句,大家居然为了烘托气氛打起了拍子,可是拍子扰乱了我的心绪,令我更找不着调儿了。这时,那位女作家站起来了,她接着唱:"一只没有耳朵,一只没有眼睛,真奇怪,真奇怪……"声音确实不够动听。大家以鼓掌打断了我们蹩脚的献唱,谢天谢地,服务员恰好端上一份大菜前来介绍。

老沈凑近我耳朵说:"这道菜叫鸡海,是当年清宫里的御厨传出来的。你快尝尝,这道菜不久就要失传了,将来想吃也吃不到了。现今,正阳关会做这道菜的只剩一位八十多岁的老奶奶了,你说,她都这个年纪了,还能再干几年?据说,老奶奶祖上是开药铺的,救了流落民间染了疾的御厨,御厨便把绝活传给了他们家的厨子,后来他们家惹上官司败了家,厨子又把手艺交给了他们家人……"

"沈老师,您说的这些有点演绎了吧?"女作家与老沈的座位隔了一个人,那人此刻正出座"周游列国"敬酒,她便与老沈成了邻座,把老沈对我说的那番话听了进去。老沈听她质问,扭过头问她:"老师对鸡海有研究?"

"谈不上研究,但听家里老人说过鸡海的事。他们说的和沈老师刚才说的不一样。"女作家一脸较真。

"哦?愿闻其详。"老沈也认真起来。

趁女作家和老沈在讨论鸡海的由来,我抓紧埋头于面前那碗浮着一只乒乓球状"鸡蛋"的鸡汤。布菜的中年男士给我盛这碗汤时说:"这是别处吃不到的。"我喝了一口鸡汤,心想,不过如此。我又捉住那只"浮蛋",可刚咬了一口便愣住了,这分明是当年我们家年夜饭上的一道菜,只不过,那些"鸡蛋"不是配鸡汤的,而是将一只只"鸡蛋"以金字塔状装盘,我们家管那道菜叫"团团圆圆"。

"沈老师,那场火灾发生的具体年份您知道吗?"

"正阳关当年商铺林立,火灾频繁,老师说的那场烧光一条街的大火灾是民国的事了。从那次大火后,全正阳关的七十二条巷子,每个巷口都放上四口直径一米的大水缸,那水缸就像如今的消火栓,一旦有火情,人们就可以就近取水救火。那水缸,我小时候还爬进去洗过澡呢……"

我喝完最后一口鸡汤,渐渐收回思绪,听见女作家与老沈的对话已从鸡海转到了火灾。我再次愣怔,记得小时候我们家搬入新房子,外婆对新房子里的不锈钢推拉门窗很是不满。她说:"现在的人,越来越不讲究,过去高门大户的人家用的都是雕砌的花窗。"我当时还小,对什么都好奇,便问外婆什么叫花窗。外婆拿过我的铅笔,在我作业本的背面勾勾画画,片刻就画出了一栋小楼,她指着楼上的一块花格子对我说,这就是花窗。外婆老了,爱讲故事,小小的我又爱听故事,外婆便把我抱在膝上,指着她画的小楼对我说:"过去我奶奶家住的就是这样带花窗的小楼。"我先吃惊于外婆那么老的人居然也有奶奶,而后好奇她奶奶家带花窗的小楼到底有多好看,便央求外婆带我去她奶奶家玩。外婆"扑哧"一笑,往我脸上连亲两口,告诉我,她奶奶家的小楼早就被烧毁了,所以她奶奶从住绣楼的小姐变成了逃荒要饭的叫花子。

我隐约记得外婆讲的那个关于她奶奶家失火的故事,说是当年正阳关有家卖馍的,靠在秤杆上做手脚发了家。有天晚上,有个白胡子老头沿街吆喝"大火烧十四两,大火烧十四两",我问外婆白胡子老头吆喝的是啥意思。外婆告诉我:过去卖馍不是论个儿卖,是论斤卖的,过去每斤是十六两,但卖馍的那家私自把秤杆改成了十四两,这样每斤馍就短了买馍的二两秤。卖馍的靠着缺斤短两积攒了不义之财,发家后,在正阳关街上置办了家业,从巷子里的茅草庵搬进了正阳关临街的小楼里。天上神仙看不惯这种欺诈百姓的小人得志,就下凡变成了白胡子老头来惩罚他。那天夜里,卖馍家的小楼果然着了火,并且火光冲天,那场大火不仅烧了卖馍家,火势还从他家木质的阁楼烧到邻家,随后又蔓延到整条大街。一夜之间,那条繁华的大街被烧成了废墟。外婆说:"我奶奶家的小楼就是在那天夜里被烧毁的。"那场大火,让住小楼的大户人家流离失所,成了难民,而住茅庵子的穷人,倒是靠从大户人家舍弃的废墟里捡拾东西,渐渐把日子过好了。外婆是退休教师,她特别善于讲这种寓言式的故事来教育我。这个故事是为了告诉我,做人不能奸诈,以及遇到困难要想办法解决,而不是像那些受灾的大户人家,遇事不能主动想办法解决,只会被动地接受惨败,最后沦落成叫花子;要学习那些穷人,迎难而上,勤奋刻苦。

三十年过去了,我还记得外婆当年讲的故事。我是外婆一手带大的,在她离开的这大半年时间里,我始终无法集中精力创作,一幅画也没画成。说起来,我对美术的兴趣,源于外婆。在她在我作业本后面画花窗的那天,我发现了绘画的神奇。看外婆用铅笔勾画带花窗的小楼,比幼儿园老师教我们用蜡笔在图画本上描画太阳、月亮和小花小草有趣多了。

见老沈把话题岔到了对正阳关往昔的追忆上,女作家蹙着眉头打断道:"沈老师,那场大火后,开中药铺的那户人家后来做什么了?"

嗯?她居然提到了中药铺!我惊愕地探了探身子,正要接话,这时女镇长端着酒杯走向我:"宫老师,久仰大名!"我忙端起果汁,起身与镇长碰杯。原来镇长是我学妹。她说母校至今仍有关于我的"传说"。当年,我在那所师范学院读数学,却不务正业地整日作画。大三时,我的一幅工笔画入选了全国美展,我当时并未当回事,却没想到省里的晚报、日报和画报记者纷纷跑到学校追着我采访,引发了一场小小的轰动。后来,学校新建的图书馆里,居然挂了我的一幅与入展画作同系列的作品,那是以花窗为背景的系列作品。挂在图书馆的那幅,浅浅地画着花窗,窗下的案几上摆着一本翻开的书,案几下一只白猫跳跃着去扑红绒线球。那幅画中,除花窗是经外婆口述和草绘后由我想象出的虚构之物外,其余均是外婆房间的场景再现。

如今的美术界,对工笔画家是轻视的,他们觉得工笔画太过匠气,算不上艺术。也难怪,工笔画需要画家以细致的观察、过硬的画工和深厚的学养做底子,不然,确实画不出意蕴与意义。我作工笔画,是在大量临摹传统古画并拜师求学的基础上,同时吸纳了一些西方美术的技巧,通过深思,将其融入自己的创作。在创作中,我巧妙地运用散点透视、时空穿插、形式化空白和画面分割等元素,渐渐地,我的画作里呈现出独具我个人色彩的艺术语言。我想,或许这就是我的画能够得到业内认可并颇受大众欢迎的缘由。

几年前,在美术馆举办的我的个人画展上,策展人在展板上引用了画评人评论我作品的一段话,那段话我很认同,至今记得:"宫辰的画里有光,那光,乃是他长久探寻得见的悠久的中华文明之光。那光射入他的内心,探照幽微,使心境与万物微妙互融,并惟妙惟肖地呈现。那光,是艺术之光、生命之光、爱之光。"除了展板上引用的这几句,我还记得那篇画评的结尾很精练,那是句很有哲思的话,后来经常被我引用:"有光,万物通达。"碰了杯,各自喝了杯中的酒和果汁,镇长替我拉了拉椅子,拍拍椅背,示意我坐下,她则又端杯走到了女作家身边。我挺佩服镇长这类女性的,虽然年轻,但在基层锻炼得皮实又不乏玲珑,令人悦目又不失威严。

"林老师,久闻大名,今天终于见到真人啦,之前拜读过林老师的大作,文字那么深沉老道,看文章,我还以为林老师是位老教授呢,没想到居然是比林妹妹还娇的美女作家。林老师不喝点酒吗?"

镇长嘻嘻地笑着,从女作家的碗碟旁拿起一只空酒杯,作势要倒酒。女作家慌乱地去夺那只酒杯,我见她脸都红了,便仗着"学长"的身份对镇长说:"算啦,你都说人家比林妹妹还娇,就别劝人酒啦。"

"那好吧,听学长的。林老师,既然我学长这么爱护你,我提个建议,请林老师写写我学长吧,我看你给那么多书法家、画家都写了文章呢。我学长可是少年成名的画家,更有的写呢,评论的事就拜托林老师啦!"镇长说着,朝女作家扬了扬酒杯,又一口喝完了杯中酒。当着镇长的面,女作家主动提出加我微信,请我把作品发给她欣赏。我同意了她的微信好友申请,心想这人怎么如此实在,竟然把酒桌上的场面话当了真。

"嘻,林老师认识写《生命之光》的画眉吗?"我添加完女作家为微信好友后,顺势到她的微信朋友圈里浏览了一番,没想到她居然在朋友圈里转载过那篇我很认可的画评:"'有光,万物通达'——这结尾写得真好,我喜欢。"

女作家的脸更红了,笑眼弯弯道:"画眉是我写书画评论时用的笔名。一个杂志约我写书画评论,我是写小说的,觉得写那些东西多少有点不务正业,所以就用了'画眉'这个笔名。当然,除此之外,我用这个笔名也是为了纪念家族里的一位长辈,她是位旅居海外的女画家。"

我忙起身,举起果汁,走到她身边说:"难怪画眉老师的评论写得那么专业,原来是有家学传承呀!我要郑重感谢画眉老师,我非常喜欢这篇画评,前几年,在我的画展上,策展人还从你的这篇评论里选了一段印在展板上。这么多年,我一直为临时爽约与你在画廊会面感到遗憾,不过有缘人兜兜转转还是会遇见,没想到今天能在这里相会!"

"啊?这么巧!"女作家忙起身举起果汁杯,与我的杯沿轻轻相碰后端到唇边沾了沾杯,便无话了。

我讪讪地坐回自己的座位。隔在我与女作家之间的老沈已经离座去敬酒了。除了我和女作家稳坐座上,满座宾客皆离座绕桌进入敬酒模式,如此,我与女作家的存在多少显得有些破坏气氛了。我瞄了一眼女作家,她正握着手机在翻看什么。我拿起手机,打开微信,看见自己的朋友圈里多了一条点赞,原来,她正在翻看我的朋友圈。我转头望向她,发现她也从手机上抬起视线,我清了清嗓子说:"画眉老师,刚听你和沈老师说到中药铺,我想起我外婆和我说过她奶奶家原是正阳关开中药铺的。小时候,我还听外婆讲过一个关于火灾的故事。"

"啊,宫老师也和正阳关有渊源哪?你说你外婆的奶奶家是开中药铺的,冒昧问问,你外婆她姓什么?"女作家的弯眉因惊讶挑得高高的,弯月一般,把我看傻了。外婆去世后,整理她的遗物时,我母亲把外婆那本老相册交给我保管,那本相册一直放在我的画案上,都快被我翻破了。女作家这两道弯眉,在我看来,简直像是从我外婆年轻时的照片上复制到她脸上的。

"我外婆姓张。"我说。

"哦。"女作家面露遗憾,"我的太爷爷是正阳关的。我听爷爷说,太爷爷在正阳关的一家中药铺里当学徒,中药铺失火,累及整条街的住户都遭了火灾。不过,我爷爷当学徒的中药铺不是张家开的。"

"嗯,当年正阳关大着呢,想必中药铺不止一家。我外婆说的故事,是她奶奶家的中药铺隔壁卖馍的人家失火引发的火灾,那是民国的事,太久远了,查不到准确记录,也没有了见证人,所以那场火灾究竟起源何处,如今也很难确定了。"女作家听罢又蹙起了眉,眉头顿时隆起了一道深深的沟壑,可惜了她脸上那两道新月般弯弯的眉毛。

老沈端着酒杯蹒跚地走过来,坐下。年过七旬的老沈明显斗不过那群年富力强的作家,刚落座,便把酒杯往桌上一蹾,摇头晃脑地对我说:"宫辰老师,别因为自己是大城市来的,就小看咱正阳关。虽然正阳关如今只是一个小镇,但过去咱这可是个大码头,号称'小上海'呢。一百多年前,这里就有十三家旅馆了。今晚咱们吃饭的这里,就是过去的淮安旅馆。宫辰老师,你真别小瞧正阳关,有位享誉海外的大画家的祖籍就是咱正阳关,我在网上看书画拍卖时看到的,那画里的小楼花窗简直跟真的一样。网上有人说,国内有个小画家专门模仿这些画,对,他们说那叫剽窃。早些年大画家的画没有流入国内,国内的那个小画家靠剽窃大画家的画,博得了一些名头,这两年,丑事被眼尖的网友们给扒出来,那个小画家现在凉凉喽……"

老沈摇头晃脑地讲了这么多,镇长叫他,他也不应。镇长明察秋毫,知道老沈是喝多了,忙吩咐人送他回家。"年纪大了,喝多了会受罪,也不安全。"镇长向我们解释道。老沈被人挽着踽踽地走在出包厢的路上,边走边嘀咕:"凉凉喽,凉凉喽……"听得我后背发凉。

老沈刚走,服务员便把他的座椅挪开了,这样我和女作家成了邻座。当我俩坐近后,她反而冷漠起来,头也不抬地刷着手机。我瞄了一眼她的手机,她居然在刷小视频,虽然手机静音,但屏幕上的画面是动的。我想,她肯定已判断出老沈说"凉凉喽"的那个剽窃者就是我。确实是我。两年前,网上开始流传我剽窃海外女画家林扬眉教授画作的视频。开始我没有在意,因为我几乎不刷小视频,也不在网上刷新闻,所以大家议论纷纷的热热闹闹的网络世界,于我而言便是真空地带。当我不关注时,外界的声音再喧嚣也干扰不了我内心的清净。

外婆去世后,我悲痛至极,备受失眠的困扰。过去偶尔失眠时,我起身到画室作画,但失去外婆的痛苦令我无法专心绘画。漫漫长夜,何以度过?开始,我打开微信,按照通讯录中联系人的排序,像将军检阅士兵般,一一检阅在微信里存在了许久的"好友",想找一个陪我说说话的人。可是,我从第一位好友顺次翻到最后一位,居然找不到一个可以与我在深夜对话的人。那一刻,我感到人生无比悲凉,生命如此孤独。那个夜晚,我顺手点开了过去我很鄙视的小视频,一个个滑下去,不觉中竟到了天亮。我望了一眼被晨曦染透的窗,继续把目光锁定在明灭闪烁的手机屏上,而右手大拇指触着手机屏向上滑的动作已经熟稔为习惯。

第一次看小视频,我竟然看了一天一夜。也就是那天,我刷到了无数个举报我、讽刺我、谩骂我剽窃海外华裔女画家画作的视频。我才知道,这世界上还有一位画家,与我所作的工笔画画风如此相似。后来,我又在网上深扒,当我探出她祖籍正阳关的信息时,决定去拜访她。在办理签证期间,我刷到了她因病离世的消息。这个消息给我的打击简直是致命的,我大病一场,病愈后,紧接着又莫名其妙地发烧,缠绵月余,查不出缘由。我以为自己得了绝症,将不久于人世。想到人生如此悲凉、世界如此荒诞,便觉得生无可恋,索性不再关注体温的高低变化,不知不觉,那莫名其妙发起的烧不知何时又悄然退去了。

老沈便是我在刷小视频时关注到的。前天夜里,我看见他发了一个关于淮安旅馆的小视频,我当时捕捉到视频中一闪而过的花窗,我无数次将视频回放、截图,再放大图片,我觉得那花窗简直就是我想象中的花窗。我说过,我画的花窗是外婆口述和草绘后由我想象出的虚构之物,而多年的虚构之物居然真实地存在于现实世界!我深受震撼,当即给老沈发了私信,又加了微信好友,做出了到现场鉴别那花窗与我虚构花窗间差异的决定。可惜,我还没能看到花窗,答应带我看花窗的人便醉了。

宴席将散。我又看了一眼身边的女作家,她依旧冷着脸在刷手机,一副拒人于千里的冷酷样子。那冷酷为她平添了几分英气,看上去不像病恹恹的林妹妹,反而更像我外婆年轻时穿军装的一张侧面照。"画眉,你这笔名是为了纪念林扬眉教授的,对吗?"我突兀地问道。

她抬起头,把目光从手机屏幕移到我脸上,没作声。

我不在意地继续说:"你相信一个人的虚构之物会与现实之物完全雷同吗?"

她又蹙了眉,我举起手机,有些激动地对她说:"如果我说你和我的外婆年轻时长得非常相似,你相信吗?你是小说家,你告诉我,你的虚构是源于现实,还是完全脱离现实,只是你无端臆想出来的?"

在我激动的陈词间,镇长站在她的座位前发话:"感谢各位艺术家到正阳关采风,期待各位的佳作。天下没有不散的筵席,今天咱们就到这里,大家采风辛苦了,早点休息吧。明天再见!"

众人踏着木楼梯摇摇晃晃地下楼,我因为话还没有说完,便紧跟着女作家,急于下楼后把剩下的话说给她听,并把存在我手机里的外婆年轻时的照片找给她看。

可能我太急迫了,当她走下楼梯朝他们的采风车走去时,我听见自己跨越两级楼梯往下踏的脚发出了清脆的一响。在我将要歪倒的那一瞬间,镇长飞快地扶住了我倾斜的身躯。当我勉强站稳身子时,采风车已离去,我看见女作家车窗里的脸飞快地闪过。可惜这一幕不是小视频,我无法回放、截图,然后放大图片去细细观察她的表情。但采风车走后,露出了被车身遮掩的一段围墙,墙上赫然现出了我虚构的那个花窗,它如此真实地呈现在现实世界里,简直要逼我怀疑自己到底是不是一个可耻的剽窃者。

2024 年 6 月 27 日定稿
刊于《西部》2024 年第 6 期
《小说选刊》2024 年第 12 期选载
入选《中国好小说——2024 中国年度优秀短篇小说选》

茑萝行

朱萸几乎如逃难般回到了古城寿州。

"吧嗒吧嗒……"朱萸先是被雨点打在遮阳棚上的响声吵醒,她没动,继续蜷缩在那张靠窗的单人床上,回想刚才的那个梦境。梦中,老宅院子里,铺满盘伏的衣服和被褥。妈妈和姐姐扯着一床绣花缎子被面,被面上的龙眼睛一闪一闪,活了一般。突然,起风了,妈妈喊:"起雨了,快收衣服!"她坐在石榴树下,听到雨点"滴答滴答"地打在树上。朱萸就在此时醒了。

窗外的雨急了些,敲打在遮阳篷上的声响也越来越大。朱萸想看看闹出这么大动静的雨得有多大,她拉开窗帘,发现锈迹斑斑的防盗窗上居然攀了一根细弱的植茎。落雨成帘,那根细丝般的绿茎上生着一枚线头大小的苞,在雨帘中恍若梦境般缥缈。朱萸蓦地起身,探身到窗口,用手机镜头对准那纤若棉纱般的茎,茎上除了那个线头般的花苞,还有一片羽状的叶儿,被雨打得贴在了防盗窗栏杆上。就是那个叶片让朱萸认出了它:五星花!认出它的朱萸,如他乡遇故知般激动,她打开窗,把手指探向它细弱的小茎,却又怕会碰疼它似的,舍不得触碰。

老宅院里的石榴树上,攀附着一株五星花。那年朱萸刚从乡下的舅舅家回到城里,见到石榴树的树干上开满了大红色五角星形状的花,感到很稀奇。她是在舅舅家长大的孩子,那年开学要读初中了,爸妈把她接回来。乡下小学没有英语课,怕她跟不上小学就学英语的城里孩子,于是姐姐找来初一的英语课本,趁着暑假给她补补课。

朱荑不是读书的料。二十六个英文字母,姐姐教了她一周,单个字母写出来,她还是只会把它们当汉语拼音念。姐姐不耐烦了,从书店买了听力磁带,让她跟着读。多年以后,当朱荑和被雨水濡湿的五星花相认时,那个整日在开满五星花的石榴树下,跟着磁带读英语的夏日,迅速从她的记忆里舒展开来。

那是2000年朱荑刚进城时,她也为回城后的新生活而欢喜。但朱荑的欢喜很快便蔫了,她发现,在这个家里,自己似乎很多余。刚回来时,妈妈对她很亲热,带她买衣买鞋,还批发了一整箱雪糕放在冰箱里,由她吃。姐姐也很喜欢她,带她去看电影,去理发店编好看的发辫,给她买漂亮的文具,教她学英语。朱荑最初的不开心来自姐姐,当姐姐发现怎么都教不会她英语字母时,开始对她表现出了不耐烦。然后是妈妈,妈妈喊家人吃饭时,总忘了喊她的名字。爸爸倒是始终如一,几乎不和她说话。于是,她开始想"家",但她知道,她想的那个家也不属于她,那是舅舅的家,她的家本就是这个位于寿州城北街巷子里的小院。

三年后,朱荑没能考上高中,而姐姐从大学毕业,留在了省城。朱荑不肯复读,要去省城找姐姐。爸妈说姐姐刚工作,不能去给她添乱。朱荑想到舅舅家的哥哥也在省城,便收拾了几件换洗衣服,坐上开往省城的客车去投奔哥哥。下车后,她给哥哥打电话,哥哥听说她一个人到了省城,让她就在车站不要动。半小时后,穿着厨师服的哥哥从一辆出租车上下来,把她拽上车,还没说话,她就哭了。

当厨师的哥哥见她执意留在省城打工,不肯回家复读,便让她进饭店当了服务员。可姐姐得知后,来找她,劈头盖脸地骂了她一顿后,将她送进了一个电脑培训班。回想起上电脑培训班的经历时,朱荑的手指不由得弹动起来。

指甲触到五星花攀附的那根生锈的栏杆,沾惹上一滴染锈的雨水。锈水在指甲盖上滚动着,朱荑望着这滴浑浊的水,耐心地等它滑落后,缩回手,关上窗。已是下午四点,在小长假的最后一天,她睡了一个漫长的午觉。

"姐姐叫它茑萝。"朱荑起床后,写了这句话,把刚才拍摄的图片稍加修整作为配图,发了一条朋友圈。

朱荑的微信上好友寥寥,朋友圈仅限一人可见。发完朋友圈后,朱荑把手机放在床上,开始动手收拾房间。一个人的房间,收拾起来并不费劲,朱荑理好床单后,拿过手机,朋友圈里无人点赞,私聊的小窗里亦无新消息。

"假日将尽,茑萝行路漫漫。"她又发了一个朋友圈,配图是她此刻的自拍,侧颜中,她的目光望向那细弱的五星花。发完这条朋友圈后,她将手机握在手中,贴在胸口,口中念念有词。如果姐姐知道,肯定骂她傻。

下午五点钟,朱荑决定出门,但想到身边没有伞,她又退回床边。打开手机,在私聊的小窗里打出几个字,又删去。返回朋友圈的界面,想把刚刚删去的那句话发在朋友圈,想想又作罢。

窗外静下来,雨停了?朱荑拉开窗帘往外看,发现雨小了。她从衣柜里取出一件连帽衣,穿好它,打开门,往巷口走。

细密的雨丝如蠓虫般在眼前飞绕。朱荑用力把帽衫上的帽子往额头上拉了拉,想遮挡那扑面而来的雨。不料,雨没遮住,视线却被挡了,她不小心撞上一户人家墙外的空调外机,一个趔趄后,没能站稳,滑倒在青石板铺就的巷道上,手机从帽衫的口袋里甩出去,摔得老远。

朱荑起身后,捡起摔碎了屏的手机,顾不上身上的泥水与手上的血水,先点开微信。结果令她再一次失望。

她把手机揣进衣兜,继续走。穿过这条曲折狭长的小巷,走到十字街口时,雨大了些,她决定去超市买把伞。进了超市,她直奔生活用品区,挑了把天蓝色的三折伞,到收银台买单时,突然听到身后传来熟悉的声音。她忍住没有回头,掏出手机亮出付款码后,飞步离去。收银员在身后喊:"喂,你的伞!"她折回头取伞时,终于还是没忍住,任目光循声投向他。他在另一条收银通道,推着购物车,正与身边穿咖色长裙的高挑女子说话。

朱荑抓过伞落荒而逃。出超市后,她拿着为避雨而买的伞却忘了撑开,目光空茫地在雨中往东走去。

走到康养中心附近的照壁巷口时,身后传来刺耳的喇叭声,她立在路边,给身后的车让道,车轮甩出的泥水溅在她的牛仔裤上。车从她身边经过时,她再次看见了他,他坐在红色奥迪车的副驾驶位上。她捏紧手机,失神地往前走。刚才拿伞时,她看清了他身边的女人,朱荑曾偷偷从他点赞的视频号上关注过的那个人,在现实中,那人比视频中以及自己想象中还要好看。那个女人看上去是她姐姐的年纪,但不得不承认,她依然可算作美人,挺拔、优雅、知性,有种优裕家境养出的矜贵气。

泪涌了出来,她准备抬手擦泪时,终于发现手上刚才买的伞还包在伞套里。她把手机装进衣袋,撑开伞,用手背揩了揩脸。再走百步,就到康养中心的大门了,她突然感到小腹处轻微地震颤了几下。她掏出手机,是舅舅打来的视频电话。她立在街边,对着视频里的舅舅,复述医生给妈妈下的诊断。"没有大碍的。"她安慰舅舅,也像安慰自己似的补了一句医生没说的话,然后挂了电话。

朱萸脱掉被雨水浸湿的帽衫,用纸巾揩了揩头发上的水珠,坐在妈妈床边的椅子上。妈妈倚在床头睡着了,她松弛的下巴垂在衣领上,让她发出阻滞不畅的呼吸,吸气时仿佛从深渊中挣扎而出,呼气时转为低沉的嘶鸣。她双手放在膝盖上,端坐在椅子上,眼睛一眨不眨地望着在睡眠中显得无助的妈妈,努力憋着想从胸口喷涌而出的号啕。那一刻,她好想姐姐。

六点钟,房门被推开,护工送饭进来,朱萸接过饭,回头看时,妈妈已睁开了眼睛。

"妈,吃饭吧。"朱萸打开饭盒,把白米粥、小馒头、青菜、咸鸭蛋和一块小蛋糕展示给妈妈。妈妈摇了摇头。朱萸也不勉强,盖上饭盒,把它放在床头柜上。

妈妈住的这间单人房,是姐姐半年前回来选好的。那时,朱萸还在南方。春节前,姐姐问她有没有可能回寿州。她说暂时不行。端午节,姐姐又打电话给她,再次问她有没有回家的打算。朱萸还是说不回。怎么回?十几岁就出来打拼,到四十岁

21

还是两手空空,没有房子没有车,没有婚姻没有孩子。朱荑也不知道自己这么多年,都做了些什么。这些年,她勤勤恳恳,辛苦劳作,却一直都在做无用功。别人衣锦还乡,她却一事无成,怎么有脸回去呢?

朱荑终究还是回来了。送别姐姐时,她哭得昏死过去,醒来后,她恨不得被填入火化炉中的人是自己。一个多余的人,一个无用的人,一个不该存留在这世上的人,即便侥幸地活了下来,也是没有价值的存在。那些日子,她哭了一场又一场,如果不是妈妈,朱荑不知自己能否活到今日。姐姐走后,朱荑更加厌世。她这个失败者,生命中唯一的亮色,就是在省城有个当主任医师的姐姐。但这抹亮色如今也被命运涂成了黑色。

姐姐是医生,对自己病程发展估算得准确,她最后一次询问朱荑愿不愿回家,得到否定的回答后,便与舅舅、朱荑商量,将妈妈送进康养中心。妈妈住进康养中心一周后,朱荑便接到了姐姐的噩耗。

处理完姐姐的后事,朱荑去了趟舅舅家。过去偏远闭塞的村子,如今成了开发区。舅舅家的田地和宅基地都被征收了,如今舅舅住在一栋距离机场十来里的居民小区。那天,舅舅对朱荑说:"要是在外难,就回来吧,好歹舅舅手里还有几个钱。"舅舅悄悄捏起三根手指,对她比画出自己的存款数。舅舅说:"回来舅舅养你!再说,你妈身边也缺不了人,在康养中心,家里没人常去看着点,会遭罪的。"

朱荑拖着行李箱从舅舅家去机场的路上,眼泪止不住地流。原来,连舅舅都看出了她过得不好,那她还非要在外面硬撑个什么劲儿呢？

回南方后，她又被那里的引力牵着，被二十多年的习惯拖着，继续浮游在那个海一般的城市里。每天打开在城中村租住的小屋的房门，步行五分钟到公交站，乘半小时公交车去市里，打开一间店铺的门，干满十二个小时后，再原路回到居住了三年多的小屋。朱荑发现，那次从老家回来后，她的睡眠质量变得很差，要么睡不着，要么被噩梦纠缠。睡不好觉的人容易精神恍惚。在店里，她因精神恍惚连续犯错，令老板恼怒的是，她把一个需要特别清洗的包包弄花了，造成了一笔巨大的损失。那笔损失比她三个月的工资还多。

朱荑是在晚高峰时进寿州古城的。离家二十多年，归来后仅带回一包一箱，乘机场巴士到南门外转盘下车后，她和笨重的行李箱被来回穿梭的车辆逼在路旁。叫了网约车，却久不见接单，她便拖着行李箱，背着背包，披着暮色，往城里走。

进了南门，又走过了十字街口。她穿着双半高跟的鞋子，负重走了二十分钟，实在受不了了，便坐在街边的木椅上。身边人来人往，听着熟悉的乡音，朱荑突然落了泪。当她发现路人向自己侧目时，她慌忙揩了泪，起身继续拖着行李箱往北走。

回到家，打开门，昏暗的光线里，爸爸和姐姐在相框里一起朝她笑，是那种模糊的笑。她开灯，灯却不亮，再开别的灯，也不亮。探身望望外面，别人家的窗口都灯火通明。朱荑打开手机的手电筒去找电闸，拉了拉，也不是电闸的问题，那就是家里没有电了。她突然愤怒起来，凭什么断居民家的电！查供电电话，拨打后,对方问她户号信息,她说了父亲的名字,对方问户号,她答不上来。挂了电话,她愤恨地从网上查找投诉电话。拨通电话后,朱萸噼里啪啦地对着电话疯狂吐槽,对方耐心地听完,问她住址,安慰她两句后,告诉她,马上安排人去现场,请她保持电话通畅。挂了电话,她突然为自己的冲动、狂躁和蛮不讲理感到羞愧。她坐在黑暗的厅堂里,听着隔壁传来的人声,内心狂澜大作。

供电公司维修人员赶来时,朱萸正伏在行李箱上大放悲声。线路很快被修好,灯亮了,朱萸匆匆洗漱后便关灯上床。任在没有家人的家,比她独自住在南方的出租屋更孤独。她刷了一夜的抖音,关注到一些古城资讯。譬如,政府大力发展旅游,改造老城区,征集民宅改造民宿,等等。她一查,自家老宅正位于政府号召民宅改民宿的区域,她临时动念,想将老宅改造成民宿。

窗外麻麻亮时,朱萸起床,收拾好自己,便去康养中心看妈妈。原想回家当晚就去看妈妈的,但修好线路后,朱萸照镜子时被自己双眼红肿、头发蓬乱的狼狈相吓了一跳。她不想让妈妈看到她邋遢的样子,决定好好睡一觉,养好精神再去见妈妈。结果,又是一夜无眠,早上眼圈黑乌乌的,擦粉都盖不住。但她顾不了那么多,想妈妈,想把夜里的打算跟妈妈商量商量。妈妈患了阿尔茨海默病,但朱萸觉得妈妈不痴也不呆,只是聪明地选择了忘却。那些伤心的人和事,不忘掉,怎么活?朱萸觉得,也许有一天,她也会像妈妈一样,把很多人很多事都忘掉。

所以,她得像姐姐那样,为未来做好打算。她没有依靠,也没有保障,也不可能像舅舅说的那样,四十岁了还跑回舅舅家啃老。而老宅改造成民宿,对自己来说也算是一种希望,算是给未来生活投保。

朱萸从巷子里往康养中心去,没走多远便看见了一家挂牌营业的民宿。朱萸推开院门,进了小院,发现里面别有洞天,院子里除一栋二层小楼外,还有假山、盆景和一方石磨。院子一角植了水竹,另一角种了芭蕉,绿得养眼。朱萸正看得出神,楼里出来一个人,问她是否在网上有预约。她忙摇摇头,说路过,进来看看,又赞了句,这院子真好看。来人笑道:"里面也还行,要不进去看看?"朱萸索性进了小楼。走出小院后,朱萸更加坚定了将老宅改造成民宿的念头。如今,老宅的改造工程就要完工了。

"下雨了?"妈妈伸手摸摸她的头发问。

朱萸答道:"下雨了。"

"那赶紧收被子呀!我在院子里晒了被子。"妈妈拉开被子,要起身下床。

朱萸心里一惊,想起那个梦。梦里,妈妈喊:"起雨了,快收衣服!"就是这种急切的语气。朱萸按着妈妈的手说:"都收好了,妈。"妈妈安静下来。朱萸坐在床边的椅子上,想和她说说话,正在找话题时,妈妈突然开口了:"你姐姐有阵子没回来了。"

朱萸想到妈妈和姐姐一起扯着一床绣花缎子被面的梦境。妈妈好久没有提起姐姐,她也许久没梦见过姐姐。她突然感觉有些诧异,现实与梦境之间,仿佛两条拉链的暗齿,在悄悄咬合。她又想起他,想把内心的感受与他分享,可手机在衣兜里,始终不响。她努力克制着自己掏手机的念头。

护工推门,她起身向护工询问妈妈白天的情况。护工说:"白天你妈妈摔了一跤,但没听她喊疼,只不过她今天很没精神。"护工见晚饭放在桌上没动,提醒朱荑,老人摔跤不能大意。护工举了几个老人摔跤后病情恶化的事例后,转身走了。朱荑被护工吓得心慌,忙起身去三楼找医生。值班医生说:"老人摔的伤处问题不大,但她从台阶上直接往下走,属于对距离判断得不准确,这个就是老年痴呆进一步发展的表现了。"医生说罢,建议她最好带老人去省城医院看看。接着,医生提到她姐姐,又问起她现状,朱荑警惕地中止了谈话。

从医生办公室出来,推开妈妈房门,朱荑见妈妈不在床上,忙喊了声"妈",推开卫生间的门,没见人影。她开门,跑到走廊尽头,也未见人影。朱荑急了,忙喊护工。护工戴着橡胶手套,从洗衣间伸出头来,面对朱荑的询问,茫然地摇了摇头。朱荑忙推开楼栋的玻璃门,到院子里察看,雨还在下,院子里几棵冬青站在雨里,大门紧闭着,她出不去。朱荑抬起头,突然想起二楼的晒台。于是折回头,跑上楼,推开防火门来到晒台。果然,穿着睡衣、趿着拖鞋的妈妈站在布满晾衣杆的晒台上。朱荑一把搂住妈妈:"妈,你来干吗?"

"我来收衣服呀,衣服呢?"妈妈一脸茫然地问。

"都收好了,我们回去吧。"她揽住妈妈的肩,搀着她走下楼。回到房里,待妈妈坐下后,她忙挽起妈妈的裤腿,检查她之前摔伤的腿脚,还好,没有肿胀。手机在朱荑的口袋里震了一下,那轻微的颤动激起了她剧烈的心跳,她蹲在妈妈膝下,掏出手机,解锁屏幕前,她默默祈祷着,打开微信,果然是他!

朱荑起身,走到窗前,把微信对话框里的那段话看了一遍又一遍。那段话,不过是条群发性质的问候信息。她打出一段话作为回复,但想了下,删去了,又打出一段话,看了一遍,还是删去了,最后回了两个字"谢谢",便把手机装进了口袋。让妈妈脱衣、脱鞋,给她打水洗脸洗脚。妈妈洗好上床后,朱荑又在床边坐了会儿。手机再次震动时,她向妈妈告别,走出康养中心。

雨还在下,只有闪烁的车灯及灯光中蒙蒙的细雨,细雨之中的空气充满了寂静。朱荑撑起伞,走进古城的秋雨夜,昏暗的街灯将寥寥行人的影子拉长,又被雨打湿,再被旁人踩在脚下,路上的一切显得清晰而又自然。如果能下一场雾就好了,朱荑这样想。

手机"嗡嗡"地持续震动着,朱荑掏出手机,是他的电话。她迟疑了一瞬,按了接听键。

"喂。"

"喂。"她应了一声。

"傍晚在街上,我好像看到你了。"

"哦。"

"是你吗?没撑伞,光着头被雨淋呢。"

"是我。我也看见你了,你在车上。"

"对,我在古城,明天就回了。你在干吗?"

"走路。"

"去哪?"

"不知道。"

朱萸说完,眼泪倾泻而下。她突然不想回那间小屋,想回老宅,可老宅已被改造成民宿,不再是她想回就能回的家。去哪儿呢？她真的不知道。

"怎么了？"

她没有回答,怕自己哭泣的信息被暴露。

电话断了。随即视频电话打过来,她弓起食指,用指节抹去泪滴。视频接通,他问："刚才怎么断了？"

"呃,不清楚。"她想起两个小时前,就在这条街道上,他坐在那辆红色的奥迪车里,将她抛在了身后。

"吃了吗？"他开着车,手机放在膝上,镜头里的他是变形的。

"没有。"

"我给你送点吃的吧。"他说着,镜头一晃,大概是他在掉转车头吧。

"好。"朱萸"好"字刚说完,视频就断了。

朱萸回到小屋,脱掉帽衫,换上姐姐送她的那件轻薄外套。刚拍好粉底,正涂口红时,门外传来脚步声。她忙收起化妆包,拢了拢头发,打开门。

"快,拿着！"他将沉甸甸的食品袋递给朱萸后,用手掸了掸身上的雨水,在门口地垫上跺了跺脚。进门后,他坐在软椅上,看着朱萸有些慌乱地把他带来的卤猪蹄、火烧馍和牛肉汤一一摆在方桌上。

"快吃吧,"他笑呵呵地对朱萸说,"我都吃过了。"

朱萸这才坐在小凳上,对着摆在小方桌上的寿州美食,拘谨地举起筷子。回古城一个月了,这还是第一次有人陪伴的晚餐。她小心地控制着咀嚼与吞咽,生怕发出粗鲁的声音。她从未单独面对过这样体面的异性,他的条纹衬衫扎在烟灰色的西裤里,脚上软底的皮鞋上虽有水渍却不掩洁净。朱萸可以控制吃饭的声音,却无法控制澎湃的心跳声。他坐在软椅上,微笑着看着她,她低着头,依然能感受到他的目光。终于把牛肉汤吃完了,她没有动卤猪蹄和火烧馍。吃完后,她把盛牛肉汤的一次性饭盒盖好,再用塑料袋装好。

"不吃了?"他问。

"吃饱了。"

"再啃个卤猪蹄吧,是在你姐最爱吃的那家店买的。"朱萸猛地抬头望向他,仿佛刚刚听到的话,不是他说出来的。

"我姐?"朱萸问。

他将腰身靠向椅背,目光从桌面移向朱萸布满惊诧的脸。"我和你姐是高中同学。我是从乡下考进城的,那时候,我们这些从乡下进城的同学,都很仰慕你姐,她不仅是漂亮的城里姑娘,成绩还一直名列前茅。不瞒你说,我当年不知在你们家小院门口来回转过多少圈,只是从未进去过。可惜,你姐……"

在他陷入回忆时,朱萸也在回想自己回古城这一个月的经历。回古城第二天,朱萸在巷子里遇见了第一家民宿,进去参观时,留意到院子里一个带标志的匾牌上,有这家民宿的理念和创始人的联系电话,她记下了那个号码。在她决意改造老宅时,打开微信,输入那个号码添加朋友,对方通过了验证。朱萸将老宅地址和改造意图发去后,对方很快与朱萸联系,在谈妥合作意向,签署改造托管协议时,朱萸第一次见到了他。

距今,恰好一个整月。这一个月,对于朱萸而言,漫长而短暂。是从什么时候起,她本已荒芜的心开始生出毛茸茸的期待感呢?他离开后,朱萸狠狠抹掉嘴上残存的口红问自己。二十年前,她不顾姐姐的劝阻,天真地追随一个向她示爱的人,离开省城去南方。此后十多年,她被裹挟在生活的旋涡里,被剥去稚气、青春、激情和希望,成为一个被命运驯服,甘于被生活碾压的人。

她掏出手机,破碎的手机屏上闪出一条信息:"早点休息吧,把门锁好。"

朱萸把手机反扣在方桌上,第一次没有及时回复他的消息。记得刚加微信好友,朱萸便关注了他的视频号。她发现他的视频号发布的以及他点赞的视频,都是与艺术、设计和家居相关的内容。他点赞的唯一非艺术的内容,便是一位女士发布的旅游视频和日常生活分享。她悄悄潜入那个人的视频号,看完了她发布的所有的内容,在得出他们是一家人的推断后,突然感到心冷。但,就在那天,他发来信息说:"方便让我看看你?"鬼使神差般,她给他拨打了视频电话。

自那次视频通话后,他开始给她发嘘寒问暖的信息。他假日回古城时,会发几张他随手拍的古城小景。她过去从不发朋友圈,但自从他提出"看看你"之后,她开始在朋友圈里发仅限他一人可见的自拍照,他会给这条朋友圈点赞。

朱䓍坐在还有他余温的软椅上,抓起方桌上的卤猪蹄,小心地避开皮,朝连骨的筋咬下去,筋很韧,用力地撕咬下来嚼,并不觉味美。他说:"你姐姐喜欢这一口。"她却不知。

其实,与她对姐姐的不知相同,姐姐也并不知晓她的状况。五年前,她彻底与纠缠了十五年的前任分手后,又有过一次惊心动魄的感情经历。那是一场精心设计的骗局,以朱䓍损失了多年的积蓄为代价而告终。朱䓍为此报过案寻过人,倔强地想抓住骗子,讨回公道。直到有一天,全世界都受制于一种病毒,被迫按下暂停键,她才停止了充满仇恨的追讨。后来,她靠变卖首饰挨过了一年多无事可做的日子。三年前,终于又找到工作,搬进了位于城中村的单间,朱䓍才渐渐习惯和喜欢了这种相对安稳的生活。当姐姐问她是否愿意回寿州时,她说不行,因为这是她好不容易才重新开启的生活啊。

朱䓍把那块卤猪蹄丢进食品袋,起身将它与牛肉汤饭盒一起拎起,丢进门外的垃圾桶里。关上门,小屋里弥漫着一股令人腻烦的卤菜味,她开窗通风时,那根细弱的红星花茎,竟旋绕着防盗窗锈蚀的残柱转了个圈儿,花茎上那枚小小的花苞面朝黑夜,不知它几时能绽出鲜红的五星花。按姐姐的说法,它叫茑萝花。朱䓍也记得,在老宅的小院里,除了会铺满盘伏的衣物,也会曝晒茑萝的植株,姐姐说:"茑萝是缓解疼痛的药。"这株攀到朱䓍窗口的茑萝,正缓缓朝她行进。

2024 年 10 月 9 日至 10 月 19 日作于鲁院
2024 年 10 月 20 日定稿

南有嘉鱼

一

"既生瑜,何生亮。"一出家门,这句话又浮上我心头。方才爷爷在饭桌上下死命令了,农历三月三,香草馆开馆时,必须让小瑜回来。我爸插嘴说了句:"万一小瑜忙,回不来呢?""那馆就不开!"爷爷说着,狠狠将酒杯往桌上一磕。我妈见状,瞅了瞅我。我端坐着,自顾吃着碗里的一条鲫鱼,鲫鱼刺多,正好掩护我,让我埋头不语。

一家人沉默地吃完午饭,等爷爷喝了茶,回屋午睡后,我们才各自散去。爷爷作为一家之主的威望,数十年不衰。据说,当年我妈生下一对双胞胎,满月后,他就吩咐:"大的留下,奶奶喂;小的带走,自己养。"我妈虽舍不得,却也无可奈何,只得抱着襁褓中的我,回到了她和我爸在南门外新建的小家里。小瑜是我的孪生姐姐,比我早十多分钟来到这世上,不过我生下来就比她重,我四斤八两,而她才三斤二两。就因为我出生时比小瑜重,爷爷就认定我是个在娘胎里就欺负小瑜的坏坯子。为了让他大孙女不被人欺负,他便把她留在身边,好生保护起来。我俩的名字,是爷爷取的:郑家瑜、郑家亮。我一直都认定,偏心眼的爷爷是故意的,他嫌我多余,所以借"既生瑜,何生亮"这个典故埋汰我。即便没这个典故,我一个女孩儿,给我取"郑家亮"这么男性化的名字也很不厚道。初中时,我曾自作主张地给自己改名为"郑家靓",并得到了我妈的认可,可就在我们打算去派出所改名时,爷爷得到了这个情报,把我爸、我妈和我一顿狠骂,名字自然没能改成。上个月我参加培训会,还闹了个笑话,培训方把我跟一位男士安排在了一个房间,还不正是我这个男性化的名字给闹的!唉,真令人啼笑皆非。

近日天气反常。节气刚过惊蛰,天就暖得不像话了,天气预报说,今天最高温度三十摄氏度。我爸妈和我顶着正午的大太阳,从爷爷家往东内环的停车场走。满头大汗的我,一头钻进车里。可惜,车里也不是避暑地。车子没遮没挡地晒了大半天,这会儿车厢跟蒸屉似的,我忙发动车子,打开冷风。我爸拉开车门,将沉重的身子抛在副驾驶位上。我妈照例坐在我身后,双手紧紧地扒住我的座椅两侧。

"哎,你给小瑜打个电话,就说爷爷想她了,让她农历三月三回来一趟。"我妈说。

"你打吧,回家你跟她视频通话!"我爸拉了拉绑在胸前的安全带,扭过头以商量的口吻对我妈说。

我默默地开着车,心想:这两人马上就会将这推诿扯皮的事甩到我身上。果然!

"要不,还是小亮跟姐姐说吧。你先想好怎么讲,再打电话。"我妈说着,把手从我的座椅两侧移到了我的肩膀上。

"哼。"我不悦地晃了晃肩,对我妈这个提议表示抗议。

一路无话。车在老城区那如肠梗阻般拥堵的道路上挪动,好不容易出了南门,拐进了楚都新城别墅区内。自孕中期后,我就拖着行李箱回到小城寿州,住进爸妈的别墅里。看多了网上报道的保姆虐童案,我和老公在我怀孕之初,就达成一致意见:我回娘家待产、坐月子。对刚刚失业的我来说,这个规划算是最佳方案。我没有收入,老公的工资扣除房贷后所剩无几。我们这对家在外地、漂在大都市的小夫妻,根本无法承担一个小生命降临后的额外负担。没想到,我这一待,就是三年多。我自己也感到奇怪,怎么能待这么久?这可是我当年极力想摆脱的小地方呀!经历过繁华的大都市生活,甚至在大都市里安家的我,却又成了恋家的孩子,赖在这里不愿离开。这个春节,我和老公带蝈蝈去公婆家。这是蝈蝈回苏北老家过的第一个年,不得不感叹血缘关系的奇妙,第一次到爷爷奶奶家的蝈蝈,不仅不认生,甚至在我老公的年假结束后,都不愿和我们一起离开。我公婆见孙子跟他们这么亲,便不肯撒手。就这样,蝈蝈留在了苏北,我和老公回到了我们的小家。可是,过去的生活,我再也回不去了。我在自己家待了一个礼拜,就又回到了寿州。这三年,除了蝈蝈,我还有了自己喜欢的事业——自媒体运营。

别墅区最后一排,外墙上挂着"蝈蝈乐园"木牌的那栋就是我们家。最近一个月蝈蝈不在家,我爸妈和我,在这栋三百多平方米的别墅里,生活得很平静。如果不是爷爷让小瑜回来剪彩,这个家会继续保持平静。

二

泊好车,我爸推开院门,小美就在屋里狂吠起来。爷爷家有只藏獒,见了小美就掐,所以每次去爷爷家,我们只能委屈小美,把它独自关在家里。被关了半天的小美,见我们回来,恼了。我爸一开门,它就绕着我爸的腿转着圈儿汪汪叫。我妈伸手把它抱在怀里,心肝宝贝地唤着它,抚着它的毛,哄着它。

"不要只顾着狗了,快给小瑜打视频电话吧!"我爸嘟哝着。

"小亮打吧!"我妈换了拖鞋,弯腰把小美放在地上,仰着头对我说。我看见她的头顶上裸露出一块铜钱大小的灰白头皮,是斑秃吗?我的头上也有一块,生蝈蝈后就有了,治了两年也没能治好。可能斑秃也遗传吧。

我换了鞋,放下包,就往楼上走。

"小亮,先给你姐姐打个电话吧!"我妈声音颤巍巍地跟在我身后。我忍不住回头,看我爸在客厅里,以同样的姿态仰望着我,我心一软,折身从楼梯往下走。

我端坐在沙发上,爸妈转身朝向我,连小美都瞪着无辜的眼睛静静地望着我。我拿起手机,拨通了郑家瑜的号码,并开了免提。

客厅里,噤声的三人一狗一直听到手机里传出"你所拨打的电话无人接听"的声音。

我看见爸妈面面相觑,又听到他们异口同声地对我说:"打视频电话!"

我从未给郑家瑜打过视频电话。我犹豫着,在手机界面点开微信,搜索郑家瑜的名字,居然没有搜到!难不成她删了我?我有些恼火,毕竟是孪生姐妹,并且我从没惹过她,好好的删了我做什么呢?!

我又拨打她的手机号码,得到的依然是无人接听的提示。我转回微信界面,复制她的手机号点击添加朋友,屏幕上出现了"嘉鱼",并提示为"已添加"的好友。难道说郑家瑜也嫌弃爷爷给她取的这个名字,而给自己换了"嘉鱼"二字?"南有嘉鱼,烝然罩罩。君子有酒,嘉宾式燕以乐。……"看到"嘉鱼"二字,我脑海中立马浮出《诗经》里的诗句。最近,我正在自己的视频号里聊古诗词。

我拨打"嘉鱼"的电话,躁撼的摇滚乐铃声传出,我一直耐心地等到铃声响罢才放下手机,对爸妈说:"你们看到了,我打的视频电话,也没有人接。"

我爸揉了揉滚圆的肚子,慢慢将身体陷进沙发里。我妈则神经质地翕动着嘴角,我知道,下一秒她就会"嗷喽,嗷喽"地连续打嗝。果不其然。

我走出客厅,转身上楼。刚走到楼梯拐角,微信电话响了,我还没来得及接听,就听见我爸妈大喊:"小亮,快接!"

视频里出现的是蝈蝈挂着泪珠的小脸,婆婆用浓重的苏北口音教他说话:"快对妈妈讲,你想她咧!"

"蝈蝈,蝈蝈,你怎么啦?想妈妈了是吗?来跟妈妈飞一个!"我将手机拉远,对着镜头做了个飞吻。蝈蝈真乖,也举起手,冲我飞了个吻。

镜头里,婆婆的脸挤了过来,她说:"刚才蝈蝈在院子里跑,不小心摔了一跤,摔倒后,他就一直不停地哭着喊妈妈,之前还从来没有出现过这种情况,估计蝈蝈是想妈妈了。"

我听婆婆这么一说,眼泪也"簌簌"地流了下来。我爸妈已经到了我身边,三个脑袋挤在镜头里,即便我泪眼蒙眬,也觉得那画面有点奇怪。我第一次主动挂断了和蝈蝈的视频通话,跑进房间,关上门,把对蝈蝈的想念化成眼泪宣泄出来。

我妈在门外拍门:"小亮,小亮……"

我不搭理,把头埋进被子里,呜呜地自哭自的。

电话又响了,我掀开被子,翻身靠在床头,床头架子上摆满了蝈蝈的玩具,一只毛茸茸的熊猫从架子上掉下来,砸在我胳膊上,我索性像搂蝈蝈似的搂着它,把它紧紧贴在胸口上,这才举起手机。

居然是"嘉鱼"!我忙坐直了身子,按了接听键——她打的是语音电话。

"有事吗?"

"呃,爸妈,不,是爷爷想让你回家……"我慌乱地起身,开门,我妈还站在门口,我指了指手机,示意她说话。

"那我给爷爷打电话吧。"

我妈刚接过手机,语音电话就被挂断了。我和我妈面面相觑,互相等着对方的谴责。果然,我妈开了口:"你怎么就这么不会讲话?!"

"你会讲你讲呀,就知道赖我!都是你生的,你怎么不敢惹人家呢?"我心里憋着难过和委屈,毫不克制地撑起她来。

我妈把手机甩给我,扭头就往楼下走。

我站在房门口,等着听她跟我爸抱怨。但我失算了,她唤了声"小美",便出了门。我听见我爸的鼾声在楼下拉起了警报。

三

  我回到房间,走到北窗下,望着我妈牵着小美沿着甬道出了小区后门。小区的后门临着护城河,从我这个角度看过去,护城河上架着的那座桥,一叶扁舟似的浮在河面上,河的尽头,是巍峨的东城门。我的很多视频,都是以北窗外的窗景为背景拍摄的,而且,我最初拍摄文化类视频的灵感,也是源于北窗外的小景。上周,我见护城河岸的古柳绿了,想起"昔我往矣,杨柳依依"的句子,便拍了《采薇》。视频里,我身着汉服,斜倚北窗,持卷吟诵《诗经》里的句子。没想到,我整的这些充满文艺气息、唯美的视频,点击率还不错。县融媒体中心联系我,说想与我合作,将我打造成宣传寿州的网红。我一头雾水,我不过是个以拍视频自娱自乐的宝妈,居然惊动了官方媒体的人?我本要拒绝的,但我爸听了激动得不行,四处张扬,把这事说成了电视台要请我当主持人——这都哪跟哪啊!但没办法,谁让我有个望女成凤三十年了也不肯死心的老爸呢。那就合作呗,我每拍摄、剪辑、发布一条视频,县里的官方公众号就转发一条。当然,他们也经常给我做"选题",让我拍非遗,什么正阳关肘阁、抬阁、寿州锣鼓、寿州大鼓书,还有保义庙会上的舞龙,他们都想让我用自己的方式去拍摄。我没有团队,除了手机,也没有更高级的拍摄设备,况且,那些乱哄哄的场面我也不太喜欢,所以,"选题"讨论到最后,他们只好由着我做"古诗词里的寿州"。我从小就爱背古诗词,做这个对我来说也算是发扬爱好,且把拍视频与背古诗词的爱好给结合了。

我看见我妈的身影缩成了一个紫红色的小点,在桥上移动。小美肯定在她身边,是更小的一个点,但我看不见。手机又响,是我老公打来的视频电话,他说蝈蝈大概想妈妈了。看来,是婆婆也给他打了视频电话。今天是周末,老公穿着家居服靠在沙发上,我突然想到,这三年的大部分时光,他都是一个人度过的,我突然有点心疼他。我有点冲动地说:"我们一家三口在一起别分开了!"我看见他将靠在沙发上的身子往前探了探,怀疑自己听错了似的问:"你说什么?"

"没什么。"冲动只是一瞬间。当我的脑海里浮现出了信用卡、水电气和物业费账单纷纷而至的情景时,我便瞬间恢复理性。我对老公说:"过两天我就去把蝈蝈接回来,你周末有空就来寿州看看我们。"对此,老公无异议。

挂了老公的视频电话,我开始琢磨拍摄新的视频。我的视频号已日更《诗经》十多期,索性这期就做《南有嘉鱼》吧。我坐下来,打开电脑,开始"备课"。查阅了很多资料,绝大多数学者、专家都是以今人的思维去揣度两千多年前的古人,千篇一律地把这首诗翻译成了无甚意趣的宴会诗,令我看得索然无味。但有一个人,在贴吧上写了一段自己对这首诗的理解,倒是令我眼前一亮,他(或是她)说,这首诗的作者应该是帮助西周王朝征战猃狁和蛮夷有功的晋穆侯。他,好吧,"他"应该就是他了,我的直觉就是这么告诉我的。让我眼前一亮,或是说给我灵感的是,他提到晋穆侯出征淮夷的事儿,还进行了一些考证。那些做学问的话题我不感兴趣,我感兴趣的是"淮夷"二字。因为我们这座小城,古属淮夷部落。我脑子一转,想到,这期视频何不去博物馆拍点出土文物,以讲故事的方式解读这首诗呢?我最大的优点就是行动力强,想到这儿,我立马起身,抓起三脚架,背上背包就往外跑。

新修建的博物馆巍峨壮观,在入口处,我把手机调成静音,取出身份证和县融媒体中心发给我的采访证,走进了令我每一次步入都感到震撼的博物馆。站在文物前,我总感觉我看到的不只是一堆武器、器皿和古币,我看到的是古人劳作与生活的情景。我把镜头聚焦在一只青铜罍上,我决定将它作为我这期《南有嘉鱼》视频的题图。罍是盛酒器,也很贴合大多数人把这首诗定性为宴会诗的特点。

我满意地离开了博物馆。出门看手机时,我发现"嘉鱼"给我打过一次语音电话。我回拨过去,却是忙线。就在我迟疑着要不要拨打她手机的时候,我爸的电话来了:"小亮,你在哪儿?快,去爷爷家!"

还没容我问清情况,我爸已挂断电话。恰好,"嘉鱼"的语音电话又来了:"快去爷爷家!"

"怎么了?"我问。

"妈被'鳌拜'咬了!"

爷爷家的藏獒叫鳌拜,我一时有点迷糊,我妈不是和我们一起从爷爷家走的吗?怎么会被鳌拜咬?我脑海里浮现出刚才我妈带着小美出门的样子,我这才恍然:原来,她是步行抄近路去爷爷家的呀。

四

我开车直奔爷爷家。

车还没到南门便被堵住了。我被堵得心急如焚,不由得胡思乱想。我抓起手机拨我妈的电话,无人接听。拨我爸的电话,是忙线。我又拨小瑜的电话,也是忙线。爷爷的电话我不敢拨,他老人家雷打不动的午睡时光,任谁都不敢打搅——除了他的大孙女郑家瑜。

这时,我听到了救护车的呜呜声,我心一紧,忙打开车窗,探头张望。循声可辨,救护车就在我车前不远处。我又低头拨起了电话。

"喂,注意安全!"我抬头,看见车窗外站着一位老交警,"开车不准打电话!"他用蹩脚的普通话说完,又咧开嘴,躬下身,笑道,"哟,这不是咱们的旅游大使吗?公众人物,更要以身作则哦!"说罢,他夸张地站直了身,"叭"地朝我行了个礼,大步朝前,站在路口处,对着车流挥动起手臂。说来也神奇,他动动手臂,拥堵的车道很快就被疏通了。我也认出了他,他是小城里的一位网红警官。

救护车走远了。我严守交规,没有再碰电话,直到把车泊在爷爷家附近的停车场后,才拿起手机。小瑜的电话来得正是时候,我忙按下接听键,却听到她咻咻的喘息声,她说:"你们给我看好爷爷,万一他有什么……"她停顿了一下,接着说,"等我回去再算!"电话挂了,挂断前,我听到她说了"机场"二字。

我顾不得揣摩什么,跑到了爷爷家。爷爷家门口果然有辆救护车,我刚到跟前,车便启动了。我大叫"妈,妈!"下面的场景就像电影似的,车开走后,我看见我妈攥着自己的一根手指头,正站在我的对面。

"咋回事?"我上前一步,捧起妈妈的手,我看见她手指上裹着的纸巾。

"没事。鳌拜要咬小美,我抱小美时,手被蹭破了。"

"那赶紧去打针!"

"我没事。你爷爷他气得心脏病犯了,小瑜发疯,说要回来找我算账……"

"她混账!她凭什么这么对你说话?你也活该,都是你们给惯的,没天没地,没老没少了!走!"我恨恨地拉着我妈,要带她去医院包扎伤口。

我妈挣扎着不肯去的当口儿,我爸骑车过来了。

"爷爷怎样?"我爸打头就问。

我没好气地说:"爷爷被救护车接走了,你怎么不问我妈怎样了?"

我爸没理我,继续问:"谁跟在车上的?"

"她二叔。"我妈低着嗓子说,那副受气的小媳妇模样,看得我来气。

我拽着我妈,坚持要带她去医院,她扭着身子说不去。我火了,甩开她,冲进爷爷家院子,看见院子里气势汹汹的鳌拜,抄起靠在院墙的一根拖把,狠狠地朝它抢去。

"你疯了!小亮,快给我放下!"我爸冲我怒吼,听到他吼,我疯得更狠了,鳌拜也气疯了,可惜被铁链拴住的它,只能在有限的空间里挣扎跳跃着,冲我狂吠。

"凭什么连爷爷家的狗都要欺负我们?!"我爸拽掉我手中的拖把后,我歇斯底里地哭喊,"是嫌小瑜欺负我们欺负得还不够吗?"

"胡说什么?!"我爸把拖把丢进院子,推了我一把后,弯下腰去抱靠在墙根可怜巴巴的小美。我趔趄了一步,正好撞在我妈捧在心口处的手上,我妈一声"哎哟"。我爸慌得回头,看我挨着我妈,他走近我,拎着我的胳膊把我甩开,我就像一只壁虎似的被他甩得贴在院墙上,简直是我十岁生日那天的情景再现。

小城里兴起给孩子过十岁生日的热潮。我和小瑜十岁生日那天,爷爷在家给我们办了一场很隆重的生日宴,亲朋好友来了好几十口人,挤挤挨挨、团团簇簇地围坐在爷爷家,屋里、院里摆了好几桌酒席。

那一天,我爸居然当着那么多人的面,把我像今天这样拎起甩到院墙上。被甩的缘由我已经记不真切了,但有一点可以肯定,和今天一样,也是因为小瑜。不记得我是怎么惹了小瑜,是抢她礼物了,还是争吃争喝了,或者是像刚才撞在妈妈手上那样误伤她了?

"都说养儿方知报母恩,你这丫头,自己都当娘了,还这样不懂事,就知道跟大人闹!"我爸双手叉在他的大肚腩两侧,故作威风地斜眼瞅着我骂。

我挺身而起,正要和他理论。我妈说:"都这么不知轻重,什么时候了还吵?赶紧拿钱,去医院看爷爷!"

五

在医院的内科病房里,爷爷那张满是岁月雕痕的脸在雪白床单的映衬下彰显了时光的深刻。床头上方输液袋里的药液如沙漏一般,缓缓地从输液管流进爷爷的血管。爷爷睡得很踏实,或许冥冥之中,他感知到了心爱的大孙女正朝他奔赴而来。

护士巡视病房时,悄声对我们说:"家属不要都聚在这里,留一个陪护的就行了。"

我看了一眼我爸妈和我二叔,对他们说:"我留下,你们都回去吧。"

只剩下了爷爷和我的病房,安静得一道微信消息提醒声都把我吓得一惊。是"嘉鱼"。她问:"爷爷怎样了?"

我拍了一张爷爷的脸的照片发给她。

对话框里显示她正在输入消息。

应该是飞机刚刚落地,她便开了机。这会儿,她还没有下飞机,不方便打电话或发语音。须臾,消息传了过来:"爷爷怎样?我刚落地,等会儿再打电话。"

几分钟后,小瑜打来了电话:"爷爷没事就罢了,如果他有什么不好,你们也别想好过!"

我怒撑:"'你们'是谁?是我和爸妈吗?"

"既然当年抛弃我,他们干吗现在还来要求我?"

"要求你什么了?是香草馆开馆,爷爷想要你回来剪彩。爷爷跟我们说了,香草馆留给你,让你做郑家香草的传承人,把当年状元写的匾额拿给你!又不是爸妈要你回来的。"

"那她为什么去逼爷爷给我打电话,在电话里还规定,让我定期给他们打电话。凭什么?"

小瑜说的是什么话?难道我妈大中午带着小美去爷爷家,就是为了借爷爷的手机给小瑜打电话?然后她们母女话不投机地吵起来,把爷爷给气着了?我思忖着。

电话断了。

一个多小时后,病房门打开,顶着一头炫色短发、穿着宽大黑西装的小瑜进来了。她那双涂着荧光眼影的眼睛冷漠地与我对视了几秒后,便定在了爷爷的脸上。她低头捂着嘴,肩头抖动着。我站在她身后,犹豫了一下,还是伸出手臂,揽住了她的肩。她那个夸张的激灵,让我突然想起,在我俩十岁生日那天,我被我爸拎起甩到墙上的缘由了。那天切蛋糕时,给我们拍照的人让我们靠近些,我就像此刻这般,伸手去搂她,她一个激灵,引得我碰翻摆在我俩面前的多层大蛋糕,更惹得她当场大哭起来。唔,就因为这事,我爸就在众人面前,不顾我小寿星的身份,把我给揍了一顿。从小到大,我耳朵里灌满了我妈的唠叨、责骂,心里填满了对我爸的恐惧。可小瑜呢?过年过节,爸妈给她准备的衣物、文具、玩具比给我的不知要多、要好多少倍!她居然说自己被抛弃了!

"郑家瑜,你太不知好歹了!什么叫当年抛弃你,是爷爷非要把你从爸妈身边抱走的好不好!你在爷爷奶奶家长大,又不是在孤儿院里长大,爸妈但凡有点什么好的,都想着给你。人家双胞胎,家里大人总是不偏不倚什么都双份均分,我们俩,除了我在娘胎里多长了点肉,你说,你比我占了多少先?从小到大,爷爷就宠你一个,我到爷爷家,就像一个外人。你呢,在爷爷家受疼爱,在我们这边,你来了还不是什么都紧着你?"

小瑜做了一个"嘘"的动作,我太激动了,声音有点大,估计吵着爷爷了,他露在外面的手动了动,脑袋又晃了晃。我和小瑜几乎同时往前一步,俯身靠近他的床边。这时,我手机响了,是婆婆打来的视频电话。我握着手机走进卫生间,关上门。

视频那头,眼泪汪汪的蝈蝈几乎把脸贴在手机屏幕上了,我轻声唤他:"蝈蝈,蝈蝈,你怎么了?妈妈很快就去接你咯,蝈蝈是男子汉,不哭哦!"

"妈妈不要蝈蝈,要……要妹妹了……"

视频断了。我压制住心头的火和对蝈蝈的牵挂,走出卫生间。

"放心,我没事,小声点,别让小亮听见……"

可我恰恰在这一刻听见了爷爷的话。我连做了几个深呼吸后,走到他们面前,平静地说:"爷爷醒啦?如果没事,我先走了,需要我来的话,再给我打电话。"

六

我坐在灯光璀璨的博物馆广场,看着手机里蝈蝈的视频,决定明天就去接蝈蝈回来。我很庆幸自己刚才克制住了冲到爷爷和小瑜面前的冲动。"有什么不能让我听见的?"如果当时我冲到他们面前质问,我得到的答案,并不会比此刻自己领悟到的更多。

由爷爷奶奶带大的小瑜,不可能知道她是爷爷从妈妈那里

"掠夺"过去的孩子。就像蝈蝈奶奶,为了哄蝈蝈,让他不想妈妈,会骗他"妈妈要生小妹妹了"。我不希望那个不存在的"妹妹"让蝈蝈这么小就失去安全感,并怀疑我对他的爱。小瑜从爷爷奶奶那里听到的是什么?我这个独自生活在爸妈身边的妹妹,给她带来多少爱的缺失和痛苦呢?

视频电话来了,是"嘉鱼"。

"小亮,你在哪儿?"

我站起身,把手机镜头朝周边晃了一圈,才把脸朝向她,对她说:"在博物馆广场。'南有嘉鱼,烝然罩罩。君子有酒,嘉宾式燕以乐。'你为什么叫嘉鱼,也是因为喜欢《诗经》吗?"

"你听到爷爷说的话了?"她没有回答我的提问,而是追问我突然离开病房的缘由。

"我只听到他对你说的,别让我听到。至于不能让我知道的话,我可一点也没听到。"

这是我们姐妹第一次视频通话,我将她的画面点成主屏,借着现代化的通信工具,我们第一次如此贴近对方。我看着自己缩小的脸庞与她的脸庞,在小小的手机屏幕里,忍不住截了张图,这是十岁生日后,我们俩的第一张"合影"。

"嘉鱼"大概不习惯与我注视,她做出捋刘海儿的样子,用手指拨弄了几下头发后,又左右扭头、向前低头,察看自己的发型。就在她低头的那一瞬,我看见了她紫红色发丛中裸出了一小块空白,虽然那点白如闪电般地一晃而过,但还是被我专注看她的目光给捕捉到了!这片小小的白,让我瞬间热血沸腾,下午才在妈妈头顶上看见的那片白,以及隐在我发间的这片白,紧紧地把我们仨连成了一体。我激动地跳了起来。"挂了啊,见面再说!"说罢,我便朝她飞奔而去。

小城的春夜,氤氲着植物的清芬,我奔跑在密植着红叶李、垂丝海棠、大岛樱和玉兰树的街道上,馥郁的花香涌向我的鼻腔,把我的鼻腔熏得发热,继而,我的眼眶也发热了。奔至医院大门口,我看见一个单薄的小身板,逆着灯光,顶着火焰般的红发,朝我走来。

我伸出双臂,加速度朝她奔去,一把把她抱住,转着圈儿。

"别闹了!"小瑜从我怀抱里挣扎开,"爷爷都告诉我了。"

"爷爷能告诉你什么?"

"爷爷说,除了爸爸和二叔,奶奶还生过一个女儿,但那女孩三岁时就溺死了。他说,那个孩子出生时的体重和我一样,所以他们就把我当作那个女孩,留在了身边。过去,他们一直都跟我说,是爸爸妈妈嫌我出生时太小,怕养不活,要把我扔掉的。他们舍不得扔我,把我留下了。"

小瑜挽着我的胳膊,朝住院部走去。

"你知道真相就好。那爷爷为什么还要让你别告诉我呢?"我好奇地问。

"爷爷不想让你知道的是,说他心脏病犯了,是他和妈妈一起演的戏,他们怕我不肯回来,怕你不肯陪护……"

"这群老狐狸!"

"嘘!"到了病房,小瑜示意我安静。

我望着小瑜亮闪闪的眼影,突发奇想,连日来一直日更的视频号,今天还没有发布新内容,不如,就让她这位"嘉鱼"为我诵读《南有嘉鱼》,只是,不知粉丝们会不会把她当作做了新造型的我?或许,我们还可以在视频的结尾拍一段姐妹俩举杯畅饮的镜头。我兴奋地拽着她就往外跑,我边跑边打电话:"爸,快来医院陪爷爷!""妈,快给我和姐姐弄些吃的!"

我和小瑜像两个逃学的小孩子似的,撒开脚丫子奔跑在春夜的新城大道上。

2023年3月27日定稿
刊于《西部》2023年第5期
《小说选刊》2023年第12期选载

归去来兮

一

耗资一千澳币,耗时二十多个小时,沈竹心从悉尼回到了家乡。然而,还没到家,便被人给"劫"到了酒店。一走进那个金碧辉煌的包厢,沈竹心便被人闹哄哄地推向了餐桌的主宾位上。面对大家热情的敬酒,他不时起身致谢。时长两个半小时的饭局,比跨越万里的旅途更令他疲惫。终于挨到了饭局尾声,服务员端上了主食——马齿苋馅儿的热包子、热粥、米饭和面鱼儿,沈竹心才长长舒了一口气。就在这时,包厢门被推开了,走进来一个人,端着酒杯,高声冲着满座嚷道:"听说来贵客了,我过来敬杯酒!"说着,径直走向沈竹心。

沈竹心看见满座皆齐刷刷地站起身来,那一张张在酒精的作用下通红而亢奋的脸,都纷纷换上了一副谄媚的表情。沈竹心慢了众人几拍起身,端起面前的空杯,然后朝来者伸过来的盛满白酒的大杯,轻轻触了一下。对方的大嗓门在他耳畔惊雷般地炸响:"没酒了吗?来,给贵宾斟满,我们来炸个罍子!"

……

沈竹心被梦境里飞行的颠簸惊醒,一骨碌翻过身来,睁开眼,周遭的陌生和昏暗让他一瞬间陷入了无措。迟钝了数秒,他才反应过来,这是在中国,这是在家乡的酒店的客房。他努力思索了一番,终于回忆起了昨晚饭局尾声有人来和自己炸骰子的那一幕。

沈竹心掀开被子,飞快地往自己身上瞄了一眼,除了外套,内衣、袜子全都整整齐齐地穿在身上。他把手伸到枕头旁边摸手机,没摸到。他起身,环顾四周,在窗边的沙发上看到了自己的外套。他走过去,拿起外套摸了摸口袋,手机安静地待在口袋里,拿出来一看,却是关机状态。按开关键,没反应。哦,是没电了。如今,手机关机或者没有信号是令沈竹心最没安全感的一件事。他慌乱地打开行李箱,取出充电器给手机充电。几秒钟后,手机开了机。沈竹心紧张地盯着手机屏幕,查看错过的电话与信息。还好,没有父亲的来电。

父亲曾委婉地向他表达过想让他回家过年的想法。三年多没回国了,即便父亲不提,他也有这个计划。只是,他有个重要的活动,时间正好在春节期间。他跟父亲解释说,自己没法赶回去吃年夜饭了,但争取回去过元宵节。父亲说:"也好,正月十五以内都是年。"沈竹心庆幸没有告诉父亲自己具体的归期,不然,这个失联的夜晚,老人该有多难熬。

沈竹心拉开窗帘,站在窗边,看着窗外薄雾中萧条林木掩映下的一条水渠。水渠的走向被阻隔在视野外面,但沈竹心知道,它在向北蜿蜒,渠中之水流入了环绕古城的护城河中。小时候的夏天,他经常穿街过巷,跑到东城门外,偷偷下河游泳,有一次险些命丧护城河中。此刻,他站在楼上,眺望着如幻境般的这方小景,不由得生出了人生如梦的感慨。窗外的天光又亮了一层,他扭头看了一眼床头柜上的电子钟,时间才六点四十。这会儿给昨晚做东的同学打电话,太早了些;如果不打招呼就离开酒店回家,又显得不太礼貌……正纠结着,沈竹心感觉自己的胃又闹腾了起来,忙跑进卫生间,发现卫生间的马桶旁已有一摊秽物。不用说,这是昨夜自己的"杰作"。那个彝子把他给炸蒙了,他在澳洲的时候,即便是喝牛奶,也从未一口气喝下过那么大一杯……

沈竹心吐完,顺势洗了把脸。揩脸时,抬头撞见镜中自己的那张颜色晦暗、布满倦怠的脸,他不禁一阵心惊——乍一看,他居然把自己认成了父亲。沈竹心顿时觉得心头一紧,顾不上那么多,走出卫生间,套上外套,抓起行李箱就往外走。

谁知,门口居然立着一尊需仰视方能见其头脸的健硕之躯。沈竹心还未反应过来,对方便挥过来一拳,重重砸在沈竹心的左肩上。"好你个空心竹子,往哪里走?"

"强子!"沈竹心叫了一声,还回一拳。不过他的那一拳,只打在了对方的胸口上——对方可是身高近一米九的壮汉啊!沈竹心撂下行李箱,一把抓住对方的胳膊,问:"你怎么在这里?"

"昨晚是我把你拖到这里的。见你喝成那样,伍总不放心,特意让我留下看着你。"

"伍总?"

"对,伍总。昨晚,你被他一个彝子给炸趴下了。"

"这位伍总,我们以前不认识吧?"

"你不认得他,他认识你。你现在有出息了,都成著名学者了,你还认识谁呀?"强子说着,又伸出手,握拳作势要擂沈竹心。沈竹心敏捷地往后一闪。强子跟着便骂:"好你个空心竹子,没良心的,居然这么多年不和我联系。你算算,咱们多少年没见了?怎么着,你回来只和他们这些有本事的人聚,从来就没想过还有我这个没出息的兄弟?"

沈竹心往后退了两步,望着二十多年未见的强子,无奈地摇了摇头,解释道:参加昨晚的聚会,他也是"被迫"的。在虹桥机场下飞机时,他一激动就发了个朋友圈:"经历了三年多的隔阻,今天终于回到了祖国。"朋友圈刚一发布,有高中同学马上就留了言,说正好,今晚同学聚会,欢迎回国。紧接着,同学群热闹起来,大家纷纷说着欢迎加祝福的话。他说改天再聚,今天先回家陪老父亲。可同学们哪管那些,早早地就派人"蹲守"在高铁站。他一出站,就被同学"劫"到了酒店。喏,稀里糊涂地就这么醉了一场。

强子大手一挥,说:"甭跟我扯这么多,不说昨天,就说这么些年,你都干什么去了?"

干什么去了呢?二十多年,像做了一场梦似的,不觉间就过去了。二十多年前,他们是"死党",两个人从小学开始就混在一起。小学毕业后,又考进了同一所初中的同一个班。直到读高中,他俩才分开,沈竹心被重点高中录取了,强子则勉强考进了普通高中。不过,两所学校仅一墙之隔,同住一条巷子的他们,照旧一起上学、一起回家。高中毕业后,沈竹心考取了南方的一所大学,强子则去北方的部队服役了。一开始,两个人还写信打电话,后来不知从何时起,就断了联系。

见沈竹心沉默,强子继续逼问:"说说呀,这些年在外头,你都干了些啥？"

"念书,教书;结婚,离婚。"沈竹心言简意赅。

强子仿佛被沈竹心的回答噎了一下,轻轻咳了两声,说："走,我领你去吃过去咱俩最爱吃的小刀面去。再不吃,以后就吃不着了,那地方马上就要拆了。开店的那老两口说了,往后他们就要去省城带孙子了。"

沈竹心说："也好。吃完我就回家,我爸妈还不知道我回来了呢。我想赶紧回家陪陪他们。"

强子说："你还知道惦记你爸呢。三年多不回家,你爸想你都快想疯了！你说你书念得好,有本事,但到底有啥用？老娘过世都赶不回来见一面,做人还有啥意思？！"

沈竹心脑子一蒙："你说什么？！我妈她怎么了？"

强子愣了愣,问："王姨走了,你不晓得？"

二

小刀面没有吃成,沈竹心让强子直接把他送回了家。沈竹心家所在的那条小巷从前就很逼仄,如今更是因修路被挖得连下脚的地儿都没有了。把车停在巷口,下了车,强子索性把沈竹心的行李箱扛在了肩头,跟在深一脚浅一脚的沈竹心身后,往小巷深处走去。

他们终于走到了那栋裸着半截砖墙的旧楼前。楼前有一个窄长的小院,朝南开的院门几乎要抵到前面人家的后墙了。这扇铁锈斑斑的大门门口,两只石狮子依旧岿然不动地守着院门。沈竹心伸手摸了摸石狮子的脑袋。自打这个小楼建好,两只石狮子就守在这里了,说到底,物比人坚。沈竹心歪头看了看石狮子那张不知是笑还是嗔的狮脸,心头涌上一阵怀旧的潮汐。被狮子护佑的院门上张贴着新春联,春联贴得有点歪。沈竹心记得自己从十岁那年起就负责贴春联了,每当妈妈怪他把春联贴歪了的时候,父亲总笑呵呵地说:"歪好!歪好!"

想到这里,沈竹心心口一阵刺痛。他伸手捶了捶院门,没有回应;再捶,仿佛听到有"喵喵"的猫叫声从屋里传来。

强子呼哧带喘地说:"给沈叔打电话呀!老人家耳背了,估计没听见。"

沈竹心这才恍然明白过来,掏出手机。电话响了几声,断了。沈竹心感到心往下一沉。再打,是占线的忙音。他回头看了一眼强子。强子把行李箱放在狮子边上。"号码给我,我来打。"他刚说罢,院子里传来了开门声。

"爸,爸!"沈竹心一边捶门一边大声喊着。

一阵拖沓的脚步声来到了院门前,院门随后被打开,已经泪流满面的沈竹心立刻扑向了眼前那个瘦小的老人。他把头埋在父亲的脖子后面,呜咽起来。

"沈叔,过年好!"强子跟老人打了个招呼,把行李箱搬进屋里,又折回来拉了拉沈竹心。

沈竹心这才松开父亲的手,低头用两只手掌抹了抹脸,然后揽着父亲的肩,缓缓走进了堂屋。堂屋的长桌上,多了一幅镶着黑框的黑白照片,中年时的母亲在镜框里对着他木讷地笑。沈竹心一头扑过去,把照片紧紧抱在怀里,号啕大哭起来。

在沈竹心的哭声里,强子悄声与沈父道了别,走出了沈家的院子。关上院门的一瞬,他伸手摸了摸门口石狮子的头。在零下几度的气温里,石狮子的头冷得扎人。

沈竹心终于平静下来。堂屋里,一张由20世纪的木工打造的八仙桌上,搁着一碗被筷子夹得有些残破的水晶圆子,一双筷子搭在碗沿上。这是父亲被他打断的早餐。仅在羊绒衫外面套了件呢夹克的沈竹心感觉到有点冷,他用目光找到屋子角落里的空调柜机,发现柜机上还罩着一层外罩。父亲穿着一件肥大的羽绒服,黑色的前襟显出很明显的磨痕。此情此景,令他的心又是一紧。为了抵制鼻子里的阵阵发酸,他轻咳了几声,问父亲空调遥控器在哪里。父亲一愣,没听懂似的露出了疑惑的表情。那表情,不是瞬间出现在父亲脸上的,而是很缓慢地一点点攀爬到他眼角和眉梢上的。沈竹心敏感地察觉到,父亲衰老得太明显了。上次回国,父亲还能手脚麻利地替他搬行李,每天早晨他在二楼房间里都能听到父亲声音响亮地与母亲讨论,要去菜市场买些什么菜回来做给他吃。那时,一向瘦弱的母亲也很爽利地屋里屋外操持着。那次回国在家里待了十多天,他压根儿不觉得自己是个年过四十的成年人,仿佛还是那个放了寒假回家度假的孩子。他成天躲在自己的房间里,到了吃饭时间才下楼。吃完晚饭,他偶尔也会陪父母去超市购物。父亲身上的这件羽绒服,就是那天晚上他们一家三口去逛超市时,碰上的打折货。记得当时还有另外一件更合身的,但父亲试穿了一番,坚持选了这件肥大一点的。父亲的理由是:袄子大些好,里面多穿点,不会裹得胳膊伸不开。买单时,沈竹心才发现,父亲选它的真正理由,是这件衣服的价格比那件合身的低了许多。

"爸,您坐。"沈竹心不忍心看父亲颤颤巍巍的样子,赶紧扶着他在紫红色的木沙发椅上坐了下来。沙发椅上的坐垫,还是母亲用她早年的旧秋衣缝制的。

沈父刚在沙发椅上坐下,马上又用双手支撑着沙发椅扶手站了起来,用拖沓的步子走到长条桌旁,打开最左侧的抽屉,从中取出一只被塑料袋包裹着的空调遥控器,递给了沈竹心。沈竹心接过遥控器,将外面蒙着的塑料袋一层层解开。然后,他走到屋角,掀开了罩在空调柜机上的罩子,与遥控器同样崭新的空调呈现在眼前。

他问父亲:"这空调买来以后,一直都没有用过?"

"你妈嫌费电。"沈父嗫嚅着说。

"我妈她,什么时候……怎么走的?"沈竹心的声音都哽住了。停了一会儿,见父亲脸上浮起一层无奈与茫然,他又接着问:"你为什么不告诉我呢?"

"怕你忙。"

沈竹心一时竟不知该何言以对。

三

正午时分,沈竹心上二楼晾晒衣物,看见院门口晃动着两个人头。他下楼来,打开院门,看见强子拎着两只沉甸甸的购物袋站在门口。强子身边还有一个人,此时正弓着腰,脑袋抵在一只石狮子身上在看。

"伍总!"

沈竹心一眼就认出来了,弓着腰的是昨晚和自己炸曡子的那位。他伸出手,热情地招呼了对方一声。

强子先一步进了院子。"沈叔,中午咱爷们儿好好喝一盅!"说着,他把手中的购物袋搁在堂屋里的桌子上,然后变魔术般从里面取出一些香喷喷的饭菜。"这是我们大厨亲手做的。沈叔,您尝尝,看这饭菜地道不?伍总,请坐吧!嘿嘿,空心竹子,我反客为主,你别介意。"

说话间,强子将碗碟里的饭菜在桌子上一一摆放好。总共是十道菜,如除夕年夜饭般丰盛。

"对了,碗筷和酒杯,劳烦空心竹子拿一下吧!"强子又从购物袋里取出一瓶酒,对愣在那里的沈竹心说。

沈竹心应了一声,转身走到院子里,悄悄抹了把脸,低头进了搭在主屋墙体与院墙之间的厨房。待他找好碗筷和酒杯回到堂屋时,三人已经落座。伍总拍了拍自己旁边的凳子,对沈竹心说:"沈博士,虽然到了你家,但是你远道而来,还得算客,所以,这位置得你坐。"

沈竹心最烦的就是国内饭局上的座次论。吃饭之前,一圈人围着饭桌,彼此推让,迟迟不肯落座;坐下后,又总有人为自己所坐的位置不合适而暗自不快,借酒或撒泼或浇愁,真是无聊至极。沈竹心轻蹙眉头,坐在了伍总的上首。

"大头,吃饭了!大头!"沈竹心刚坐下,沈父又离了座,走到楼梯间,仰着头喊。一只圆滚滚的黑猫从楼梯上跳到了沈父脚边,喵呜喵呜地叫了两声,警觉地望了望围坐在桌边的人,又以与它体形不相称的敏捷跃上楼梯,消失了。

见父亲要上楼,沈竹心忙起身,把父亲扶回了座位上。他轻声说:"爸,先吃饭,吃好了再喂猫。"

"混账东西!"沈父大着嗓门对黑猫吼了一句。

"沈叔别恼火,估计这猫怕生。来,我们一起端杯,祝沈叔新年快乐,健康长寿!"伍总说着,端着酒杯站起身。强子连忙端起了沈父面前的酒杯,把它塞进沈父颤抖的手里,然后也拿起自己面前的酒杯,朝伍总的酒杯下沿轻轻一碰,说:"来,干杯!沈叔,健康长寿!"

沈竹心醉意未消,刚端起酒杯,胃里便翻腾起来。他硬着头皮,只象征性地用嘴唇沾了一下杯沿,后来见其余人都干了杯中酒,只好也仰脖干了自己的酒。

连碰了四杯后,伍总给沈父夹了一块风干羊肉。沈父把筷子往桌上用力一掷。正在跟沈竹心耳语的强子见状不由得一惊,忙将身子坐正,像个犯了错的小学生一般,毕恭毕敬地望向沈父。

"强子哇,年前多亏你,要不是你,怕是今天我这条命也没了。"沈父说罢,涕泪俱下。

强子连忙起身,摆手说:"不说了不说了,竹心回来了,今天就算咱们家过年了。伍总说,无论您答不答应,他都要来看看您老人家。"

"沈叔,当年的事就不提了。我回来,就是想把小真斋做起来。沈叔不晓得,我干餐饮干了二十多年,在全国开了几百家餐饮连锁店,按说做得也不小了,但这几年,我老想着我爸走之前交代我的事。他说,让我找沈叔,替他赔罪,最好能让沈叔领着我,把小真斋再做起来。"伍总一直弓着腰赔着笑说这番话。

沈父说:"他想得美!你也想得美!小真斋的名号谁也不准再提了。你的饭店,叫什么都行,但就是不能叫小真斋。你敢叫,我就砸了它!"

对于强子领伍总带着酒菜来家里这事,沈竹心刚才一直感到疑惑,听到这会儿,他终于明白了。原来伍总故去的父亲,就是那个改变了他父亲命运的人。沈竹心记得,很多年前的一个夜晚,平日沉默寡言的父亲,在自斟自饮喝了大半瓶白酒后,把他抱在怀里,又哭又笑地讲了许多他听不太懂的话。记得当时,母亲还劝他,不要对小孩子讲那么多,过去的事就算了吧。父亲却说:"这辈子过去了,还有下辈子!这辈子我亏在他手里,但我有儿子,我儿子强我就强。对不对,竹心?"当年父亲那满嘴的酒气,以及那胡茬扎在脸上生疼的感觉,几十年后,沈竹心仍记忆犹新。沈竹心还清楚地记得,那天,他带回了一年级期末考试得双百分的奖状。在沈竹心的记忆里,父亲又一次把自己喝醉是他出国之前,不过那天,醉酒后的父亲没有哭,而是絮絮叨叨地跟他讲了一个没头没脑的故事。大意是,自己十三岁那年,父母出了事,他成了孤儿,后来是一位好心的厨子收留了他。厨子还教了他手艺,并让他在饭店里工作。当时饭店里还有个和他年纪相仿的小工,他们成了无话不谈的朋友。但是突然有一天,这个朋友出卖了他,把他说的某些不可告人的话传给了外人,害他被赶出饭店不说,还连累了收留他的那位师傅。"不晓得吃了多少苦,我才有了现今的好日子……我的儿啊,你给老子争气了!"这句话,父亲反反复复说了无数遍。

"沈叔,伍总的意思,是想把咱们的老字号重新做起来,这样对宣传咱们家乡,对提高咱们县在外面的影响力,都是有好处的。您老人家要把眼光放长远。要不,咱让竹心说说,他是见过大世面的人。"强子刚才对沈竹心耳语,就是想让他劝劝沈父,让沈父把他们家门口这对和过去小真斋门口几乎一模一样的石狮子转让给伍总,再把过去小真斋几个老菜品的做法传授给他们酒店的大厨。

"沈叔,虽然我从小就在外走南闯北,但我的根在这里。我在外面做得越大,就越想回来为家乡做点事。当然喽,也是为了圆老父亲的心愿。百善孝为先,我这样做,也算是尽孝。"伍总说。

"你们给我滚!"沈父起身,猛地一拂桌面,顿时,一桌子酒菜都被扫到了地上,地板上一片狼藉。不知何时偷偷从楼上蹿到沈父脚下的那只猫,被吓得如闪电般逃掉了。

四

沈父坐在木沙发上看着沈竹心打扫完满地残羹,又像腊月里洒扫庭院似的把屋里院里都擦拭了个遍,方才被伍总激起的怒气仿佛也消了。"儿子,来,坐。"见沈竹心在院子里洗了手走进屋来,他指着自己对面的那张沙发椅说。

"儿子,你妈走得不遭罪。那天,吃过早饭,她说要去买点吃的备着,让我跟她一起。我心想,她怕是又要买不少东西,就去楼梯间拿小推车。拎着小推车走出去,就看到你妈倒在院子里了。我慌得赶紧打120。我们巷子里修路,救护车进不来,我就去巷口迎救护车,一开门就遇到了强子。我让他快去迎救护车,说完,自己就不省人事了。儿子啊,强子帮了咱家大忙了。你妈的后事,都是他帮着办的。你妈走的那天,就是你打好几个电话我都没接的那天。晚上,我怕你着急,才接了电话。那天你说你在美国开会,所以我也没跟你说你妈走了。说了又能怎么样?那么远,你一时回不来,伤心再加上着急,还不把身体弄垮了?我想,反正你早晚是要回来的,等回来再说吧。我们当父母的,没本事帮衬你也就罢了,能不给你添乱就不给你添乱。"

沈竹心坐在沙发椅上,听着父亲的讲述,感觉心在狂跳。他把右手的食指和中指搭在左腕上,默默地数着自己的脉搏:1、2、3、4……此刻,他痛苦地想到,生他养他、给了他生命的两个人,一个已经不在这个世界上了,另一个已经老迈得近乎痴愚。刚才,父亲在讲述母亲去世这件事的过程中,居然打了两次盹。

猫在父亲怀里发出了安适而愉快的呼噜声。听着它的呼噜声,沈竹心心里想:自己真不是个东西,连只猫都不如。猫还能陪伴他的父亲,给老人些许温暖和慰藉,而自己呢?他与父母远隔重洋,整整三年,父母看不见也摸不着他。这三年,父母究竟经历了怎样的艰难,他一无所知。他能做的,不过是通过微信视频通话,敷衍地问候他们几句,再发一些毫无意义的红包——父母不会用微信付款,那些钱都在微信的零钱包里堆积着,如同一堆毫无用处的垃圾。生而为人,作为人子,他的存在到底有什么意义呢?他所研究的那些高深莫测的课题,真能帮助人类改变命运吗?他要改变人类的命运做什么呢?他连自己的生活都无法掌控,他连自己的父母都照顾不了,他连最基本的孝道都没有尽到——说到底,他连做人都不够格,还研究什么社会学呢?沈竹心的双手仿佛不受控制似的砸向自己的脑袋,突然间,困扰了他多年的头痛伺机而来。脑袋一旦痛起来,里面便如天崩地裂一般,被唐僧念了紧箍咒的孙悟空,头痛起来恐怕也不过如此。沈竹心跟父亲打了声招呼后,便上楼取药。他从行李箱里找到药,赶紧吞服下去。

止疼药没有马上降服沈竹心脑袋里的"恶魔",它依旧挥动着魔爪,在他的脑海里激起惊涛骇浪。沈竹心痛苦地抱着脑袋,如一只任人宰割的羔羊。

慢慢地,沈竹心脑袋里的"恶魔"终于渐渐停止了躁动。头痛平息的瞬间,整个世界仿佛都是新的,沈竹心也从这场酷刑中活了过来。他抬头看了看窗外,窗口露出一方蓝紫色的天空,天幕上还飘着丝丝缕缕暖黄色的云絮。

傍晚来临了。

沈竹心掀开被子,起身,下楼。他已经不记得方才是怎么上楼的,怎么钻进被窝的,又到底睡着了没有。疼痛有时会带给他异样的生命体验,那些痛苦,事后回想起来,常有种入梦般的超现实感。

没有窗户的堂屋光线暗淡,父亲不在屋里。楼梯间堆满了杂物,厨房里也是安静的,院门紧闭着。父亲去哪儿了?他突然觉得自己像是与父母走失了的小孩,心脏仿佛被什么东西用力一捏。他喊道:"爸,爸!"无人答应。他忙拨打父亲的电话,连拨三次,均无人接听。二楼阳台上,父亲那件宽大的羽绒服迎风摆动着,有一搭没一搭地挥动着衣袖,就像一个稻草人,只是少了一顶草帽。

沈竹心套上外套，打开院门，朝巷口走去。站在巷口，看着纵横交错的巷道，他不知该往何处去。之前去纽约开会，第一次站在曼哈顿繁华的第五大道上，他也没有如此刻般为去往何处而感到迷茫。

"叭！"

沈竹心循声望去，看见一位年轻的父亲正带着一个小男孩在巷子里玩摔炮。这富有年代感的游戏是他小时候过年时最爱玩的，那时候的父亲，在他眼中，是高大威猛、无所不能的英雄。

那对欢快的父子牵着手离去的背影，在夕光中被修剪成了一幅暖色的剪影。"叭！叭！叭！"小男孩掷出的摔炮，声音如连成了一串省略号，从巷子深处不断传过来。一只黑猫嗖地从院墙上跃过。

沈竹心迈开大步朝小巷深处走去。

2023年2月6日定稿

刊于《当代小说》2023年第9期

夜静春山空

午后,母亲站在北窗下,缓缓地转过身,对坐在餐桌旁处理邮件的余凡说:"凡凡,我想回趟寿州。"余凡抬起头,看见母亲的脸上有层暗影,或许是逆光的缘故,他说:"妈打算什么时候回去?"

"马上。"母亲说完就离开餐厅,去房间整理行李了。余凡依旧坐在那里,望着北窗下母亲刚才站立的地方,他仿佛又看见三个月前的场景——

那天,时间也是午后,余奕宁站在北窗下,眺望许久后,转头对余凡说:"等下你送我上北山。"

余凡当时嗔道:"瞧您,说什么呢?"

余奕宁却笑了:"哟,没想到你离家这么久,还懂这忌讳呢。"

余凡不语。在寿州,是不作兴说送人"上北山"的。寿州城北的八公山,被统称为"北山"。北山脚下有殡仪馆、公墓。寿州城曾为楚国都城,城里的老百姓说话讲究,他们不直接说谁谁谁去世了,谁谁谁到殡仪馆或谁谁谁下葬了,而是将此类事说成"送谁谁谁上北山"。余凡十八岁那年考上大学,离开寿州;同年,余奕宁工作调动到省城后,举家迁离寿州城。之所以二十年后还牢记这句平时犯忌讳的话,是因为有一年的大年三十,余凡趴在窗口玩着玩着,突然对奶奶说:"奶奶,我们上北山吧。"奶奶听罢,便瘪着嘴哭了,说:"大过年的就被孙子诅咒,看来是活不长了。"为此,余凡头上还挨了余奕宁几个"爆栗子",当即被打蒙。事后,妈妈告诉他,在寿州,这是一句犯忌讳的话,特别是对老人说。与疼痛伴随的教训,印象深刻,影响久远。

许久未归,回家后余凡发现父母苍老了许多,尤其是余奕宁,他原本挺拔的脊背佝偻了,两鬓攀满了白发,连从沙发上起身都分成了两个动作:先往前探探身子,把手按在大腿两侧的沙发上,再缓缓地起身——余奕宁成了老人。

老人会有着如孩子般无厘头的倔强。午餐时,余奕宁突然对余凡说,要回寿州看看。余凡听到母亲说:"孩子刚回来,让他在家歇歇吧。"余奕宁把筷子往碗上一搁,说:"他歇他的,我一个人去!"

余凡忙说:"去呀去呀,我也想回寿州看看。我关注的一位旅游博主,前段时间还发了一系列在寿州旅行的小视频呢,看得我好想回寿州转转呢。"

"好好好,你们去吧,你们去吧。我腿不好,哪也不想去。"余凡见母亲推开饭碗,起身离开了餐厅,正要起身跟过去安慰她,余奕宁却说:"凡凡,收拾一下,我们现在就走。"

余凡只得匆匆收拾了随身的衣物与洗漱用品,和余奕宁出了门。刚到寿州,雪便密了。入住酒店,安置妥当后,余凡站在酒店房间窗前,打开窗帘向外望,窗外雪大如席。不远处的城门被雪覆盖着,像极了旅游博主推介的寿州出品的文创雪糕——那个用奶油制作的卡通城门楼造型的雪糕。余凡订的是套间,他住外间,把里面的主卧让给了父亲。他刚把衣物从行李箱里拿出来,便听到里间传来余奕宁剧烈的咳嗽声。他把衣物往床上一丢,就往里间走。走到门口,他停下了脚步,听到里面传来父亲和人视频通话的声音。

"你不要来。"

听起来,对方是个不算年轻的女生。

"我就去看看,什么都不说。"余奕宁说。余凡听他那口气,完全没有在家和他与母亲说话时的霸道,那口气几乎有点像是哀求了,总之,声音听起来怪让人觉得别扭的,因为那不像余凡习惯的父亲的声音。

余凡不想窥知父亲更多的秘密。他便轻轻地走回自己的床边,把刚才摊在床上的衣物收拾妥当。

"凡凡,走!"正在回忆里浮游的余凡被母亲正常音量的呼唤声吓了一跳,他收回飘在虚空里的目光,看见母亲背着白色的环保布袋,提着黑色的旅行包走出房间。余凡忙应了声"好",合上电脑,起身到卧室拿了外套,背上双肩包,从母亲手中接过旅行包,与母亲出了门。父亲那辆黑色帕萨特如困兽般盘踞在车库的一个角落,即便在昏暗的地下车库,余凡也觉得它落满灰的车身有点不像样子。父亲在时,它总是干净体面的,这辆车龄近二十年的老车,被父亲打理得像一位穿着整洁旧衣的老人,看上去总是清清爽爽的。和母亲上车后,余凡将车发动,又查看了车胎等车况,这才驾车上路。从家到高速路口,十分钟的车程,母亲一直在反反复复地开关车窗。上高速后,母亲不再开关车窗,改为不停地叹气。余凡问她是不是不舒服,她说有点闷。余凡打开车内空气循环,母亲又说有点吵。他默默地关闭了车内空气循环,可没过一会儿,他自己也感到有点闷了。车窗外,道路旁一闪而过的树木已有了春色。三个月的时间,季节从冬轮转至春,植物从死寂走向新生,而人却……

一路无话,一个半小时后,余凡已载着母亲把车泊进了楚都国际酒店的停车场。在前台,他递上自己和母亲的身份证,要了一个与上次一样的套间。上楼,开门进房,把母亲安顿在里间,他坐在外间的床上,耳畔再次传来父亲的声音:"凡凡,我们走!"

三个月前的那一幕即刻浮于脑际,当时余凡正站在酒店房间的窗前,父亲的那句话令他一惊,他忙把视线从窗外收回,扭过头对父亲说:"雪下得不小,天黑了,视线不好,路又滑……"

"照这样的雪势,明天的路会更难走。"余奕宁紧蹙眉头,不耐烦地打断余凡。

"那行,我们先吃点东西再去。"余凡说着,从床上拿起外套,准备出门,因为他发现父亲已经拉上了一直敞开着的羽绒服的拉链。

余凡跟在父亲身后进了电梯,电梯里的楼层指示上清楚地标注着三楼是餐厅,余凡按了"3",父亲却紧跟着伸手按了"1"。余凡说:"爸,先吃点饭吧。""不饿,不吃!"余奕宁赌气似的说。说话间,电梯到了三楼,停下打开了门,进来四五个满身酒气的中年男人。余凡不自觉地往后退了几步,直到背部贴着电梯壁上。他将视线移向父亲,屏息巴望着电梯快点抵达一楼,他怕在逼仄的环境里与陌生人接近,尤其是这帮酒客。

"哟，这不是余工，哦不，应该叫余总！"

余凡循着那烟酒嗓的声音望过去，是站在电梯最外侧脸朝里的那个脸色黧黑、穿件大红色羽绒短袄、戴顶黑鸭舌帽的矮胖男子，此刻，他正喷出浊厚的酒气。

余凡将目光由红衣男移向余奕宁时，看见父亲身子一晃，正斜向一个喝得摇摇晃晃的酒客身上，于是他忙往前半步，想搀着父亲，却未料到父亲往前倾倒的力度如此迅猛，竟把余凡带了个趔趄，导致父子俩一起撞向了站在电梯口的那个红衣男。这时，电梯门缓缓地打开了，红衣男抽身而去，余凡站稳身子，竭力扶住父亲，却感觉父亲的身体像电梯降落般在往下沉……

日子如滚雪球般，用最难过的部分做核，很快便滚成了一个巨大的雪球，裹死了那哀伤的核。从冬至到春分，时节轮转，日子纷飞。再来寿州，记忆里的雪被缤纷的落花取代。下高速后，余凡看着车窗外绿化带旁随风飘散的落花状如落雪，不禁又想到，年前看到落雪时联想到落雪如落花。人总是爱在此刻想到彼时，由此景想到彼景。会联想是人类浪漫的基因，也是人类痛苦的源点。

母亲在洗手间待了片刻，出来走到余凡的床边说："凡凡，能送我上北山吗？"余凡怔了怔，这句犯忌讳的话，三个月前父亲说过，现在母亲又说。他是真的忌讳了，对母亲说："妈，怎么能这么说？您忘了我小时候跟奶奶说上北山还挨了顿打呢！"母亲抿嘴做出笑的姿态，展示给余凡的却是令人心碎的苦相。他心头一震，对母亲说："妈今天坐车肯定累了，明天再去，等下我们吃点东西,我先出去转转。"母亲没有坚持。他真后悔三个月前对父亲的顺从,如果自己当时能像此刻对母亲这样有所坚持,而不是没有原则地顺从,父亲或许不会走得这么急。

在自助餐厅吃了晚餐后送母亲回房间,他让母亲先休息,看看电视。他说自己想出去转会儿。得到母亲的默许后,余凡离开房间。他走出酒店大厅,径直上车,往八公山去。十五分钟后,余凡把车泊在残破的九龙壁前,打开车窗,望见夜空的月影,像一只旧摇椅。余凡关窗,熄火,打开车门,点上一支烟,走向九龙壁后的那片废墟。很多年前,他们家就生活在这片废墟里。

天上的月光、对面高铁站的灯火、不远处高速公路的路灯以及距此直线距离不过四里路的古城灯火投射过来,令这片废墟幽光隐现。余凡踏着瓦砾,小心翼翼地往废墟深处走。被人类废弃的所在,会成为鸟兽虫蚁的家园,春天到了,他小心提防着的是他最惧怕的蛇。小时候,他曾见过一条被水泥浆裹着的蛇,蛇痛苦挣扎的场景至今仍演化成不同的困境在梦里紧扼他。如今,这里没了困蛇的水泥浆,没了用水泥浆困蛇的人,关于蛇的噩梦早该消除了,而余凡还被记忆里的那一幕牢牢地困在原地。人永远摆脱不了记忆的捆绑。走到一面高墙下,抚着墙上已成空洞的窗,余凡辨出,这是厂部大门口警卫室的窗,儿时的他,无数次趴在那扇窗前往外望,望见骑自行车的人们潮水一般涌进来、泄出去。而今,当年那些骑车的人,已如烈日下的水滴般被蒸发在茫茫人海或缈缈天际。他站在窗下,从空洞的窗口朝外看,一幕幕往事如舞台剧般以夜色为幕不断浮现。

陪父亲回寿州的那天,余凡清楚地记得晚上六点钟时,他听到父亲在房间里打视频电话,便退回自己的房间,站在窗前,看见天已经黑成了幕布,路灯与霓虹灯如背景光,把雪映照得如纷纷坠落的杏花。那一刻,他突然想起自己还没上小学时,在山里一户人家的庭院里"制造"的"杏花雨"。记得那是个周末,父母不知为什么又吵了起来。母亲哭泣后,躺在床上,不肯起来做饭。父亲把他抱到自行车的前杠上,骑上车,出了厂门,沿着山道往村里骑。在坑坑洼洼的山道上,余凡被颠得起起伏伏,屁股被硌得生疼。余凡发现,很多深刻的记忆并不是源于快乐,而是来自痛苦的感受或疼痛的感觉。关于"杏花雨"的记忆,余凡清楚记得的,是路上被自行车前杠硌疼屁股的经历,和他从石磨上摔下来,把手臂跌骨折的疼痛。其他场景都影影绰绰的,如梦境一般。那天,父亲带他去的是一户山民的家,那家小院里有两棵开满粉花的树,父亲告诉他,那是杏花。他带着几分讨好地问:"爸爸,是'牧童遥指杏花村'的杏花吗?"然后,父亲就让他在一棵杏树下背诗。他大声地从《咏鹅》《静夜思》《忆江南》背到《清明》。背着背着,他发现身边居然一个观众也没有,平时在厂里,他一背诗,就有很多大人给他鼓掌。没有观众的表演是无趣的,于是他决定找点有趣的事儿做。杏花在头顶上开得很热闹,一朵挨着一朵,像一群小朋友头抵头在做游戏,而他却孤孤单单地在这个陌生的院子里背诗。他有点恼火,有点嫉妒那一树热闹的杏花。于是,他捡了颗小石子,就像砸厂里废弃仓库的玻璃窗似的,用尽力气,甩起胳膊,把石子往杏花枝上掷。可是,看着那么小那么娇的杏花,居然比玻璃还扛砸,它们只是轻轻地晃了晃,一朵也没有碎掉,真气人哪,这些该死的杏花也太欺负小孩了!余凡愤愤地四处环视一番,终于在墙角看见了一根竹竿。他忙把竹竿抱过来,然后爬到树下的石磨上,举着竹竿像捣鸟窝似的,往杏花枝上乱戳。这回杏花扛不住了,它们怕疼似的,纷纷从树上落荒而逃。余凡站在树下,仰头望着纷纷下坠的杏花,多像下雪呀,他这么想着,便在石磨上转起了圈。结果,不美的是,他还没转两圈,便一头摔到了地上,疼得大哭起来。他记得自己哭了许久,才引来父亲。父亲见他跌在地上,像老鹰捉小鸡似的把他一把拎起来,居然还屈起中指在他头上敲起了"爆栗子"。"别打了,快看看孩子的胳膊!"一道细细的声音从门缝里挤出来,制止了余奕宁对余凡的一顿胖揍。

记忆在此卡壳,能接上的便是在县医院照 X 光的场景了,他的胳膊被紧紧地贴在一个冰冷机器的玻璃板上。再后来,又是刻骨铭心的疼痛,两个穿白大褂的家伙狠狠地扭着他的胳膊,在上面裹了厚厚的纱布。之后的一个月,他的脖子上吊着绑了硬硬石膏绷带的左胳膊,什么坏事都做不利索了。

余凡又走到九龙壁前,弯月斜在山脊上,将朗朗清辉洒向大地,为山影涂上一层冷冽的银光,他立在这派阒静里巡睃,发现往左是一条蜿蜒的山道。山道鲜有人踏,已被野草侵占得只剩一条细若游丝的线。但正是这条线,令余凡生出了发现些什么的信心。那条线令他看见的是一双脚、一个身影、一种执着。是的,若是没有那份执着,山道怕是已被隐入山野,无从辨识。

余凡沿着那条"线"朝前走,山道两旁偶有废弃的农舍隐在月光暗处,像伺机待发的巨兽,多少有点瘆人,于是他吹起了口哨,是 *You Are Not Alone* 的曲调。多年来,这首歌陪伴他度过无数孤独、苦闷乃至恐惧的时刻。他的口哨声惊起了几只鸟,鸟扑扇着翅膀朝山林里飞去。鸟的振翅惊动了山野里的草木,蓬勃的植物气息瞬间袭向余凡,余凡停止了口哨,因为他看见了前方的一片雪光。快步朝前,走近些,他的心跳骤然加快了,哦,原来是一树杏花,从坍塌了半边的石墙斜逸出来,在月光下如雪般洁白耀目。

余凡大踏步迈向那个开着杏花的小院,"看山跑死马",待将这条"线"走到头,再转个弯,沿着水泥道拐到那座小院,余凡已累得气喘吁吁。院子有两扇半人高的木门,门上没有挂锁,轻推便开。余凡有些警惕地边往里走边大声吆喝:"有人吗?"无人应答,也未闻犬吠,但走进小院发现,这并不像是一座被废弃的农家院落。院子里有石桌石凳,再看那排砖房,壁上居然悬挂着木牌,打开手机手电筒照亮看,木牌上是墨书的"八公山居"四个汉隶。余凡有点失望,这不是他童年记忆里的农家小院,但他继而好奇,想知道是什么人在这山野人家悬了如此具有雅意的木牌。"八公山居",他望着那块木牌,轻声读了出来。

山风忽来,杏花星星点点地从树上飘落下来,他想起童年捣过的那棵杏花树,童年视角中,那棵树高大得简直直冲云霄。而眼前的这一株杏树,主干细弱,树冠单薄。他坐在石凳上,望着这稚嫩的枝干上开满了的杏花。他伸手去捻落在石桌上的花瓣时,居然捻到了半颗花生米。隐隐地,他还闻到了烟酒的味道。他起身,对着小院的周遭拍了一个短视频,随手发布在自己的视频号里。

那条小视频的背景音乐,余凡配的是 *You Are Not Alone*,不知道是否得益于迈克尔·杰克逊,半个小时后,当他走回九龙壁,坐进自己车里,拿出手机翻开视频号时,发现刚在"八公山居"拍摄的那条题为《夜静春山空》的视频,点击量已过五千,而平常,他偶尔发布在视频号里的视频,点击量最高不过几百。余凡点开这条视频下的留言,他关注的那位旅游博主居然给这条视频点了赞,这点击量或许得益于他的引流。余凡这才想起在视频号上搜索"八公山居",一搜,便涌出许多内容来。余凡点开一个小视频,是一群人在杏花树下插花、品茗、歌唱。余凡留意视频的发布时间,是四小时前。而刚才他在那个小院嗅到的烟酒味道,又是谁人在何时留下的呢?余凡继续在视频号里搜罗。他逐一点开与"八公山居"相关的小视频,突然,一个熟悉的身影在一个视频里一晃而过,他反复看了许多遍之后,确定那个身影就是三个月前在电梯里喊他父亲"余总"的红衣男,视频里,他穿了件红毛衣。这时,母亲发来了视频通话邀请。接通后,母亲神色紧张的面庞挤满了手机屏幕。

"凡凡,你在哪里?你和谁在一起?他对你说了什么?你们一直有联系对吗?"母亲的脸已经离开镜头,手机传来了一阵窸窣声。"妈,你说什么?我和谁有联系?"母亲略带神经质的追问令余凡一头雾水,他想抽支烟。他打开车门,下车后,一手举着手机,一手摸出衣兜里的烟盒,烟盒居然是空的。他想起,是之前出"八公山居"后,抽完了烟盒里的最后一支烟,不乱扔垃圾的习惯是他多年来养成的,最初得益于父亲对他的影响。

他走到车尾,打开后备厢去找烟。

"凡凡,她对你说了什么?"母亲的脸再次靠近时,余凡看出了她哭泣的痕迹。

除了记忆中的那半条烟——三个月前剩下的,余凡还在后备厢里发现了一只颇有年代感的纸鞋盒。他把手机搁在鞋盒上,打开烟盒,抽出一支烟,打火机在"吧嗒"冒出一星蓝色的火苗后燃着了一支烟,他贪婪地猛吸一口,再缓缓吐出一股烟雾,听母亲那边发出擤鼻涕的声音。他惧怕女人歇斯底里与哭哭啼啼的习性,因此回避婚姻。但他逃避不了哭泣的母亲。抽了几口烟,他镇定下来,分析母亲那句话的含义,以及她口中的"他"或者"她"到底是谁。他想到了三个月前,无意间听到父亲打视频电话时在联系的那个人,那个拒绝见父亲的女人。

"妈,等我回去见面再说,我先挂了好吗?"

母亲应了一声,挂断了视频电话。

余凡打开车门,把烟头放进车载烟灰缸里,又折身去看后备厢里的纸鞋盒。打开鞋盒,里面是一沓纸。暗淡的月光下,勉强可以辨认出,那是写在一沓单位信笺上的文字,但不像是信。余凡坐回车厢,打开车顶灯,被照亮的信笺上,"寿州水泥厂用笺"七个红色字下,是蓝色墨水写出的钢笔字,那些密密麻麻的汉字,如一只只逃命的蚂蚁挤在一起,害得余凡几乎要犯密集恐惧症了。他翻到第二页,心便怦怦怦地狂跳起来。为了平复情绪,他把信笺放在了腿上,打开车窗,点上一支烟,吐出的烟雾即刻逃出车窗,在夜幕里汇成了龙影,又徐徐地消散开去。余凡打开车门,用闪着火星的烟头点燃了一张信笺,接着,他用那张燃烧的信笺引燃了一整沓。那沓被时光弄脆的信笺化作一只只黑色的蝴蝶,在九龙壁周围纷纷起舞,那些变淡的字迹变成了灰烬,飘散而去。当最后一点火光熄灭后,余凡拍摄了一段九龙壁后面的废墟的视频,以《万物皆为虚妄》为标题发布在视频号上。

母亲的视频电话又打了过来,他没有接听。已近不惑之年的余凡突然间困惑了。仅仅是父亲那两页陈年的记录就足以让他困惑了吗?仿佛又不是。余凡多年独自在外,最初是拼搏,渐渐变成闯荡,到后来感觉就是流浪。于是他决定回家,以陪伴、照顾衰老的父母为由留下来。未承想,居然毫无心理建设地迎来了父亲的故去。经过三个月的感情修复、环境适应与市场调研,余凡决定回寿州古城创业。即使不是母亲提出"上北山",近期他也会到寿州与前期联系的合作方洽谈。而此刻,他突然生出逃离的念头。父亲二十年前在那沓信笺上写的字,像一只吊钩,将他拖进某种宿命中。"父债子偿"这四个字,字字如刀,深扎人心。一时间,他想号啕,想咆哮。然而,春山空静,月影婆娑,在这近似空茫的寂静里,他唯有沉寂。

一道强光刺破黑暗,引擎轰鸣随之逼近,余凡刚举臂遮眼,刺眼的车灯便熄了,车上下来两个人,其中一个人大声质问余凡,为何要在山上放火。余凡一愣,问话者居然是他——那个红衣男!

"你什么来路?知道在山上放火的危险吗?"满脸横肉的红衣男气咻咻地逼近余凡。

"你是巴员外吗?"余凡问。

"哟,认得我?"

"我刚去了趟'八公山居'。"余凡说。

"嘿,你怎么知道'八公山居'是我的?"

"老大,看来这是你的粉丝。"站在车旁的高个男说。

余凡说:"对,我关注了你的视频号。你怎么知道我放了火?"

红衣男指了指九龙壁旁的一根电线杆,余凡望过去,那上头居然有摄像头。红衣男说:"我特为一个人安了这个监控,可惜那老东西居然在三个月前死了。"

"你是说余奕宁?"

"你认得他?"

"他是我父亲。"

"混蛋!"红衣男抡起胳膊,朝余凡挥去重重的一拳。余凡脸一偏,躲过那一拳,伸手抓住了红衣男的手臂,又一个扫堂腿将冲过来的高个男绊倒在地。

"别费劲了,再来俩你们这样的,也不是我的对手。"余凡松开红衣男,冲摔在地上却伺机攻击的高个男说。

红衣男冲高个男喝了一声:"起来!"高个男起身后走到红衣男身后立如木桩一般。

余凡理了理衣袖,面朝九龙壁,幽幽地说:"我放火烧的是不堪的往事。"说罢,他转回头,朝红衣男问,"阿姨还好吗?"

"好?谈了这些年,你说好不好?"红衣男说。

"我去看看她,可以吗?"余凡问。

红衣男沉默了片刻,说道:"也好。她过去常念叨你,念叨你聪明,有出息。她一直拿我跟你比,说我们一个天上一个地下,确实,没想到我书念不过你,架也打不过你!"

"别废话。"余凡大跨步走向泊在九龙壁暗影里的帕萨特,"现在就去,你们带路。"

可红衣男与高个男却并未上车,他们径直走向九龙壁,余凡把刚打开的车门重新上锁后,快步跟上了他俩的步伐。在跨进已沦为废墟的一道门槛时,红衣男回过头,用打开了手电筒光的手机晃了晃余凡,说:"打开手电筒,小心脚下。"

余凡未作声,亦未掏手机开手电筒,因为眼睛已经适应了黑暗,或许,潜意识里他不想照见更多。

"喏,到了。"红衣男走到一处坍塌了屋顶及半壁的残屋前扭头对余凡说。余凡发现,残屋在那片废墟中较为独立,是当年的小食堂。父亲曾带余凡去过,唤起余凡记忆的依旧是疼痛。那天,食堂的阿姨端出一大碗馄饨给他们父子,余凡刚坐在条凳上便迫不及待地伸手去够那只朝他喷薄出浓香的大碗,结果,碗里滚烫的馄饨汤泼向了他那只不听话的手臂。至今,余凡的右臂内侧还有当年贪吃留下的印记——一条蜈蚣状的暗痕。

余凡从卸掉门的门洞里走进当年的小食堂,没有发现一块碎砖断瓦,有着人为清理后的整洁。更令余凡感到惊愕的是,那里居然摆着一张木桌和两把木椅,且桌椅都很有年代感了。红衣男拿手机手电筒晃了晃桌椅,对余凡说:"我妈走之前,非要让我把她屋里的桌椅搬过来,她说要坐在这里等人给她一个交代。"高个男接话道:"他是孝子,老娘说完,他就让我找人把东西搬来了。""余奕宁欠我妈一个交代!"红衣男搡开高个男,突然冲余凡吼道。

"阿姨——也不在了?"余凡拉开椅子,坐下来,仰头望着没有屋顶遮蔽的夜空,夜空混混沌沌,没有星光,也不是纯粹的黑暗,是被来路不明的光源浸染出的浑浊,如老年人的眼白,如被搅浑的水……那一刻,余凡的心就像一汪被往事搅浑的水。

方才烧成灰烬的那沓信笺上,父亲记录的是他自己的罪证,以及多年之后他在后面补白的忏悔。余凡只简单地翻了翻,那是父亲的秘密,父亲已故,他不愿掀开那陈旧的秘密,抖出秘密里藏匿多年的积尘,去呛着母亲。不外是父亲年轻时曾关照自己兄弟的遗孀,大约是发生了私情,事情败露后,父亲逃离,留下那个女人独自承受世人的唾弃。直到去年,余奕宁住院时偶遇同去住院的那个女人,他良心发现,想去忏悔,却被拒绝。

"跪下!"红衣男又大吼了一声。

余凡一愣。高个男结结巴巴地补白道:"给你爸妈跪下吧,磕个头,也算认祖归宗了……"

红衣男扑通一声先跪在地,对着木桌连磕了三个响头后跪立起身,双手合十,念念有词:"爸、妈,我把俺哥带来了,你们在天上看看吧,他比我有出息,海归博士,一表人才……"

余凡一把揪住红衣男的手腕,问:"你在说什么?!"

"快,快松手! 你俩是亲兄弟!"高个男边说边冲过去护住红衣男。

"余奕宁和我爸当年是结拜弟兄,他和他老婆结婚多年不生孩子,我爸妈生了我姐后,二胎生下我俩,余奕宁和他老婆当时就央求俺爸妈给他们一个养,你出生第三天就被他们抱走了。这事,对外一直瞒着。后来,爸受工伤出事后,余奕宁就常来我们家帮忙,还找领导把我妈安排进厂部的小食堂,你当年在小食堂被烫伤的事,妈临走时还在念叨……"

九龙壁前,泊在暗影里的帕萨特如一只忠诚的老狗。在余凡的坚持下,弟弟他们已先行离去。当了近四十年独生子的余凡瞬间有了姐弟,成了一户人家三个孩子中的老二,并且,他居然与那个比他矮一头的矮胖男子是孪生兄弟——这真够魔幻的!方才母亲连续打来好几个电话,他都没有接听,后来索性把手机调成静音模式了。有一瞬,他希望世界就此灭亡。一切都是错乱的,他需要时间,需要一个人静静地消化这些信息。

夜空中的那弯月已被云遮蔽,废墟里传来悠悠的虫鸣,夜风汩汩地吹向靠着车门的余凡,他感觉到了冷,以双手交错抱胸的姿势温暖自己。这是许多年来,他在最孤独无助时习惯的姿势,那像是一个拥抱,紧紧箍住自己时,会产生一种力量和能量,用以抵抗虚无的黑洞对自己的吞噬。此刻,他又感觉到了那个黑洞强大的引力。他将左手伸进右袖,用左手中指去探右前臂内侧那个蜈蚣形的疤痕,那个疤痕凭触觉已无从察认,只在视觉上会呈现出区别于正常皮肤的暗色,如一条爬行的蜈蚣。余凡努力地回忆自己被烫伤时,妈妈拼命往他被烫的手臂上涂抹油腻腻的猪油——他在心里第一次犹疑着喊她妈妈,他那已经故去的亲生母亲。据说,她在弥留之际才把这个天大的秘密说出来,过去几十年,她一直背着与余奕宁私通的骂名,独自承受着能够淹死人的吐沫,独自承受着下岗失业生活无着的艰辛,独自承受女儿的误解,独自承受对他这个大儿子无边的思念,更是独自承受保守这个巨大秘密的压力。生命的内核有多坚韧,才能令一个女人承受这些呢?

余凡后悔没有认真看完父亲的秘密,他真后悔自己总是想当然地按照常理去推断一切,因此错过了与真相接近的机会。他突然大吼一声,绕着九龙壁打圈子狂跑,回声缓缓地传过来,如拥抱般裹紧了他。

2024年6月5日定稿
刊于《小说月报·原创版》

云深不知处

一

凌晨四点,调整为静音模式的手机如流星划亮夜空般,在昏黑的卧室闪了闪。梁茗茗旋即从枕头上弹起,抓过手机,微信聊天对话框里,芊芊写道:"妈妈,我安全抵达悉尼了。"这句话的下面,是一大串"想你""爱你"的表情包。梁茗茗把那句话又看了一遍后,点开芊芊新更换的头像,一个黄头发的西方女孩。她没有回复,把手机放在枕头下,继续平躺着。她闭上眼睛,双手放在腹部,尝试着关注自己的呼吸。这是她经常指导他人对抗失眠与焦虑的休息术,但这一夜,这个方法在她自己身上是无效的。收到芊芊的平安讯息后,悬着的心终于可以落下了,她想再尝试一下这个休息术。今天得在高速公路上开长途,她需要清醒的头脑保障驾驶安全。

芊芊打败了瞌睡虫和休息术。当梁茗茗闭上眼,努力地专注呼吸时,成百上千个大小不一的"芊芊"蜂拥而至,挤在她的脑海里,争前恐后地叫着"妈妈"。襁褓中那个还不会喊妈妈的小芊芊,不甘示弱地大声啼哭,惹得梁茗茗格外关注她。她还不到一个月,被包在一个鹅黄色的绒毯里,两只小手紧紧地攥成拳头,在哭得通红的小脸上方划着,真像个在卖力呐喊喝彩的小啦啦队员。梁茗茗突然想起,在芊芊很小的时候,就因为觉得她哭起来像个啦啦队员,所以自己喜欢叫她"啦啦"。直到有一天,得知"啦啦"是种特定称谓时,梁茗茗重新给那个已经会在学步车里冲她喊"妈妈"的小精灵取了"芊芊"这个名字。从芊芊在学步车上伸着手臂要"妈妈抱",到如今步入机场闸机后挥手告别,在生活中如此漫长艰难的过程,在回忆里仿佛只是一瞬间。梁茗茗想:她和芊芊的这次分离,相当于分娩时割断脐带吧——从此,她和她日夜守护的芊芊便江湖一别,天各一方。

倦意笼罩,但睡意全无,梁茗茗索性起床,拉开窗帘,推开窗。晨光熹微,新鲜寒冽的空气扑面而来,她伸长手臂做了几个拉伸动作,关上窗,披上厚棉袄,走出卧室。她被十多年的惯性驱使着,径直走到芊芊的房门前,在扭动房门把手的那一刻,她突然意识到,往后无尽的早晨,她都不用像过去那般在起床的第一时间,打开这扇门,去看这间房里一张堆满毛绒玩偶的小床上,缩在被子里酣睡的那张小脸。她颓然松开了门把手,在紧闭的门前默立了几秒后,转身到客厅。她打开了所有灯——门廊灯、吊灯、沙发旁的落地灯,然后进厨房烧水。烧水的时候,她就站在那里,守着烧水壶,像给芊芊热牛奶、煮燕麦片时守在燃气灶旁那般。水开了,她给自己冲了杯咖啡后,又泡了一壶茶。餐桌上有只绘着卡通兔图案的水杯,梁茗茗把它端在眼前转了一圈,然后轻轻地将它放在了原处。这只水杯是芊芊十二岁生日时,梁茗茗带她去杭州旅游时买的。一只瓷杯,她用了六年多,不舍不弃,可是这一次,她居然毫不留恋地扔下了它。

梁茗茗走到厨房,用煮蛋器煮蛋,用烤面包机烤切片面包。

面包机发出"叮"的一声,吐出两片烤得焦黄的面包,烤热的面包散发出浓郁的麦香。梁茗茗喜欢这种纯净的食物香气,她怕油烟,在家从不采用煎、炒、炸的方式做饭,她们的餐桌上只有牛奶、面包、沙拉、煮出来的鸡鸭鱼虾蛋等。她想:她这样养大的芊芊,到澳大利亚后肯定不会像别的游子那般想念妈妈做的菜,因为她根本没有做过什么像样的家常菜,除了将方便面煮好后用生菜和芝麻酱拌一拌,告诉芊芊,这叫梁氏拌面。她把面包片放在小盘子里,端到餐厅,在餐桌旁坐下来。打开手机,翻看着微信朋友圈,喝一口咖啡,吃一口面包。芊芊更新的最后一条朋友圈信息,是十分钟之前,她发了几张图片:标有英文路牌的街景图、一栋两层小楼的外景图、一张她自己仅露半张脸的自拍照。三张图上,排了几行梁茗茗读不懂意思的字与表情包。她把三张图都下载到手机里,一张张放大了看,那张街景图,地面上有三人一行的影子。

　　梁茗茗心头一颤。她含辛茹苦养了十八年的孩子,瞬息之间,让一个一直享受二人世界的丁克家庭,不费分毫功夫,转变成了温馨的三口之家。她放下手机,站在窗口,望着窗外一角蓝天上的云,她再一次依靠深呼吸的力量驱逐内心的不快,胃却隐隐作痛起来。梁茗茗就着咖啡吞下最后一口面包,面包如铁屑似的附在胃壁上摩挲着胃。梁茗茗最怕这种影影绰绰的疼痛,被它暧昧不清地纠缠着,疼痛的程度不足以服用止痛药去对抗它。不被干预的它,便伺机延宕着对神经的噬咬。梁茗茗这一次非常果决地打开了冰箱里的药盒,取出了一粒止痛药,她决定,从此刻起,不再对任何侵犯自己的事物妥协,包括这顽固的、鬼魅般困扰了她二十多年的胃部隐痛。过去,她惧怕止痛药的副作用,尽力忍耐着,可今天,她不想忍耐了。这半生,她忍耐得也太多了吧?

止痛药很快发挥了作用,当梁茗茗换了衣服出门时,胃已变得温驯安静。换衣服时,查了天气预报,寿州的温度比这里要略低些,她挑了件白色的羽绒服。羽绒服还是几年前韩丽陪她买的,正好今天穿着它去见韩丽。

二

打开门,一股寒风梭子般猛然击向梁茗茗敞开的领口,她打着寒噤,裹紧羽绒服,快步朝泊在一株蜡梅树下的车子走去。许久不曾开动的车子灰扑扑地趴在寒风里,就像一只没人要的流浪狗。车旁的那株蜡梅树也生得一副可怜相,原本从主干上旁逸斜出的侧枝,被小区的蹩脚花匠剪光了,只剩一根独干孤零零地指向天空。天空中有朵云,云也孤零零的。

梁茗茗打开车门,发动车子,打开导航。对着手机,她柔声唤:"小度小度,去寿州古城。"然后,便由人工智能拟造的人声引导着,去往她的故城。对寿州,梁茗茗不说"家乡",不说"故乡",总称之"故城",让人感觉文绉绉的,瞎矫情。梁茗茗年轻时爱读书,爱偷偷写点小文章。所谓"偷偷",是她写的文章不示人,要么写在日记本里,要么写在好看的信笺上。唯有一次,她写给孩子的一封信,居然被韩丽拿给了当时在报社工作的妹妹,发表在报纸副刊上了。一晃,二十多年过去了,往事如沧海桑田。

梁茗茗驾车沿金寨路高架行驶十分钟,便到了金寨路高速公路入口。十多年前,刚迁居省城时,她这个路痴,出金寨路高速路口便会傻眼,记得她还花五十元请过一个领路的人,把她带到小区门口。那时,高速路口有许多举着"带路"牌子的人,那些人是何时消失的?他们如今又在做些什么呢?

周末,高速公路上的车流量不小。梁茗茗意识到自己又陷入遐思时,便对自己低喝了一句"好好开车",然后打开车载音响和定速巡航,调整坐姿,注视前方。当张学友深情的颤音回荡在车厢里时,梁茗茗不由得跟着哼唱起来。过去,芊芊坐在副驾,总是取笑妈妈听的这些老歌"没品位",她会打开自己的手机,放一些嘈杂的摇滚乐。有一次,送她上学的路上遇到堵车,她一直循环播放一首摇滚乐,居然引发了梁茗茗的胃痛。梁茗茗在那一刻,突然想起自己年轻时,买了 VCD 在家里放自己喜欢的歌,妈妈说听得她心脏病都要犯了。这是无法避免的代沟啊!有芊芊时,她认为自己和妈妈不一样,会和女儿一起成长,成为她的好朋友。而某天,她无意中听芊芊和同学说"我们家老太太……"时,不禁心惊,原来自己努力地想贴近孩子,并认为自己是孩子的朋友,而在孩子眼里,她却是一个"老太太"。人与人的关系,从来都不是一厢情愿的。

阳光如乱箭般穿过前挡风玻璃、前后车窗以及顶窗,投在车厢里,被光箭齐射的梁茗茗,体感的暖意勾起了她的睡意。她忙将车顶窗打开一点缝隙,让冷空气进来充当清醒剂。刹那间,音乐声、手机导航声与风声在车厢里糅合出的声响,比芊芊过去播放的那些摇滚乐听起来更令她感到烦躁。梁茗茗关闭车顶窗,关掉车载音响,听见手机导航里传来到达庄墓的提示。疫情期间,整日宅在家里,怕影响芊芊学习,不开电视,不看手机,倒是把家里那部《寿州志》给翻熟了。"楚庄王墓在州东南九十里,大冢岿然,庄墓因此得名。"梁茗茗顺口就诵出《寿州志》上关于庄墓的这句话来。说来也奇,虽说近年记忆力严重衰退,但关于庄墓的一切,入眼后便录入了自己的记忆库中。

喋喋不休的导航语音被电话铃声打断,梁茗茗瞄了一眼卡在支架上的手机,来电显示是韩丽。她按了免提接听,韩丽气喘吁吁地问她到哪里了。她说:"庄墓。"电话那头,韩丽似乎迟疑了,过了两秒,她的话音才续上:"你慢点开,说了你别急啊,刚刚松塔跑出去了,我没追上。"一听松塔跑了,梁茗茗突然间怒火翻腾:"都跑了,都跑了,全都跑了!"突如其来的悲声,把梁茗茗自己都惊着了。挂掉电话,她又"嗷嗷"地号了两嗓子,泪蒙住了眼,她顾不上找纸巾,胡乱用手背抹了抹眼泪。庄墓被抛在身后,但和庄墓有关的记忆却汇聚脑际。

记忆的开端在 20 世纪。1999 年 9 月,梁茗茗上大学的第一天,在校园里迷了路,问路对象是个黑黑瘦瘦的男生。男生挠挠头说:"俺也是新生。"梁茗茗乐了,问:"你是寿州人?"男生回问:"你也是寿州的?"见梁茗茗点头,他大方地伸出手说:"老乡好,我叫沈杰,很高兴认识你!"直到那年寒假,男生给她打电话,看到来电显示上的异地区号电话号码,在她的追问下,"老乡"才说,他是邻县庄墓镇的。"过去庄墓也是寿州的嘛!"他这么轻描淡写地对上纲上线质疑他骗人的梁茗茗说,说罢便跟个没事人似的,说第二天要来找梁茗茗玩。为了避嫌,梁茗茗特意约了韩丽,三人一起去看博物馆,走城墙,在巷口吃麻辣烫。

梁茗茗曾向韩丽复盘:"当初知道他说谎,我就该挂了电话,永不搭理他,那样,就不会有后来的这些破事了。"韩丽不认可地说:"那样的话,也就没有芊芊了呀。"梁茗茗听完不作声。有芊芊在又怎样呢?还不是走了。天上云彩似的,说散就散了。

导航提醒,两公里后下高速。快到寿州了,她像乘长途车的旅客,下车前要收拾检查随身物品般,匆匆关闭了记忆之门。这一次回故城,目的只有一个:带回松塔。

三

下高速路后,梁茗茗拨通了韩丽的电话,电话里一片嘈杂,韩丽大声说:"别急别急,我正在找呢!"她问韩丽在哪,韩丽说:"在孔庙。"她挂了电话,直奔孔庙。二十年前,她的第一份工作就在孔庙后面的一间木结构小楼里。几年前她回去看时,旧楼已被拆除,原址上正在施工,据说又挖出了什么。这不奇怪,被誉为"地下博物馆"的寿州城,曾是楚国最后十九年的国都。公元前241年,楚考烈王为避秦兵,迁都到了战国四公子黄歇的封地寿春城。有八百多年历史的楚国,迁都时从积攒下的财富中挑选了最珍贵的一部分带到了寿春。物比人坚,两千多年的历史长河中,不知多少帝王将相、英雄豪杰灰飞烟灭,但他们制造、使用过的器物埋藏在地下,被后人挖掘出来。二十多年过去了,梁茗茗居然还记得大一寒假,她和韩丽一起陪沈杰去博物馆,看见展馆里那些神秘、华美、瑰丽的古物,沈杰在由衷赞叹时,向两位土生土长的寿州城姑娘,口若悬河地讲述楚国迁都史。许多年后看《芈月传》时,她又想起当年的博物馆之行。那部热播电视剧里备受关注的黄歇,也是当年沈杰所讲故事里的主角。他说这位历史上赫赫有名的战国四公子之一的春申君黄歇,当年让出自己的封地寿春给楚王做郢都后,便向楚王请求改封江东,就是如今上海、苏州一带;他说如今国际化的繁华都市大上海,当年是一片荒地,黄歇疏通那条水患难平的"断头河",并引流入海,那河就是今天的黄浦江,而上海的简称为"申"也是出自春申君黄歇的"申"……那次博物馆之行,是她和沈杰的关系发生质变的诱因。那会儿,她被他的才华折服了。如今想起来,那算什么才华?如果当年有百度搜索,或者她略微对父亲参与编纂的地方志留点意,也不至于孤陋寡闻地看沈杰抖点包袱就觉得那是渊博多识。

车刚到孔庙附近的停车位,韩丽的电话也来了,梁茗茗泊好车,熄了火,腾出手来接听时,电话已挂断了。回拨,无人接听。她过马路往孔庙去,刚踏上泮池上的"状元桥",便看见了靠在桥头伸手比"耶"的"小芊芊",一瞬间,她的心"扑通扑通"急跳起来。寿州不仅是埋藏楚王宝物的地下博物馆,也是埋藏她那不堪往事的故城。她的手机里不仅存着芊芊十五年前这张伸手比"耶"的照片,还存着一张她蹲在桥上搂着芊芊的照片,照片里,她的半边脸埋在芊芊穿花旗袍的身子后面,只露出一只挂着眼袋的无神大眼。拍照的前夜,她一宿未眠。当沈杰把签证递给她时,她就知道,他们的关系已经完了。一整夜,她都在想,芊芊怎么办?清早,芊芊闭着眼奶声奶气地喊:"妈妈,冲甜甜放蜜蜜!"她亲了亲芊芊肉鼓鼓的小脸,一骨碌翻身起床,给她冲牛奶。三岁的芊芊夜里还用奶瓶喝两遍奶,她冲好牛奶,拿着奶瓶,把奶嘴放进芊芊的小嘴里,看着芊芊伸手扶着奶瓶,闭着眼咕咚咕咚地喝完奶,手一松,嘴巴一吐,奶瓶骨碌碌滚到了梁茗茗身边。小东西旋即发出了鼾声。她凝望着这睡梦中的天使,觉得她长长的睫毛在粉嫩小脸上投下的阴影都有别具一格的艺术之美。早餐时,梁茗茗平静地对沈杰说:"你走之前,我们把离婚手续办了吧,芊芊留下跟我。"在办完手续后,沈杰送梁茗茗和芊芊回文化馆,用新买的数码相机给她们拍了照片。梁茗茗手机里存的两张照片,是四年前沈杰回国,加了她微信好友后发给她的。

她倚着桥身,打开手机,翻出芊芊的照片。扎哪吒头、穿牡丹花旗袍的小芊芊扮着可爱的鬼脸,歪着脑袋伸出小手对着镜头比"耶"。梁茗茗突然好想看一看长大了的芊芊,那个万里之外,在南半球夏日阳光下的芊芊。她打开微信,芊芊是唯一被置顶的聊天对象,她点开和芊芊的聊天对话框,又犹疑了,如果"她"和他们在一起,视频聊天怕是不方便吧。她轻移手指,点向芊芊新换的黄发西方女孩的头像上,去看芊芊的朋友圈。二十分钟前,芊芊更新了朋友圈,发的是张海景图,泊着游艇的海湾上,是堆满云的蓝天。梁茗茗想起芊芊刚上幼儿园时,有次玩滑梯摔倒了,躺在地上看云,竟不肯起身,指着天上的云数数。那时她还不识数呢,不知为何,数到"6"之后,就是想不起"7",直接跳到"8",并且"8"成了她当时数数的天花板,她知道的最大数。梁茗茗抬头看天,天上只有一大块云,不知她的"8"从何而来。问她,她才说:"云里有'8'个小人在打仗,好多好多小人在云里打仗呀!"不知今天,芊芊从那云里看见了什么。

"茗茗!"

梁茗茗的肩膀被人一拍,她吓了一跳,抬头一看,是穿着睡衣、敞着衣襟的韩丽。韩丽额头上沁着汗,气喘吁吁地说:"没找着!"

"报警呢?"没有老友见面的寒暄,梁茗茗直接问道。

"警察有空管这事?你把寿州当澳大利亚呢!"韩丽说。梁茗茗没搭腔,拿起手机就要拨打110。

"松塔!松塔,你这个坏东西……"

韩丽说着,晃动着臃肿的身子往状元桥下跑去。循着她的身影,梁茗茗看见干涸的泮池里,一只金毛在追逐一只小泰迪。"松塔?"梁茗茗疑惑地望着韩丽笨拙地跑到金毛身边,抓起它的项圈,像拉一个淘气孩子似的,把它拉到了梁茗茗身边。

"走,快回家!死松塔,瞧,都是你,害得我穿睡衣出来丢人!看我回家不打你!"韩丽一手挽着梁茗茗,一手抓着松塔的项圈,往孔庙外走。

下桥后,梁茗茗止了步,冷冷地对韩丽说:"它不是松塔。"

四

随韩丽进门后,梁茗茗径直来到后院。后院的杂物间辟出一隅,做松塔的小窝,这是几年前梁茗茗帮着收拾的。这会儿,打开杂物间,却不见了松塔的小窝。

"松塔呢?"梁茗茗背对着韩丽问道。

韩丽从院子里拿出一袋狗粮,倒在地上的塑料盆子里,金毛只顾埋头吃食,不理人间纷扰。

"它就是松塔!它是小松塔,继承了松塔的名字。茗茗,你做人怎么非要这么明白呢?反正大松塔你又没怎么养过,对它也没有多少感情,现在你带着小松塔回去,好好培养感情,不是一样吗?养条狗而已,又不是养孩子。"韩丽突然噤了声。

梁茗茗转过头,眼里噙着泪。

韩丽上前一步,搂着梁茗茗,带她进了客厅。坐在沙发上,梁茗茗捂着脸哭出了声,韩丽轻轻拍着她的肩,像哄孩子似的,喃喃道:"好了,好了,没事,没事。"

吃完食的金毛撞开门,进了客厅,它围着沙发转了两圈后,坐在了沙发侧边,把两只前爪搭在沙发扶手上,无辜地望着用纸巾擦拭眼泪的梁茗茗。

"松塔,来,和茗茗阿姨握个手。"韩丽冲金毛伸了伸手,金毛便也抬起了一只前爪。韩丽抓着梁茗茗的一只手,与金毛的前爪触了触,金毛似乎激动地伸出舌头,发出"呵哧呵哧"的声音。梁茗茗被金毛憨态可掬的样子逗得嘴角漾出了笑意。韩丽看在眼里,又唤:"松塔,给茗茗阿姨作个揖。"金毛真的就把两只前爪合起来,躬了躬头。

梁茗茗把手里的纸巾放在茶几上。"有点热了。"她说着拉开羽绒服的拉链。不料韩丽突然伸手朝她腰上掐了一把,啧啧道:"腰还是那么细,身材一点没走形,你看看我,腰都成水桶了……"

"你那件我俩一起买的羽绒服呢?还能穿吗?"梁茗茗问。

"你不说我都忘了,那件羽绒服,我买来还没穿就被二丽穿走了。"

"二丽还好吗?"

"还好。"韩丽突然站起来,说要出去一趟,马上回来。每次梁茗茗回来,韩丽都会去买她最爱吃的盐水鹅爪。梁茗茗冲韩丽点点头,发现金毛又伸出前爪,够她搭在沙发扶手上的胳膊。她认真地端详它,它的眼睛比大松塔的更圆更大,眼神似乎更温驯些,除此之外,与大松塔别无二致。

"松塔。"梁茗茗朝金毛伸出摊开的掌心,轻声唤道。金毛往前探了探,把两只前爪分别搭在了梁茗茗的两个掌心里。"松塔,陪着我好不好?"松塔的嗓子里发出含糊的"呜呜"声,她缩回一只手,揩了揩脸。泪滴爬在脸上,痒痒的,这感觉令她想起多年前大松塔突然伸出舌头舔她脸的感觉。大松塔是只走不出直线的狗,它走起路来,身体歪斜。一般人发现不了松塔的这个特征,梁茗茗能够一眼看出来,是因为沈杰,沈杰走起路来就是那个样子。据说,他小时候生病,赤脚医生打肌肉针时扎伤了他的神经。和沈杰闯入她的世界走一遭一样,大松塔也是一个闯入者。七年前的一个雪天,梁茗茗送芊芊上学,一开门,楼道里埋伏的一只狗突然窜进了屋,把娘儿俩吓得尖叫起来,她们站在门外喊:"狗,出来,快出来!"狗不理。怕芊芊迟到,梁茗茗关上了家门,拉着芊芊走了。

送走芊芊,打开家门,进屋后,看见狗安静地坐在阳台上,家里完全没有梁茗茗想象中的一片狼藉,它似乎只是从门外进来,穿过客厅,走到阳台,君子一般,没有动这个家里的一茶一饭。梁茗茗给妈妈打电话,说家里跑进来一条狗,妈妈说:"猫来穷,狗来富,好事。"挂了电话,她又拨通了韩丽的电话。韩丽让她注意,特别注意别是条病狗,她随口举了个被流浪狗咬伤后患狂犬病凄惨死亡的案例。她是医生,可以随口举出形形色色的病例来。

梁茗茗觉得韩丽说得有理,便求助物业。保安进门后,看见那只狗就像见到老熟人似的。保安说,这狗是3号楼那家的,他经常看那家女主人遛狗,前几天,那家人突然跑路了,据说是男的在外面干工程欠了钱。一只被遗弃的狗,这个天赶它出门,外面天寒地冻,它又能去哪?只一瞬,梁茗茗便决定留下它。

那天,接芊芊放学的路上,梁茗茗告诉芊芊,早上的那只狗狗,她没有赶走。芊芊开心地大呼:"妈妈万岁!"然后就开始雀跃地要给狗狗取名。她俩分别想了很多个名字,却总达不成统一意见。到小区楼下时,梁茗茗突然吟出一句诗来:"松塔如此美妙,每一物都是非凡的。及至天地万物,无一不是恰到好处。"梁茗茗告诉芊芊,这是她很喜欢的诗句,不如叫狗狗松塔?芊芊鼓掌通过提议。以后的寒假,芊芊充分感受到了"松塔如此美妙",但梁茗茗却被累得够呛。开学后,她费尽心机做好芊芊的思想工作,最终将松塔送回了故城。"松塔去姥姥家喽!"送松塔去故城的路上,梁茗茗一直不停地和它说话,把它交给持"猫来穷,狗来富"观念的妈妈,她倒是放心的。可惜,一年后,远在深圳的哥哥嫂子又生了二宝,"调兵遣将"把二老给接走了。想了许久,梁茗茗决定把松塔寄养在韩丽家。离开十多年,在故城,与她保持密切联系的,如今只有韩丽。延续三十多年的友情,让她们将彼此视为最可托付的人。再说,韩丽孩子不在身边,独自住在一楼带小院的房子里,具备养松塔的条件。

后窗外传来一声巨响,伴着韩丽的尖叫。松塔突然抽回前爪,迅速跑到后窗旁,跳跃着冲窗外狂吠。

五

梁茗茗飞速起身,打开门,走到后墙外,看见捂着脸蹲在墙角的韩丽,她身后有辆后座正在冒黑烟的电瓶车,它应该就是发出巨响的"肇事"车吧。梁茗茗把韩丽扶起来,看见她额头汩汩地往外冒血,吓得要拨120。韩丽倒是冷静,叮嘱她先把松塔关进屋,再陪她去医院。"没关系,应该是被充电器爆炸迸出的小碎片弄的皮外伤。"去医院的路上,韩丽安慰梁茗茗道。

到了医院,果如韩丽自己判断的那样,医生从韩丽受伤的眉骨上方皮肉里取出一个米粒大小的异物。处理好伤口之后,医生开了破伤风针,梁茗茗缴费、取药后,挽着韩丽去注射室,在等待皮试结果时,芊芊打来了电话。

"嘿,老妈!"视频里,芊芊戴着宽边草帽和黑色的墨镜挤进了镜头,"妈妈,你怎么了?"梁茗茗还没开口,那边又传来芊芊紧张的追问。"我没事,是你韩丽阿姨的额头受了点伤,妈妈陪她在医院。"梁茗茗移动手机把韩丽的身影收进画面里。芊芊见了,摘下墨镜,挥手招呼道:"阿姨好!"韩丽忙不迭地说:"芊芊好芊芊好,在悉尼怎样?你爸妈做的饭你吃得惯吗?""谢谢阿姨,还好。我爸和Lily阿姨还没做饭给我吃呢。您的伤不要紧吧?"

听到这,梁茗茗说要去洗手间,让韩丽拿着手机。

关上洗手间的隔门,梁茗茗任泪水肆意地流淌。她三十多年的老闺密,居然如此自然地把芊芊归属到那个新家庭,韩丽居然会当着她的面对芊芊说"你爸妈"。好在芊芊冰雪聪明,及时地纠正韩丽,说那是"我爸和 Lily 阿姨"。芊芊这么说,是发自内心地排斥那个 Lily,还是顾忌梁茗茗在场?梁茗茗难过极了,她发现,她居然开始像对待外人一般揣摩起自己养了十八年的孩子。对芊芊,她的爱,从来都是毫无保留,同时,她也毫不怀疑芊芊对她的爱。可是,为什么芊芊刚走,她的心就乱了,变得对这份爱不笃定了呢?

外面有人敲门,梁茗茗抹了抹脸,捋了捋头发,打开了门。韩丽坐在观察区,手里握着手机,正东张西望着。她走近韩丽,故作轻松地问:"挂啦?"

"对,芊芊说,二丽他们喊她呢。"

"二丽?"

梁茗茗从韩丽手中夺过电话,颤抖着回拨芊芊的电话,无法接通,再拨,依旧不通。她把目光从手机上转移到韩丽脸上,盯着韩丽那双无论何时看上去都无辜无害的眼睛。芊芊也生着一双像韩丽那样眼尾下垂的"小鹿眼",她老爱怪妈妈不把自己美丽的丹凤眼遗传给她。

"韩丽!"护士走过来,观察完韩丽的皮试结果后带领她去注射室。护士刚领走韩丽,芊芊的电话来了。接通后,芊芊的脸出现在手机屏幕上的那一瞬,梁茗茗的眼泪便涌了出来。

"妈妈妈妈,你怎么啦?"芊芊紧张地问。

梁茗茗哽咽着,说不出话来。芊芊那边传来风声、海鸟的鸣叫声。她在哪里？他们在做什么？梁茗茗的脑海里浮现出显示在她手机屏幕之外的场景：在海风拥白云的海港，芊芊举着手机在和她视频通话，沈杰和那个女人挽着手跟在芊芊身后……

"妈妈，我想你，我不想在这里读书，过几天我就回家，我想吃你做的梁氏拌面……"

梁茗茗第一次主动挂断了通话。她隐约听到视频里传来那个女人的声音。她走出医院，想到十八年前，韩丽抱着一个鹅黄色的襁褓去她家，说这孩子是自己接生的，很健康。她接过襁褓，孩子正张开小鹿似的双眼望向她，她的心倏地疼起来。静静对视了几秒钟后，孩子便哭起来，哭得满脸通红，还把两只小手紧紧地攥成拳头，为自己加油鼓劲似的。

"茗茗，茗茗！"任韩丽在身后大声地呼喊，梁茗茗头也不回地走在故城的街道上，这座她生活了三十年，又离开了十五年的小城，这座被誉为"地下博物馆"的楚国故都，埋藏着无数珍贵的宝物，也隐藏着无数幽深的秘密。

梁茗茗当初收养芊芊时，妈妈拼命反对，说她还年轻，只不过经历一次死胎，以后又不是生不出来了，干吗非要养个来路不明的孩子？十五年前离婚，她执意留下芊芊时，妈妈又站出来反对，还让她不要事事听信韩丽的，说："她把你卖了，你还替她数钱，姐妹俩联起手不知干了多少坏事，就你这个被猪油蒙心的家伙，看不清好坏人来。"她听不进，和妈妈大闹一场，带着孩子来到省城，租好房子，给芊芊找幼儿园，结果她俩一起进了幼儿园，芊芊是小班的小朋友，她是中班的阿姨。

韩丽还是追了上来，她那被飞来横祸弄伤的额头上裹着白色的绷带,看上去像喜剧片里的搞笑人物般滑稽。这个过去曾顶着白色的医生帽的脑袋,丢了医生的帽子后,当起病人来都不太像样。梁茗茗的心软了,她这半生,遭遇了欺骗、背叛,但正是这些当初痛彻心扉、苦不堪言的一切成就了此刻崭新的她。

韩丽的电话响了,她退后几步接了那个电话,梁茗茗听到了一个熟悉的声音:"姐,刚才视频突然断了,听说你在医院,怎么回事?没大碍吧?"

梁茗茗跨步朝前,她的电话也响了起来,是芊芊,她接了电话,惊奇地发现,她和芊芊的头上各顶着一片云。

"1、2、3、4、5、6、8,芊芊,快看,这云里有八个小人在打仗……"说着,梁茗茗把镜头移向了头顶上的那片云。

2023 年 11 月 22 日定稿
刊于《飞天》2024 年第 4 期
《小说选刊》2024 年第 6 期选载

北方有佳人

一

聚福轩酒楼的VIP包厢里,我们家四世同堂,在为九十岁的奶奶贺寿。十九口人在偌大的包厢里"分类组合",四位男性长辈在打牌,四位女性长辈围着奶奶在聊天,孙辈的四对夫妻围着各自的娃边嗑瓜子边聊天。作为孙辈中的老大兼这场寿宴的总策划,我觉得自己忙得就像打理荣国府的王熙凤。

十一点五十八分,我爸宣布寿宴正式开始。穿了身枣红色唐装,头戴闪闪发亮寿星帽的我奶奶,精神抖擞地站起身,举起手中的红酒杯,对围绕在她身边的子孙,操着一口四川话说:"你们都是好孩子,这里巴适得很!干杯咯!谢谢,谢谢咯!"

接下来,按照我的策划,我爸他们四兄弟领着各自的子孙依次向奶奶献了礼。四叔一家献完礼后,我来到奶奶身旁,打开精心定做的生日蛋糕,点上蜡烛。此刻,包厢里响起了手风琴演奏的《生日歌》的悠扬乐声,家人们纷纷循声转头,一位扎着两根麻花辫,穿灰色棉布连衣裙的女孩歪着头,正专注地拉着胸前的手风琴。

"祝奶奶长命百岁!"见大家都愣怔着,我率先鼓掌,大声说出了祝福语,大家这才像被我唤醒了似的,纷纷说起了祝福的话语,一起唱响了《生日歌》。《生日歌》尾音未消,一阵昂扬的口琴声传来,我爸跟着调子就哼起来:"雄赳赳,气昂昂,跨过鸭绿江……"

"停住!"

大家或跟着哼唱或鼓掌之际,站在奶奶身旁的我,被奶奶那一声叫停的低喝吓了一跳。我忙对吹口琴的白衣男孩做了个停止的手势。他利索地收起口琴,退到了拉手风琴的女孩身边,他俩贴着墙壁,对着奶奶深深地鞠了一躬后,折身走向包厢门就要离开。奶奶说:"马兰花,请等一等。"她说的是普通话,嗓音沙哑颤抖。

奶奶按着我的手臂,侧身离开了座椅,她拽了拽衣襟,用力地挺了挺背,尽她自己最大可能地疾步走到女孩身边。

"马兰花,请不要怪我!"她拉住女孩的手,情绪激动地说。

女孩愣了一下,把目光投向我,旋即又握着我奶奶的手,问:"林奶奶,您认识……"就在这时,奶奶突然身子一歪。在奶奶身体倾斜的同时,我的脑子里一片空白。

二

好在奶奶无恙。

奶奶身子歪倒时,我脑袋一蒙,第一反应就是出事了。但神奇的是,奶奶居然只是打了个盹儿!当我和弹奏手风琴的女孩合力将她扶到沙发上时,她老人家居然发出了鼾声,我还在为这突如其来的鼾声感到纳闷时,奶奶已睁开了眼,看看我,又看看女孩,挣了挣身,企图坐正。我爸躬身在奶奶面前,把奶奶那双又小又枯的手握进掌心里,提高了点声量说:"妈,咱们回家睡吧。"那语气,平静得仿佛是哄着在客厅看电视打盹的奶奶,到卧室去躺下。

奶奶从我爸掌心里抽出手,配合着挑眉的动作,她把双手一摊,嗔道:"不给我饭吃?"

我爸搂着她,微笑着,像哄淘气的小女儿——而事实上,作为他独生女儿的我,可从没享受过他的这份耐心。他扶起奶奶,朝那餐桌上的主宾席走去。被刚才的突发事件吓到失声的家人们,惶惶然地跟在他们身后。众人重新落座时掀起了一阵压抑的喧闹声,又很快静下来。包厢的暖气开得足足的,连空气与气氛都显得滞重。三叔家的小豆子把酒杯弄翻,撞在碗碟上打碎了,大伙儿借着这个声儿,纷纷说:"'碎碎'平安,'碎碎'平安!"

接下来,奶奶在大伙儿的簇拥下,吹蜡烛、吃蛋糕,完成了她作为老寿星的任务。

眼见奶奶在座位上开始打盹,我妈忙起身,搂着奶奶的肩膀说:"妈,吃完了,咱们回家吧。"说着,她对我甩了个眼神,我忙接住那眼神,起身去拿奶奶的外套和帽子。这会儿,我妈和我爸已经一人挽着奶奶的一只胳膊,走到了包厢门口。临出门时,我妈冲家人们说:"我和老大送妈先回家,你们慢慢吃。"说罢,她又转头冲我小声说:"吃完你埋单。"我还没来得及应声,便见奶奶很有派头地冲大家挥了挥手,大声说:"你们要开心,再见!"包厢门合上,将奶奶那句话的尾音关在了门外。

三

吃完饭,埋好单,我支付完手风琴女孩和口琴男孩一笔劳务费后,抱着那束献给奶奶的鲜花回到了家。一进门,我爸便对我大发雷霆,骂我是个正才不足偏才有余的祸害。为此,他还摔掉了手中的茶杯,那是我送给他的父亲节礼物。

我妈怕我面子上挂不住,拉我到门外,悄声责问:"你怎么想起来弄这出的?"

我是怎么想起来弄这出的?还不是想哄奶奶开心,唤起奶奶的回忆吗!

不久前,我发现一向思维清晰、记忆力超常的奶奶,突然变得糊涂了。我到位于干休所的爷爷的房间整理资料的时候,她跟在我身后,眼光里充满了戒备。年初,是她让我负责整理爷爷的资料的呀。爷爷去世后,那间房便一直紧锁着,她以爷爷不喜外人打搅为由,不许家人随意进入。那扇木门的钥匙有两把,年初,她从自己贴身羽绒背心的口袋里摸出来,让我取下一把。她让我认真整理爷爷写的回忆录书稿,由她审核后,便交给我在出版社当编辑的堂妹出版。

领到任务后,我每逢节假日就过来整理。爷爷有写日记的习惯,且他的日记保存完好、字迹清晰。我将爷爷多年的日记本,按照日期先后排列好,贴上标签编上号。我计划将整理好的日记本带回家扫描转换成电子文档,再做进一步的整理,但奶奶否定了我的计划。她说:"别把爷爷的东西带出他的房间。"这就有些麻烦了。每次到奶奶家,我都背着笔记本电脑,和奶奶打声招呼,便打开爷爷的房门开始工作。爷爷的房间里堆满了书报,充满了通风不足的霉味。很奇怪,在爷爷的房间里,一贯专注力很好的我,却很难集中精力工作。我的目光总被那些摆放在书柜里、台几上和挂在墙上的相框里的老照片牵扯着。那些老照片比爷爷的日记更鲜活、更有趣。爷爷的日记就像索然无味的公文,而老照片就不同了。我最喜欢爷爷日记本里夹着的那张他和奶奶年轻时的照片,照片里,爷爷仰着头,望向天空,与他并肩的奶奶脖子上挂着手风琴,两只蓬松的麻花辫垂在手风琴的两侧。照片上的奶奶,笑得眼睛像弯月,我还从没见奶奶笑得那么开心过。

我妈问我:"你怎么想起来弄这出的?"喏,理由如上所述。

四

"你爷爷日记本里的照片上,有个扎麻花辫的姑娘?"我妈一脸惊愕。

"没错呀,他俩都穿着军装,爷爷年轻时真帅,和奶奶真是郎才女貌!"

"那肯定不是你奶奶,你奶奶她从来没扎过麻花辫。你小时候在爷爷奶奶家过夜,第二天给你扎小辫的,都是你爷爷,你奶奶可不会扎辫子。你看家里的老相册,那么多张你奶奶年轻时的照片,有哪张是扎辫子的?"

我妈说得对,我好像是没见过扎辫子的奶奶。经我妈提醒,我才想起来,小时候在爷爷奶奶家,买菜、做饭、洗碗、浇花、打扫卫生,都是爷爷在做。唯一一次,刚吃完饭还没来得及收碗筷,爷爷被人喊去打桥牌,是奶奶把菜收到冰箱,结果爷爷回来做晚饭时,一打开冰箱门,菜碗就"咣咣咣"地从冰箱里掉到地上——她是把菜碗硬塞进冰箱的,根本没搁稳当,所以冰箱门一开,可不就跌了满地？我妈说我奶奶被我爷爷宠得完全没有生活经验。

"你爷爷对你奶奶那么好,是因为有愧。"

"有愧？"我脑筋急转弯,得出了一个结论,"是不是爷爷出轨过照片里的那个麻花辫姑娘？"

"喊！瞎扯！"我妈气呼呼地说。

"那能有什么愧疚？"好吧,我承认自己俗气,对于这对历经枪林弹雨大难不死的革命夫妻,我能想象出的就只有感情上的背叛导致的愧疚了。

上初中时我看《射雕英雄传》,会把郭靖与黄蓉想象成自己的爷爷奶奶；看言情小说、爱情电影时,我都能把男女主人公与自己的爷爷奶奶联系上。我一直都向往着爷爷奶奶的爱情,到了谈恋爱的年纪,也忍不住按照爷爷奶奶的爱情模式去找对象。

要是真如我妈说的那样,老照片里和爷爷合影的麻花辫姑娘不是我奶奶,我还真有点儿不能接受。照这么说,我爷爷对奶奶的那份宠爱并不是源于爱,而是因为有愧？我蔫坐着,傻想着,我妈倒是来了兴致,悄声对我说:"明天去把那张照片拿给我看看。我突然想起来,我和你爸结婚时,你爷爷送了我一件毛背心。在你小时候,我把毛背心拆了,打算给你织一件毛衣穿。你知道我拆出什么了吗？"

"拆出什么了？金线？"我没好气地说。

"拆出了一缕头发!"

五

五十多年前,爷爷被困在冰天雪地的战场上,饿了就吃从美国大兵那里缴获的牛肉罐头,渴了就从身旁抓一把雪吃。他躺在异国他乡的雪野里,不知朝夕。多年以后,他回忆自己被乐声唤醒的瞬间时,说:"我以为自己见到马克思了。"缓缓睁开的眼里,映入的是一个模糊的剪影。他继续躺在暗处的病床上,静静地听着那支手风琴演奏的曲子。

"那个拉手风琴的不是我奶奶?"我妈刚说到这儿,我就插嘴问。

我妈不耐烦地白了我一眼,教师出身的她,最烦别人在她说话时打断她。

"我和你爸爸结婚时,你爷爷送的那件毛背心,他告诉我是战友送的,纯羊毛的,他一直没穿过,还是新的。"我妈没有接着刚才的话头,而是压低声音,有点无厘头地换了个话题。

"啊?!拆出一缕头发的那件毛背心,难道是照片上那位麻花辫姑娘织的?"我惊讶地张大了嘴巴。

我妈伸手拍了我胳膊一下,示意我不要这样一惊一乍的。

于是我挺直了背,做正襟危坐、洗耳恭听状,等待妈妈的"下文"。作为庄家的长媳,我妈深得爷爷奶奶的疼爱与信赖,据说,庄家的家族史,她比我爸和我三个叔叔更了解,因为爷爷奶奶都喜欢和她聊过去的事儿。

"你整理爷爷日记时,有没有看到他写去北方寻人的事儿?"我妈问。

我回想了一下,我看过的那部分日记里,没有提过寻人。爷爷的日记其实很无聊,我一直很纳闷,为什么生活中诙谐有趣的爷爷,写的日记却那么无趣?他在日记里居然称我奶奶为林春分同志。明明在家里,他都叫她"春"的呀。在我懂事后都觉得一个老头儿这么称呼自己的老伴怪肉麻的。我曾对我妈说过,我听爷爷喊奶奶"春"就起鸡皮疙瘩,我妈让我别胡说。爷爷这么叫奶奶,是他怕奶奶名字里的"分"字,虽然"春分"是很好的节气名,但对于上过战场的爷爷来说,"分"字是不吉利的。

"你爷爷生病时对我说过,出院后,他要去北方找他的老战友。你爷爷告诉我,那位老战友和他一样是位神枪手,当年一起出生入死,举行了集体婚礼,又先后有了孩子。但后来,两个人的命运就像河流分汊,各自奔流至不同的方向。你爷爷还说:'一定要找到那位战友,不仅是念及战友情,那里,还有咱们的亲人。'"我妈压低嗓音跟我说到这儿时,我浑身起了鸡皮疙瘩,脑洞大开地想:难不成,我爷爷年轻时和那位麻花辫姑娘有个孩子寄养在了战友家?

我这个人,脑子和嘴巴之间的通道很短,这么想着,我便说了出来。我妈在怒斥我"尽说混账话"的同时,甩手给了我一巴掌。自打我上高中后,我妈的巴掌就不往我的脑袋和屁股上落,而是精准地击在我的手背上,那也很痛哪!我龇牙咧嘴地抬起右手,揉着被打痛的左手,嘟嘟囔囔地起身离去。

六

被勾起好奇心的我,决定去干休所从爷爷的日记里找出答案。行动力强是我最大的优点,好吧,您也可以视之为冲动和鲁莽。趁着月黑风高,我来到了爷爷奶奶家。一周前,我爸妈把奶奶接到了我们家。没有了奶奶的"监视",我在爷爷的房间里便肆无忌惮地四处翻找起来。

爷爷的房间里东西很多却很整洁。书柜里,图书按照高低之序码放得整整齐齐,靠窗的写字台上,除了台灯、笔筒、全家福相框外,别无他物,写字台的抽屉里摆放着爷爷大大小小的几十个日记本。如今,那些日记本我已整理了大半。衣柜里挂着爷爷被授勋时穿的那套军装,一件门球服和一件米色的风衣。按说,人走了,衣服也要烧掉带走的,但我奶奶这位老革命,非要留下这三件衣服作念想。爷爷房间里有个类似电脑桌的床头柜,柜身五五对开,上半部分安装着推拉玻璃,里面放着爷爷的任天堂游戏机和收音机;下面是木柜门,我曾试图打开它,但被奶奶阻止了。今天打开看,里面放了几本影集,我翻了翻,那里面都是我们几个孙辈的儿时照片,还有一张我坐在爷爷沙发上装模作样读书的照片。床是架高的木板床,爷爷腰不好,睡不了席梦思,我妈特意找木工师傅上门,为爷爷量身定制了这张带木箱的床。爷爷走后,床一直按照他在世时那样铺着蓝白格的棉布床单。我翻完书柜、衣柜、床头柜后意犹未尽,想打开床箱看一看。

心动即行动是我的行动准则。我卷起爷爷的铺盖,把那铺盖卷儿放在墙角的单人沙发上,然后动手开床箱。爷爷的床是由两个木箱组成的,我打开一个箱盖儿,看见里面收纳了各种大小不一的盒子,那些盒子里放的是围棋、乒乓球拍、各类证件、军功章、获奖证书以及我和几个弟弟妹妹小时候画的画、手工制作的贺卡——爷爷真是个收藏家!这些不同类别的旧物被他规整得井井有条。我合上这个箱盖,打开了另一个。嚄,这个箱子里居然有一个缝纫机的机头!看见它,我耳畔立马响起我妈的话来:"你奶奶一辈子不做家务,生了四个儿子,雇四个'奶妈'。我嫁过来之前,家里的缝纫机,都是你爷爷在用。你爷爷会用缝纫机做短裤……"看来,这或许就是后来归妈妈用的那个蜜蜂牌缝纫机。我仔细看了一下,果然是。小时候,我妈用这个缝纫机给我做了一件红色的蝙蝠衫,我穿上那件蝙蝠衫张开手臂飞奔,想让风鼓起蝙蝠衫,把我像风筝一样放上天,可惜,我不仅没能上天,还摔了个狗啃泥,把胳膊都给摔折了。噫,缝纫机旁居然放着一包大红色的布,那不就是我妈用来给我做蝙蝠衫的红布吗?我好奇地翻了翻那包红布,没想到,里面居然暗藏玄机!

七

我蹑手蹑脚地打开门,脱了鞋刚进屋,客厅的灯"啪"地一闪,把我吓了一跳。"干什么去了?"我妈压低嗓门吼我。

"去了趟干休所,从爷爷的床箱里找到了这个。"我把之前裹在那包红布里的一个木盒从背包里掏出来,往我妈眼前一扬,又飞快地装进背包,然后窜进了书房——爸妈把奶奶接过来住进了我的房间,我便在书房里睡榻榻米了。我家的榻榻米和我爷爷的床来自同一设计理念,都是由两只大木箱构成的。我妈紧跟着我进了书房,并反锁了门。

"快,给我看看,你从爷爷的床箱里扒出了什么宝贝?"我妈伸手去够我甩在榻榻米上的背包。

我坐在榻榻米上,斜身拿起包,把它一把搂在胸前,把屁股往榻榻米里面挪了挪,故作神秘地对我妈说:"你猜!"

我妈没猜,她从我的怀里一把拽过我的包,倒出包里的木盒子。我妈拿起这只暗紫色巴掌大小的木头盒子,翻来倒去地观察了一番,最终用指甲卡在盒上的一个浅槽中,轻轻往外一拉。盒盖缓缓地从盒身的卡槽里被拉了出来,盒子里有一颗桃核般大小的泥丸,泥丸下是折了几折的泛了黄的纸。我妈捏着泥丸,看了看,又拿出那纸,狐疑地望向我。我冲她扬了扬下巴,示意她打开。她指尖抖索着打开那张被时光磨得薄脆的纸,看着当初洇透纸张如今已然褪色的墨痕,露出了惊愕的表情。我猜,那就是我刚才在干休所看到那行字时的表情。

"小双周岁所剃胎发留念"——那行褪色的字如是说。

"妈,啥意思?"

"唉……"

"谁是小双?我记得奶奶有时管三叔叫大双,三叔的小名是叫大双吗?"

"对。小双应该是你三叔的孪生弟弟。可你奶奶对我说过,小双没满月就夭折了呀。"

我和我妈面面相觑。

我妈又拿起那个泥丸,对我说:"这是小双的胎发,难道小双没夭折?""快,给那个拉手风琴的姑娘打电话!"关键时刻,还是我妈脑子快。

我立马拨通了姑娘的电话:"喂,你好,请问,你爸爸叫小双吗?……抱歉,不好意思。那么,你奶奶是不是叫马兰花呢?……方便见面吗?对,就现在!"

挂了电话,我和我妈互相看了一眼,我妈拉开门,我跟在她身后,走出了家门。

八

半小时后,在二十四小时营业的新华书店门口,我妈和我等来了拉手风琴的姑娘。我们仨一起往干休所走去。电话里,我简单地告诉她,她极有可能是我们家的一员。当她确定自己奶奶叫"马兰花"的时候,我想立即带她去爷爷房间,从爷爷日记本里拿出那张爷爷和大辫子姑娘合影的老照片,让她辨认那是不是她奶奶马兰花。如果是,她八成就是我堂妹,虽然她说她爸不叫小双。

还在路上时,我妈就迫不及待地认亲了,她拉着女孩的手,问了她的姓名后,便亲热地喊她"佳佳"。她大名叫李佳。没错,我记得爷爷日记里写过一位叫李光明的战友,我之所以清楚地记得"李光明"这个名字,是因为爷爷在日记里记录了李光明受伤的事。虽然爷爷写得隐晦,但我读懂了,大意是说这位战友在战场上受伤了,失去了生育能力。

到了干休所,我一进门就去翻爷爷日记里的那张照片。李佳接过照片看时,我妈紧张地盯着她。李佳看了几秒后,抬起头,肯定地说:"没错,这是我奶奶!"

她说他们家相框里就有这张照片,只不过那张照片是放大加彩的。李佳说,她一直以为这是她奶奶和爷爷的合影,她没有见过她爷爷。

我妈激动地说:"佳佳,这就是爷爷,没错,他就是你爷爷!"

我还是比较理性地翻起了爷爷的日记,我在找爷爷日记里关于李光明的内容。我记得没错,日记里,爷爷写李光明中了流弹,裆部受伤。那篇日记,爷爷以少有的抒情手法写他对李光明未来生活的担忧,他写道:"光明这一伤,命虽未丢,但后继无人了。他曾救我一命,如此这般,我该如何救他?"

在我查找日记时,我妈和李佳热火朝天地聊开了,等我翻找出这些内容时,我妈拍拍我说:"女儿呀,你看佳佳是不是很像你奶奶年轻的时候?你快找出你奶奶年轻时的照片给佳佳看看。"

我从爷爷的书柜里翻出一本老相册,递给了李佳。李佳埋头认真地翻看着相册,她在晚宴时编的两只麻花辫此刻已经解开散下,浓密的大波浪卷儿披在肩头。我从她侧面看过去,一缕发卷正搭在她腮上,还真与我奶奶的侧颜照有很高的相似度。

李佳指着一张我爸他们四兄弟年轻时的合影照中的我三叔,抬起头疑惑地问我妈:"这是我爸?"

"这是三叔,哦,不,你该叫三伯。"我妈非常笃定地回答。

李佳合上相册:"这么说,我爸爸真的是您家的'小双'?我真想马上回徐州去问奶奶!"

"先不急,佳佳,跟大妈和姐姐说说你们那边家里的事情吧。马奶奶身体好吗?你爸爸妈妈可都好?还有你多大了?怎么到我们这边演艺公司工作的?"我妈抛出了一连串问题,李佳刚答了几句,我妈的电话响了,是我爸。他问:"深更半夜的,你们娘俩怎么都不在家?"我妈忙说:"在干休所,马上回,马上回。"

九

午夜时分,我爸、我妈、我和李佳四人挤在我家书房的榻榻米上,鉴宝似的看我从爷爷床箱里翻出的木盒。李佳捧着那泥丸似的胎发团,未曾开口泪先流了下来。

李佳说,她爸爸在她读小学时,因公殉职了。她妈妈改嫁时,奶奶坚持把她留在了身边。"记得奶奶当初说服妈妈把我留下时,说了一段我当时听不太懂的话,奶奶说:她没能看好我爸爸,他英年早逝,让她觉得对不起人家,她要把我养大带好,将来有一天好认祖归宗。"李佳哽咽着说道。

我妈说:"这话说得很明白了呀,说明你爸不是她亲生的,她打算将来把你送回我们家。可是为什么这么多年过去,她一直没有联系我们呢?"

我爸接过我妈的话茬说:"两家人后来失去联系了。他们很多战友都在后来失去了联系。"

李佳说:"高考填志愿时,奶奶让我报考安徽的大学。大学毕业后,奶奶又鼓励我留在安徽。"原本,她觉得奶奶年纪大了,她是想毕业后回老家工作,好方便照顾奶奶的。但她奶奶坚持说,她的根在安徽。

我爸问我:"你怎么认识佳佳的呢?"

"在给奶奶操办寿宴前,我在单位负责过一个庆典活动,活动中李佳和那个在寿宴上吹口琴的小伙子有个合奏的表演。就像之前告诉过你们的,在筹划寿宴时,我想到那张夹在爷爷日记本里的老照片,灵机一动就请了李佳他俩来表演。我还特意让李佳扎两只麻花辫扮成老照片里奶奶的样子呢,哦,不,是马奶奶。可我之前一直当那是我爷爷和奶奶的合影呀!"我说着便又疑惑道,"可是,爷爷为什么会和马奶奶单独合影呢?那张照片为什么被爷爷夹在日记本里而不是放在老影集里呢?"

我的疑问无人作答,室内空气凝滞。

过了许久,我妈才说:"老人的老故事就不用深挖了,佳佳能回家就好,只是可惜小双那么年轻就不在了。"

我爸的手机突然响起来,我们都被吓了一跳。我爸说:"是闹铃。"接奶奶回来后,他订了三个夜间闹铃,每隔两小时就去看看奶奶睡得好不好。我爸起身去看奶奶时,我妈也起身,我们让李佳就在家里住下,明天再通知家人们过来认亲。我妈走到门口,对我们说了句"早点睡",又扩开嗓门叫了声:"呀,妈!"

我和李佳跑出来,看见奶奶被我爸搀着出了房门。

"我梦见了马兰花。"奶奶说。

十

一周后,我们去徐州把马兰花奶奶接到了家里,两位老人见面各自说的第一句话就是"马兰花我对不起你"和"林春分我对不住你"。

通过两位老人的对话,我解开了关于爷爷和马奶奶那张合影由来的疑惑,并且,通过众人的言语及爷爷的日记,我觉得我可以基本还原我爷爷、奶奶和李爷爷、马奶奶的故事了。

我爷爷与马奶奶曾有过心照不宣的相互爱慕,但那份感情尚未萌芽就发生了变故。和马奶奶一个文工团的我奶奶,是位思想进步的女学生,她热情外放地表达着对爷爷的仰慕。后来,李爷爷负伤,负伤的李爷爷在高烧迷糊中呼唤着马奶奶的名字。爷爷听在耳中,便去做马奶奶的思想工作,将他们撮合成了一对。不久,他们就在后方举行了集体婚礼。

半个多世纪后,我奶奶见到马奶奶说的那句"对不起",是为她自己的横刀夺爱。

而马奶奶说对不住我奶奶,则是因为我爷爷瞒着我奶奶把刚出生不久的小儿子送给了李爷爷和马奶奶夫妇。我奶奶至今不知她那"早夭"的小双,是被我爷爷偷偷送了人。

我奶奶时而清醒时而糊涂。她常拉着李佳的手喊马兰花。而马奶奶身体健康,思路清晰,在得知我正在整理爷爷的日记时,她提出给她看一看爷爷某年某月的日记。我把那个时间段的日记整理稿打印出来,交给她,她指着稿纸上的"收到林春分同志送来的羊毛背心一件",重重地用指头在那几个字上逐字点敲着。

我说:"马奶奶,那件夹了一缕头发的羊毛背心,是您织的,对吗?"

"是我织的,织好后,我不好意思送给你爷爷,就请你奶奶替我送。我这辈子也算是经受了大风大浪,但所有事过去就过去了,我都不会太惦记,唯有这件事,我一辈子都在想,当初你奶奶替我送毛背心时,到底有没有告诉你爷爷,那毛背心是我请她帮忙送去的。"

"爷爷肯定知道那不是奶奶织的,因为奶奶什么家务都不做,她一辈子都不会做饭,更不会做女红。"我说。

"我相信你爷爷肯定会知道那是我织的,但我一直想弄清的是,你奶奶替我送它的时候,对你爷爷说了什么。孩子,你还年轻,不会懂得我们这些在炮火中侥幸活下来的人——把信义看得比命重。"马奶奶说着,合上日记打印稿,摘下老花镜,露出那双皱纹重重的眼睛。她把目光投向我,摇了摇头,说:"如今见到你奶奶,我已经不再想追问这件事了。人这一辈子,能有个事惦记着,也算没白活。"说话时,她的眼中焕发神采,那眼神为我爷爷的日记补了跋。

2024 年 1 月 20 日定稿
刊于《安徽文学》2024 年第 8 期
《小说选刊》2024 年第 9 期选载

故事里的人

一

"出去!"彭宇吐果核似的朝楚云姝抛出这两个字后,继续埋头对着桌子上的一堆破铜烂铁。对彭宇来说,那可不是"破铜烂铁",那是他将要创造出来的一个新世界。

伴着极轻的脚步声,门"咔嗒"一声关闭了。

窗外蝉声聒噪。彭宇皱了皱眉,厌恶的表情浮现在他老而不衰的脸上,牵动着攀爬在他瘦削面颊上纵横交错的纹络,铸出一个个简写的汉字——大、王、山、川。这几个字若是在几十年前,作为他的标签倒是很合适的。可惜,他弄丢了驻守的山川,落草为寇,不,他连寇都算不上,他是败将、俘虏,更是一个无法自赎的罪人。

一颗汗珠子很有力道地砸在了彭宇布满瘢痕的手背上。他这才抬起头,取下老花镜,把它搁在方才楚云姝端来的绿豆汤碗旁。他起身走到窗子前,把搭在窗格子上的毛巾拉下来,抹了抹脸上、颈上的汗。抹了汗后,他继续坐回到桌前,端起绿豆汤喝了一口,往窗外瞅瞅,再喝一口,如此三五口,便干了那一大海碗的绿豆汤。这是他二十七年来在战犯管理所养成的习惯,做什么都抢着时间,虽然在那里有大把的空闲时间,有人故意磨磨叽叽,而他沉默且敏捷,像一个异类。就像此刻,他完全可以走出这间小屋,走到通风的院子里,坐在老槐树底下,和家人说说话、喝喝茶。可他不。和在战犯管理所时一样,他还是保持沉默,不想搭理任何人,包括这个大家都说和他性格一模一样的女儿。

彭宇站在窗前,隔着铁纱窗望着窗外的彭向楠。她坐在槐树下的一个小竹椅上,紧盯着膝盖上的一本书。她那紧蹙的眉头,瘦削的肩膀,纤长的手指,还有垂目时蝴蝶振翅似的长睫毛,都像极了她妈妈年轻时的样子。

年轻的时候……彭宇重回到书桌前,除了那个"新世界",桌上靠着墙摞了至少半米高的书报。那些书报都是楚云姝替他收集的。报纸上有他的照片,那照片虽然模糊,但也勉强可以见证他年轻的时候。年轻的时候,他虽不敌风流倜傥的少帅,但也是英俊儒雅的少将。

那一年——一晃,四十多年过去了,在西子湖畔,楚府设宴邀请军政名流。二十九岁的彭师长喝得醺醺然,那还不算,在接下来的舞会上,他更陶醉了。楚家十七岁的二小姐居然如此大胆,与他几支舞跳罢,便挽着他走到角落里,踮着脚,凑近他的耳畔,对他说:"不嫁给你,我会发疯的!"

"攻!继续攻!"彭宇被自己的嘶吼声惊醒,原来他又伏案睡着了。他现在很怕睡觉,只要睡着,哪怕是打个盹,都会陷入相仿的梦境——他和他的队伍被围堵。他抬起头,坐直身子,抬起右手,用拇指与中指分别紧按两侧太阳穴,仿佛这样做,就能将他脑子里的怪东西给按进去。这个怪东西可不好惹,它就像被装进瓶子里的魔鬼,瓶口只开那么一点小缝,它就竭力地钻了出来，在彭宇的世界里呼风唤雨地作法。彭宇知道，今天撬起瓶口的，是彭向楠。

二

彭向楠坐在院子里的那棵大槐树底下看书，父亲在房里隔着纱窗看她。她知道父亲在看她，但她头也不抬地继续看摊在膝盖上的那本书。对她来说，父亲只是一个名词，二十七年来，这是她第二次见他。第一次见他时，她还是个高中生，彭向楠记得，那天上午的第一节课课间，教导主任到班里找她，带她走出班级后，郑重地对她说，马上她家人要来接她去见她父亲。父亲？彭向楠摇摇头对教导主任说："我不想见那个杀人恶魔！"教导主任拍了拍她的肩，严肃地说："这是你的政治任务，你不仅要见他，还要做他的思想工作，帮助他加速改造。"

在锦江饭店，彭向楠被人指引到一位清癯的老人面前，在与老人对视的那一瞬间，她感到自己突然被一种神奇的力量摄住了，飞速运转的大脑里浮现出一帧帧战火纷飞的画面。她没有亲历过战争，但这些年，电影里的战争镜头并不鲜见。

他们就那么彼此注视着，彭向楠的注视是失神涣散的，她甚至没有看清眼前的这个老人的面相。让彭向楠回过神来的，是妈妈轻轻的那一推："向楠，快叫爸爸呀！"接着，她又讨好似的对彭宇说，"喏，她就是向楠，我给你寄过她的照片，看看，是不是比照片上又长大了。"

在彭向楠的印象中，那天与父亲的会面是失败的，她没有喊"爸爸"，父亲也没有说出什么特别的话来。只有妈妈，像个蹩脚的演员背台词似的周旋在他们之间。彭向楠不理解,为什么生得比电影演员还美的妈妈,在这个白发老人面前竟如此卑微。直到和郑楚平相爱后,她才明白,原来,让妈妈卑微的,是爱情。

三

燠热的小屋里,彭宇在困兽般地踱步。他坚决不同意这门婚事,坚决不同意彭向楠嫁到郑家做儿媳!郑冠洲是什么人?每次到政协开会,最令彭宇厌烦的就是遇到郑冠洲。他处处注意避着姓郑的,有时候实在避让不及,抵住了面儿,彭宇便瞪大双眼对郑冠洲怒目以视。一次聚餐,郑冠洲端了酒,由一位德高望重的老先生陪着,去向彭宇敬酒。彭宇一挥手臂,将郑冠洲手中斟得满满的酒杯打落在地。他才不要和这个人碰杯!当年,为这人居然糟蹋了他那瓶珍藏许久的白兰地……

想起那瓶白兰地,彭宇的步也不踱了,他临着窗,死死地捏着一把纸扇,就像握着一把枪。如果有枪,他真想毙了脑子里的这个怪东西。怪东西就爱拖出陈年往事来硌硬他,这时候,他脑海里是自己打开白兰地,亲自给郑冠洲斟酒的那一幕。他举杯说:"这瓶洋酒藏之久矣,我敬你一杯,这是提前给你的庆功酒,预祝你胜利突围!"真是愚蠢至极,他居然丝毫没有想到,主动要求打前锋突围的郑冠洲居然会"叛变"。彭宇恨恨地想,正是由于他,自己才会陷入解放军的口袋包围圈,最终沦为俘虏,受羁整整二十七年。

彭宇特赦回家后,听楚云妹说:"这些年,亏得冠洲照顾……"她的话还未说完,彭宇便掀翻了桌子,从此再不愿和楚云姝交谈。他压根没想到,仅见过一面的彭向楠从皖北休假回家,居然带来了要和郑楚平结婚的消息。在饭桌上,彭向楠对楚云姝说:"妈,我这次回来请的是婚假,我和楚平商量好了,我们结婚什么都不用置办,还住各自家里,等假满再一起回皖北。"

彭宇一听到彭向楠这轻描淡写的言辞,胸口就开始发闷。如此重要的终身大事,她居然没有同父母商量的意思。他反对的话在嘴边还没说出口,彭向楠便礼貌地放下筷子,请他"慢用"。他满腔怒火无处发泄,只匆匆放下碗筷,进了小屋,去捣鼓他的那些发明,这些年,他一直在研究"永动机"。当年他被俘虏,就是因为他的坦克没有燃料不能前行了。如果有"永动机",即便切断供给,也能行动无碍,那就不至于落到当俘虏的地步吧?楚云姝偏偏在他陷于回忆的泥沼时进门送什么绿豆汤,那她便是自触霉头,成了他发泄怒火的出气筒。对女人、孩子,包括当年对部下,他都是不打的,他只冷漠以对,用他冰雹似的话语去砸,用他锥子般的目光去剜。他知道等了他近三十年的楚云姝最渴望的是从他那里得到温情,所以他偏不搭理她。既然她肯认敌为友,那她也就成了他的敌人。这个可恶的女人,不仅弄丢了他们聪明的儿子,还让小女儿认贼作父,最可恨的是,这个从未喊过他一声"父亲"的女儿,竟然宣布要嫁到郑家!

四

彭向楠合上书,快步走出小院,去找妈妈。她突然感到心慌,楚云姝出门前用很温柔的嗓音喊她的乳名,她抬头应时,却看见妈妈臃肿的背影匆匆地穿过了院门。刚才不知怎的,虽然捧着书,可眼前总浮现妈妈过去的影子。她记得,第一次见父亲彭宇时,妈妈回到家就发了高烧。郑叔叔来探望,妈妈居然用桌子紧紧地抵住门,不让郑叔叔进,她嘴里不停地念叨着:"不要带走他,不要带走他……"多亏郑叔叔一家,把她和妈妈接到了郑家,又把妈妈送去医治。医生说:"她是精神上受了刺激,需要长期治疗。"从那时起,郑叔叔家就成了彭向楠的庇护所,直到她与郑叔叔家的郑楚平上山下乡去皖北插队。

彭向楠在皖北插队时,村里人吃饭时喜欢扎堆,一扎堆就开始讲故事。他们最喜欢讲的是打仗的故事,老人们讲,孩子们边听边演练,每天都热闹得像搭了戏台子。"郑冠洲起义""活捉彭宇"的故事是孩子们百听不厌、老人百讲不烦的。彭向楠第一次听人讲"活捉彭宇"时,脸"唰"地就红了。老人说:"彭宇是个书呆子,只会教书不会打仗,他带着美械装备的大部队,却被咱解放军装进了'口袋'里。彭呆子想坐坦克逃跑,结果坦克没油跑不动,被咱解放军给活捉啦!"老人刚一说罢,身边围绕的小孩子们就丢下碗筷,绕着树、拿着木棍,你扮"国民党",我扮"解放军"地玩起了打仗的游戏。

这样的日子过了好几年,彭向楠的脑海里堆积了淮海战役的小故事。身边讲故事与听故事的人,并不知道他们每天津津乐道的故事里的"彭宇",就是面前这个女知青的爸爸。只有郑楚平知道,因为他爸爸也是故事里的人物。那天老人讲"郑冠洲起义"时,郑楚平边啃窝窝头,边偷瞄彭向楠。"郑冠洲是彭呆子的心腹爱将,在彭呆子他们被困在解放军的大'口袋'时,他拍胸脯对彭呆子说,他要带领队伍打前阵突围。彭呆子一听很高兴,特意拿出他的好酒犒劳郑冠洲,郑冠洲美美地喝完酒,领着他的几千人,冲进了解放军的阵营里。他哪里是去突围的呦,他早就安排他的人在胳膊上绑着白毛巾做记号,让解放军把他们安全地放进去,然后反过来打彭呆子。彭呆子在那里冲着无线电大喊'长江长江,我是武昌'的时候,郑冠洲正高兴地和解放军的代表握手呢……"彭向楠不声不响地继续吃她的窝窝头,郑楚平却从她掰窝窝头时颤抖的手指上看出了异样。

急着找妈妈的彭向楠刚出院门,就与人撞了个满怀。"向楠,楚妈妈她……"

五

心绪纷乱的彭宇坐回到桌前,正要埋头研究他的发明,突然被门的一声"咚"响骇得一惊,他猛地回头,目光正撞着彭向楠那双蒙了层水雾的眼睛,但那水没熄掉她眼底冒出的火。彭宇知是不妙,拉了拉椅子,正欲起身,彭向楠却一头倒在了地上,额头正磕着他的椅子腿。门外又有人进来,来人边扶彭向楠,边着急地对彭宇说:"楚妈妈出事了,彭伯伯您快出去看看吧!"

彭宇怔怔地望着来人,仿佛听不懂他的话似的,杵在那里,来人又着急地说"快出去吧彭伯伯"。彭宇的身体晃了几晃,终于像是从泥坑里拔出了自己的双腿似的,冲出了房门。身后,彭向楠的号啕声像枚炮弹把他冲得趔趔趄趄。

被冲到门外的彭宇,看见楚云姝脸蒙手帕躺在担架上。担架搁在院子里的青砖地上,一片暗淡的潮痕正悄悄洇出,形成一个巨大的椭圆形。彭宇在圈外呆呆地站着,不敢迈进那圈里去。

彭向楠却像子弹一般射到了担架旁,伏在楚云姝那再也不能动弹的身体上。有人走近,试图去拉起彭向楠,但她有力地甩开了别人的手臂。彭宇无法上前,他僵在了那里,如同那年被困在双堆集的泥沼里一般。

"是你害了她!"彭向楠突然回过头冲彭宇嘶吼道。她眼睛里依旧喷着火,那火灼得彭宇的心炸得一疼。他挺直的背拱了起来,他从"泥沼"里拔起双脚,踏近担架,"砰"的一声,他跪在了那潮痕里。"云姝……"他低声唤着妻子的名字。回来这么久,他几乎没有和她好好说过话。他见不得她变臃肿的身体上套着灰扑扑的肥大衣裤,更不想听她说政府的新政策。在战犯管理所改造了二十七年,这样的话他听得还少吗?难道回到家,家人还要对他继续改造?

"虎落平阳被犬欺"——他在纸上一遍一遍地写这句话,算作自我安慰。有一天,楚云姝给他送茶时,看见他正伏在案上写这句话,慌得她不由分说地揭掉了那张纸,对他喋喋不休地说:"感谢共产党,给我安排了工作,现在你改造后,又给你安排么好的工作,让你拿每月两百元的高工资……""滚,滚出去!"彭宇冲她吼。从那天起,只要她走进来,彭宇就赶她走。她好像睡眠出了问题,白天黑夜都不大睡,时时守在他的门旁、窗口,透过他的窗子窥视他。他视而不见,只要她不进来,他便一言不发,任她在深更半夜像个鬼似的趴在他的窗口。

"你知道她为你吃了多少苦吗?你这样对她,真像个恶魔!"彭向楠仰着她正往外渗血的额头,冲着跪倒在楚云姝面前的彭宇说,"当年,国民党告诉妈妈,说你被解放军炸死在双堆集后,便把我们带到了台湾。妈妈不信你会死,四处打探你的消息,后来得到你被俘虏的消息,她便想方设法从台湾渡到香港,又辗转到大陆,哥哥就是在那时候走失的。你知道那些年有多少人劝她改嫁吗?可她,她却等了你二十七年,这么痴心的人,为什么你却不珍惜她?你这个双手沾满鲜血的刽子手,是你,把她逼上绝路……"

六

安葬楚云姝后,彭向楠去了郑家,彭宇独自回到空寂的家里,睹物思人,夜不能寐。桌上那堆制造"永动机"的器材在他眼里已成垃圾。他想把那堆"垃圾"装进自己那个古董似的木箱子里。那是一只曾跟他走遍南北的箱子,特赦回到家,他进门看见这只箱子赫然摆在房里时,很是吃了一惊。他想不通,把儿子都弄丢了的楚云姝是怎么保住它的。

这只被彭宇从床底下拖出来的木箱勾起了他的回忆。说起来,他并不是这只木箱的主人。这只箱子的主人是领着他从家乡到广州的学长。当年,他从师范学校毕业后回乡当教员,因与乡绅合不来,便萌生了辞去教职的念头。正在抉择不断之时,他遇到当年在师范学校读书时对他照顾有加的学长。他见学长身边搁着这只木箱,一副要远行的模样,便问学长去哪里。学长说,他要去广州投奔孙先生,跟着孙先生干一番救国救民的大事。学长的一席话,点燃了彭宇的斗志,他果断地辞了教职,随学长去了广州。在广州,得知军校招生,彭宇与学长一起报名参加考试,并双双通过了初试。但在接到复试通知的第二天,学长却说有要事得立即离开广州，他就不能参加复试了，等忙完再回来找彭宇。彭宇通过了复试，成了军校的第一期的学生。但他与学长的匆匆一别，便成了永别。学长留下的那只木箱，彭宇一直带在身边，从广州到南京、武汉……他压根没有想到的是，在他被俘后，楚云姝在带着孩子颠沛流离时，还能携着这只笨重的木箱。

彭宇颓然坐在木箱上，两只手反复摩挲着漆面斑驳的箱体。被岁月侵蚀的不仅是人，还有物。仿佛转眼之间，人与物便都变老了。窗外的老槐树被风吹得沙沙响，就像楚云姝在的时候，她夜里不睡，在他的窗外，轻轻地扒他的纱窗发出的声音一样。彭宇举起手，揩了脸上的泪，低声唤："云姝，你进来坐坐吧。"

他起身，从书桌旁拉开椅子，做了个"请"的手势。

"对不起，云姝，回来这么久，我们一直没能好好地说说话。我知道，这些年，你受苦了。因为我的顽固不化，让你苦等了这么多年。其实，我并非铁板一块，在战犯管理所，我们战犯每顿都有三菜一汤，每周都配有五斤白面。但管理员一个月才能吃到一次白面。即便在困难时期，我每天都享受着一斤牛奶、一个鸡蛋、三两肉的待遇，估计你那时在外面带着孩子是吃不上这些的。那时候，管理员们一个个都胖了起来，我后来才知道，那不是胖，而是浮肿。那时候，我就觉得共产党不口是心非，说优待俘虏，是真的做到了。在管理所，我得了很严重的肺结核，并发结核性腹膜炎，那可是致命的病啊。但共产党不惜花费重金从香港和国外购药为我治病。人道是久病床前无孝子，我一躺就躺了四年。整整四年时间，医护人员无微不至地照顾我，硬是把我从鬼门关救了回来。那时,我就想,自己作为一个战犯,却能得到这般待遇,实在是惭愧。云妹,还记得我第一次见到向楠的情景吧?那天我激动得什么都说不好了,因为那次共产党安排我们出去参观,给我的震撼太大了。我看着武汉长江大桥连通长江两岸,变天堑为坦途。我看见武汉三镇建起了钢铁厂,整个城市焕然一新。国民党曾统治武汉二十多年,那时的武汉一片残破。短短几年间,共产党就让社会面貌发生了巨变。我当时就在心里感叹:'我们没有做到的事情,共产党做到了。'"

风更大了些,钻进窗子里的风把桌上的书报吹得哗哗响。彭宇起身,把书报用沉重的铜块压住。然后才想起来什么似的,把箱子拖到桌旁,对着椅子说:"云妹,其实,我说制造'永动机'不过是找借口逃避现实。我自然晓得'永动机'是不可能被创造出来的。"

他打开木箱,木箱里空空如也。他把桌上那堆制造"永动机"的东西一股脑儿丢进了箱子里。箱底被重物砸得一震,彭宇忙探头去察看。原来,是箱子里的一层薄隔板被掀得松动了。彭宇正欲将隔板按紧,却发现里面还有一本书!

泛黄发脆的书皮上写着"共产党宣言"五个被红笔描粗的大字。

这是学长的书!早在他还是彭师长的时候,他就听闻了学长是中共地下党而被杀的事。那时,他为学长惋惜过,怪他放弃考入军校的机会,而跑去和共产党掺和在一起。此刻,他看到学长的书,突然意识到,也许该被惋惜的人是他自己。他拿出那本书,翻了翻,却犹豫了。在战犯管理所,管理员组织所有的战犯进行政治学习时,他都借口制造"永动机"而缺席。这会儿,他想,既然已经与那些新思想错过了,这会儿又何必再去翻旧账?书在他手中,他一直犹豫要不要看。直到窗外透出了淡青色的天光,他才打开了书。一行行黑色的字读下去,他感觉一个个陌生又熟悉的面孔从书页中浮现出来,隔着时间与空间,一颗又一颗有力的心脏跳动着。"敌人"的修辞与语言并不是像他印象中的那样蛮拙,而是像很久以前在国文课上吟咏的诗一样激昂,像日光照射下的金属一样明亮,他又忽然想起了自己几乎都要忘记的读过的孙先生对"三民主义"的阐述,那时他很年轻,而在他已老去后,他再次被震撼与惊异冲刷着。他看完最后一行时,天早就亮了,屋里静悄悄的,他依然坐着,心里的激动挥之不去,又翻到首页,继续慢慢地理解着每一个看过的字……

七

彭向楠再一次面对彭宇,已是楚云姝去世三年后了。见彭向楠提着装饭盒和水果的网兜进门,彭宇猛地掀了被子,从床上坐起来。彭向楠发现他原本挺拔的背明显地佝偻了。父女二人相对无言。彭向楠走到床头,把网兜里的饭盒拿出来,打开来,是喷香的排骨汤。把汤递给彭宇后,彭向楠走到床的另一边,替他收拾凌乱的床头。枕边有一本翻开的书,彭向楠取过一看,居然是《共产党宣言》,并且里面密密麻麻地写满了批注。

彭宇喝完了排骨汤,把饭盒递给彭向楠,看见彭向楠手里正拿着《共产党宣言》,他带有几分羞赧地说:"如果方便,请帮我买一本《〈共产党宣言〉提要和注释》带来。我这边的生活,你都不用担心,也不用费心给我做吃的,我在这里被照顾得很好,所以,你看,我恢复得很好!我这条命又被共产党从死神手里给抢过来了。"

彭向楠答应着,把手中的书轻轻搁在床头后,伸手接过彭宇递来的饭盒。三年的时光如水墨泅染般,模糊了过往的细枝末节,勾勒出一个疏淡的景影。彭向楠在看到彭宇突然变佝偻的那刻,心就软了。原来时间真的可以是解药。当年母亲投水自尽给彭向楠带来的伤害与怨恨,在见证时间给父亲造成的衰败后抵消了许多。

彭宇出院后,彭向楠便把他接到了自己家。彭宇看见家里有个戴着红肚兜的小毛头正围着床蹒跚学步。他一把抱起孩子,双眼泛起了泪光。孩子却忍不住大哭起来。"小巫不哭,他是外公,外公喜欢小巫……"彭向楠从彭宇手中接过孩子,温柔地哄着。

哄好了孩子,彭向楠领着彭宇去他的房间。朝南的卧室,南窗下置一书桌,桌上整齐地摆放着书和笔墨,桌旁有书架与木箱。书架现在是空的,木箱还是那个旧的。彭向楠说:"我已经让楚平把您的箱子先搬过来了。"彭宇"哦"了一声,便在书桌旁的椅子上坐下来,那一双凶狠的剑眉与一双眼神冷酷的眼睛,因为疲惫显出了老态,变得柔和了许多。彭向楠有些不忍细看父亲的脸。那个在故事里被描述成放毒气弹的恶魔,真的是他吗?看到彭宇低垂了眼睑,她悄然退身出了门。

等到饭菜上桌后,彭向楠才敲了敲彭宇的房门。推门进去,看见彭宇正伏案写些什么。"吃饭了。"她轻声说。彭宇边答应着,边迅速地把正在写的一个笔记本合起来,放进了抽屉里,转身离开了书桌。

过了些日子,彭宇告诉彭向楠,他要出门走一走。他一走就是大半个月,风尘仆仆地回家后,便埋头在书桌旁写啊写。不过三个月,他又要出门,一出门就又是大半个月。如此,斗转星移地往复循环着,不觉间十年又已逝。

1989年元旦那天,彭宇起床后打开南窗,任凛冽的风吹进室内,他将前一晚就收拾好的一大摞笔记本用绳子捆扎好后,又伏案在信笺上挥笔。

"我是罪大恶极的战犯,解放后受到宽大处理和改造,共产党这么多年的耐心教育,终于让我这个顽固分子,重新变成了新中国的公民。这些年,我几乎跑遍了年轻时生活、战斗过的地方。我看到这些地方发生了天翻地覆的变化,当年我们国民党没有做到的事情,共产党做到了。我这个人思想转变比较慢,其原因就是我得看事实,没有事实摆在我面前,我是不会轻易认定的。当年,我带兵被困在双堆集,因为解放军采用了口袋战术,切断了后方的军用物资供给,将士们露天在寒冷的皖北平原挨冻受饿。空投的食物远远不能满足需求,现场出现因为一个饼葬送十几条人命的情况,就为那一个饼,抢到的人刚咬一口就被人发现,为抢那饼,就杀了吃饼的人……攻打我们的解放军,有老百姓送粮送医,共产党说'淮海战役的胜利,是人民群众用小车推出来的',所言不虚。之前,台湾方面联系我,说是要按照中将待遇,补发我被俘虏至今的所有薪水,合计一百多万新台币。这笔钱我是不会收的。这次去台湾,我可不是为了领那笔薪水,我想去会见故旧,为和平统一献出绵薄之力……"

伏案疾书的彭宇,手一软,笔滑落在桌上。他看见眼前冒出无数颗金闪闪的星星,仿佛听到来自遥远之地的一声呼唤,大脑便陷入了一片空白。

八

"咔!"我喊道。拍完这场戏,我摘下耳麦,躲到僻静处给我家老太太打电话。老太太今年七十三岁了,最近刚做了心脏搭桥手术。我因为拍这部戏,不能守在她身边,所以凑上点空儿就和她说说话。视频接通了,老太太正坐在书桌旁玩乐高呢,这老太太,不跳广场舞,不打太极拳,不练大合唱,不搓麻将,不带孙子,不遛狗,就爱玩乐高,孩子似的!"小巫,瞧我这坦克,威武吧?"老太太在视频里向我展示她的新作,我朝镜头伸出大拇指,说:"点赞!这坦克可比当年我外公乘的威风多了哈!"老太太听了这话,立马拉长了脸,问我的戏什么时候杀青,她说她想去皖北走一走。之前我许诺她的,今年一定陪她去趟皖北,看看那里的变化。她说:"不仅想看皖北的变化,还想去那里听老乡操着侉腔讲老故事。"

2021年6月30日,在皖北淮海战役双堆集烈士陵园,腰杆挺拔的老太太怀抱着一张军人的照片,在纪念馆的专题展馆里,对着照片轻声说:"爸爸,您还是不能原谅他吗?您说他是个背信弃义的叛徒,是欺骗您的小人。现在,看完这个展馆,您明白了吧,他根本不是您的人,他是潜伏了二十年的共产党人,他为自己的信仰而坚守,并且他的坚守有意义,您看到了吗?咱们这一路走来,是不是条条道路宽?您让我带您看世界,看共产党打下的江山,看您败北的所在,这一路您都看见了吧,是不是和几十年前相比,变了个天地?"

您肯定已经看出来了,我们家老太太就是我拍的这部戏中彭向楠的原型。她怀里抱着的照片是我外公的遗像。外公去世已经三十多年了,他在世时特别疼爱我。我读初二时学物理,偷偷在家里捣鼓电灯,被他瞧见了,他带我到他屋里,把他造"永动机"的整整一木箱工具和器械送给了我。他让我"拿去玩吧,但别太着魔"。我妈瞧见后没收了那只笨重的箱子,她说可不想我继承这个永远不可能成功的发明,"人要走正道,要为可行的事去努力"——当初,我们家老太太是这样教导我的。没想到过了这些年,到如今我拍这部戏时,这只老木箱倒是派上了用场。得知我拍这部戏的时候,我妈把她收藏的老物件全都拿了出来。她老人家说:"这就是咱们家的家底儿。咱们家没有金银财宝传家,但咱家有故事,这故事不仅是你外公外婆和你爷爷的故事,还是咱们国家的历史,你要拍就好好拍,拍好这个故事,拍好故事里的人。"

老太太给我的还有一本书,就是戏里楚云姝去世的那个下午,彭向楠在老槐树下看的书。那幕戏是根据我家老太太的回忆,按真实情景再现的。两年前,老太太家拆迁,我帮着搬家,无意中发现了一本书,泛黄的书皮上用颜体写着"论持久战"四个楷书字。我当是外公的书,便取出它翻了翻,一翻才发现,原来它并不是书,而是我外婆包了"伪装书皮"的日记本。日记里的笔迹是很有功底的簪花小楷,最后一篇日记的日期写的是1976年6月30日,我知道,那是外婆去世的前一天。

生活中的无意往往是命运中的注定。就譬如我,在电视台,新闻采编做得好好的,台里改制,让我做了电视节目编导,之后又机缘巧合参与影视剧拍摄。那天,我无意中发现了这本日记后,就产生了拍一部戏的灵感。我意识到,原来我之前所有的经历,包括我诞生在这样的家庭里,都是为了这一刻,命运安排我来讲述这段历史。讲好历史可不容易,尤其这个故事里的人还是我的家人。在打算编排这部戏的时候,我埋头翻阅了大量的书籍,然后去采访了许多相关的人物,包括我们家的老太太。

老太太说,外婆去世后,她因为仇恨我外公,一直对他避而不见。直到我出生后,外公突然生病住院,她才在我爷爷奶奶和我爸的劝说下,把外公接回家照顾。在他们的照顾下,外公恢复得不错。外公每天在屋子里读书、写字,他去世后,那间屋子没法收拾——四壁堆的全是书。

老太太的话勾起了我的回忆,我记得外公还向我借过《思想政治》的课本看。我中考前学校发的那本《时事政治》的小册子,他看见了,翻一翻就跟我滔滔不绝地讲起来。他对国际时事和国家大事了如指掌。他去世时,床头还放着一本翻得"肿胖褴褛"的《共产党宣言》,书里面有他密密麻麻的标注。外公的那些书,说来可惜,它们几乎在一场内涝中全军覆没。另一些没被水淹的书,又在水退后,在被我们家老太太搬到院子里晒霉时遭受了暴风雨的"洗礼"。

"书都不可惜,只是可惜了你外公收藏的那些票根。"老太太幽幽地说。

"票根?什么票根?"我追问。

"车票。你外公后来去了很多地方,他几乎跑遍了自己年轻时生活、战斗过的地方,只有皖北他没来过。"

"所以您要带他到这里看一看对吧?"看见老太太眼里闪现了一丝水光,我忙揽住她的肩,从她手里接过外公的这张老照片。照片里的外公年轻英武,他穿着呢子军装,留着平头没戴军帽,剑眉英气逼人,眼神坚毅倨傲。外公的这张照片并不鲜见,刚才那个展厅里就有这张同底照片的放大版。展厅里,还有外公被俘时,与他的兵坐在地上的一张黑白照片。照片下一行黑字备注着"彭宇被俘"。我注意到,老太太在看那张照片时,把怀里的照片反翻朝内。那一幕令我心一紧、眼一热——我感动于这份父女情深,只是老太太对外公的爱来得太迟了些。记忆中,我们家老太太很少和外公直接对话。饭菜摆上餐桌后,她使唤我去喊外公吃饭。吃饭时,那些特意为外公做的软糯的饭菜,她也学着我,指着菜说:"小巫,让外公尝尝这个。"外公也不接腔,默默朝她推荐的食物伸出筷子。我一直都觉得他们这对父女太奇怪了,不像我和我爸,即便我犯了错被我们家老头子狠揍一顿,过了事儿,爷儿俩照样亲。

我低头看着我家老太太怀里照片上的外公,他那双眼神倨傲的眼睛上的两道剑眉,与那个正在展厅认真擦拭彭宇照片上的玻璃挡板的大爷的如此神似。我的心倏地一紧,忙喊我们家老太太,让她去看那位一直跟在我们身后的大爷,我想,得让她去问问那老人的年纪和别的什么。说不定,他也是故事里的人。

2021年7月28日定稿
刊于《延河》2022年第3期

消失的朱迪

一

我走在修缮并拓宽的街道上,有些茫然地望着街道两旁装修一新、风格一致的店铺。在记忆里,这条曾经是全城最破旧的街道,如今却是最有烟火气的。从街口第一家羊肉汤馆算起,一千多米长的小街上挤满了各类小吃铺,馄饨、水饺、拉面、油馍、牛肉汤、麻辣烫,还有烤鱼店、烧烤店、火锅店、酸菜鱼店,以及开了几十年的老馆子。凭着记忆去找小时候最常光顾的那家牛肉汤店,却迷失在一间间被改造得整齐划一的店门外。一直走到十字街口,也没能找回过去的记忆。

这时,我看到了朱迪。虽然那头齐耳短发掩住了她的半边脸,但还是能一眼认出来。她穿着一件蓝色的毛线开衫和一条黑色的长纱裙,在黄昏光线的映衬下,她的样子定格成了复古风的剪影,像老电影一般令人怀旧。我从角落里蹦出来。"朱迪!"我在心里大声喊着她的名字,正要穿过街道奔向她,却又定住了。坐在自行车后座上的她,裙摆下面露出一只鞋,另一只没穿鞋的脚上打着石膏夹板。推自行车的人,却是他!

我站在暗处,望着他推着她渐渐走远。

这些年,我很少回来,即便回来也都是窝在家里,很少出门。

爸妈都为我成年后性格的改变而感到诧异,他们有时会在饭桌上以玩笑的口吻提及我过去的种种,我总是不予回应。我不喜欢看我父母在亲朋好友面前一副得意扬扬的样子,因为他们真没什么可得意的。如果他们知道自己学有所成、在广州一家上市公司工作的儿子其实已经失业了,全家凑钱为我买下的那间单身公寓正作为二手房在房屋中介挂着出售;如果他们知道,他们同样引以为傲的未来儿媳已在一年前向我提出分手,现在已成为别人的太太——他们还会得意吗?

这些日子,我每天除了和父母一起吃饭,便躲在自己的房间里,四处投简历,甚至我还在网上买了国考的辅导课,我在想,也许像我父母一样,当个小城的公务员,安安稳稳地过一生,也不失为一种选择。只是,我怎么开口对他们说我的这种选择呢?亲戚朋友都知道,他们有个在广州一家上市公司里工作的儿子,有房有车,马上要娶一位大学教授的女儿……

二

而朱迪就像梦一般,在我眼前绕了一圈,又消失了。我站在路灯下,想起我奶奶被安葬后的那个黄昏,我们一家还沉浸在哀伤里,电视没有打开,家里也没有做饭,我们一家三口沉默地坐在一楼的客厅里,各自看着手机。突然,一阵刺耳的歌声从隔壁传来,我被吓了一跳。我爸起身打开灯,对我说:"那是隔壁老头的闹钟。他真惨,都快七十岁了,瘫在床上的老婆子全靠他一个人照顾。听说他们家还有个女儿,因为感情问题,这里(我爸指了指自己的脑袋)出了毛病,也需要他照应。"他在机关里待了一辈子,临退休也没能升上正科级,他心里为之不平时,便会很阿Q地拿我来跟别人家的孩子比。"隔壁老头,过去还是一个单位的头头儿呢。"他不无得意地对我说。我压制住内心的厌恶,"哦"了一声。

推着朱迪的人居然是租住在我家隔壁院子里的那个"惨"老头。他是朱迪的父亲吗?

当年,收到大学录取通知书的那天,我们举家欢庆。我趁大人为此喝得酩酊大醉之际,揣着录取通知书跑了出去,我是去找朱迪的。我知道她很难受,我也很难受。原本,她是优等生,我是个学渣,但不知怎么了,和她好上以后,我渐渐成了优等生,高考时我又超常发挥,取得了令所有人瞠目结舌的好成绩。朱迪也考了个令人诧异的分数,那分数低得离谱,甚至没能达到本科线。那晚,我计划当着朱迪的面撕掉录取通知书,然后和她一起复读。

来到朱迪家屋后,敲她的窗,没有回应。我把耳朵贴在窗上,屋里没有一点动静。我在屋后等到半夜,直到他们家楼上有人拿手电筒对着我照,我才离开。我一路小跑,翻墙回到家,一觉睡到第二天中午才醒。还是我妈把我喊醒的,说是有个女生来找我。我一骨碌爬起来就往楼下跑。来找我的不是朱迪,而是低我一级的学妹,找我借书来了。

我上楼翻了几本书给学妹后,灵机一动,让她和我一起去找朱迪。有学妹陪同,这一次,我没有鬼鬼祟祟地敲朱迪的窗子,而是让学妹去敲门。学妹敲了许久,始终没有人应。

接连好几天,我每天都去朱迪家,开始敲窗,后来敲门,一直没人。那天,我在敲门的时候,住在她家楼上的一名警察正好下楼,他上下打量了我一番,问我找谁的,是不是天天都来。我说我是朱迪的同学,找她有事。他说朱迪家没人,不要老来敲门了。

学妹又来我家两趟,一次是借书,一次是问我题目。我妈八卦地跟我打听学妹的家世,我说我不知道。我妈语重心长地对我说:"找对象要找门当户对的。"呵,原来她把学妹当成我对象了。我没有解释,解释也没有用,她会永远按照自己的推理去想象。

学妹说她有办法,她可以找人帮忙查到朱迪爸爸的手机号码。我怎么没想到这一招呢?我连声向她道谢。她问我:"怎么个谢法?"我说:"如果查到了,我请你吃牛肉汤。"她得寸进尺,说:"不行,我要吃火锅。"我答应了她。第二天,学妹就拿着一张写着一串号码的纸片到我家来了。我怕我妈又逮住学妹问东问西,忙拉着她出了门,半道上,我拨通了那个电话号码。电话接通了,在听到很沙哑的一声"喂"之后,我有点语无伦次地说:"叔叔好,我想找朱迪。"对方只字未答,便挂断了电话。

三

失神地走在回家的路上,走到一家药房门口时,我扭头向左看了一眼,马路对面装修一新的店铺之间,那截小路居然还像狗舌头似的伸了出来。我径直踏上那条逼仄曲折的小路,这条被称作"一人巷"的小路,夹在楼屋之间,仅容一人穿行。往上看,有点"一线天"的意思,但行路者一般不会抬头看天,因为地上是参差不齐的石块、砖头与瓦片,有的地方还漫着污水,稍不留意,就会有崴脚或摔伤的危险。

那是高二刚开学的一个晚上,下晚自习出校门的时候,我照例聚焦目光锁定朱迪。高二分班时,我发现我们班有那么一位美女,名字也好听,叫朱迪。她的出现,成了我每天上学的动力。那天晚上,我目送她骑着自行车出校门时,发现从学校对面的合欢树底下突然冲出来一个女人,一把抓住了她的自行车,她险些摔倒。我跑上前去,很自然地从她手里接过自行车,对她说:"走吧。"那个看上去比我们大不了几岁,但是打扮入时的女人看了我一眼,便退让到一旁。我让朱迪在后座上坐稳后,骑上车便走了。

路上,朱迪向我道谢,说这个女人已经拦过她一次了,幸亏她爸出现,女人才跑了。朱迪说:"我不认识她,她说的人我也不认识,但她非要拦住我说些奇怪的话。"我说:"别管她,也许她精神不正常。你家住哪儿?我送你回去吧。"她迟疑了下,便告诉了我她家的地址。我说:"你们家那巷子里有家网吧,我常去那里打游戏,网吧那儿就是一人巷口,我从一人巷抄近路,几分钟就到家了。"

我打开手机手电筒,照亮了脚下的路。小城发生了这么大的变化,但走在这一人巷里,却如同穿越回了过去,它没有任何改变,包括巷子拐角处那户人家门前的水井盖板,还是记忆中的样子。看见灯光就是到巷口了。巷口那家网吧已经被改造成了一间小超市,我走进去,买了瓶水。收银的是陌生面孔,而不是以前网吧的主人,对哦,没有那么多人会待在原地。我去买水,原本是抱有一丝遇见故人的期望的。

从这个小超市往前走一百步,左转,第三个楼道口,右边那道门。我不仅走到了那道门门口,还敲了门。

门内传来一个年轻女人的声音:"怎么又不带钥匙?!"

门开了,我们相互尴尬地对视了半秒,我开口:"请问朱迪在吗?"

"朱迪是谁呀?你找错门了吧?"女人说着便要关门。

"我是朱迪的同学,以前常来这里的,没走错。"我抢答似的在她关门之前快速蹦出了这句话。

她在一条窄窄的门缝后说:"我不认识你说的这个人。"说罢,"咔嗒"一声关上了门。

我站在门外,那感觉就像多年前送朱迪回家后,我站在这里,对门内的世界一无所知。我唯一知道的,就是一扇朝外开着的窗是朱迪房间的,每次送她进门后,我总要站在那扇窗下,看着屋里的台灯将她的影子投在窗帘上。我有时会吹声口哨,与她告别。她听见口哨声便会隔着窗帘对我比个剪刀手。她那间据说是由厨房改造的闺房,让我生出许多美好的想象,但同时,我又有点担心她的安全,怕会有不安好心的人偷窥她。

一开始,我就是她的偷窥者。刚和她同班的时候,她的座位在我的左前方,我第一眼看到她,就发现这女生真好看。每当我上课犯困的时候,我就扭头偷看她,她听课时眉头紧蹙的样子都比那些女生花枝乱颤的笑颜要美上百倍。我在课本上、笔记本上画满了抽象的侧颜美女头像。有一天,我那该死的同桌瞎闹,把课桌撞倒了,桌上的书本和文具撒了一地。好心的同学在帮我捡起书本的时候看到了书上的画像,夸张地惊呼:"真有你的,朱迪被你画神了哈！朱迪快看,鹿鸣画的你,简直和你真人一模一样哎!"朱迪没有扭头,但我看见她的侧脸突然间变得绯红。我的同桌以及几个平时和我玩得好的男生见状,便一起起哄。

从那以后,朱迪就开始跟我刻意保持距离了,直到遇到那个拦住她的女人,才让我有了骑车护送她回家的机会。那晚我送她,不小心跌倒了,回到家才发现自己摔花了脸,第二天便没去上学。一周后,我脸上的伤结了疤,我才去了学校。刚进教室,我看见朱迪猛然抬头,对我欲言又止的样子,我当即心花怒放,觉得那一跤跌得太值了。

现在回想起来,人生所遇之人、经历之事,都像是提前写好的脚本一般,就像今天,我突发奇想要去吃牛肉汤,却遇见了她,并且,她的父母居然与我的父母比邻而居。这一切,勾起了我无边的回忆。原以为那些几乎被时光杀死的往事,早已成为了过去,但当我看到她坐在自行车后座,在黄昏的光影下定格成一幅剪影时,我才明白,往事并没有被杀死,只是被掩埋了,它像一颗种子,无论被埋藏多久,遇到契机,便会重生。

四

我回到方才朱迪隐身的路口,探身往里看,那是一条死胡同,被早年开发的住宅楼封锁了出口。我不知老头儿推着朱迪到这里来做什么。我站在路口,突然想抽支烟。烟已经戒了半年了,这会儿无端生出抽烟的欲望,令人感到无奈。我左顾右盼,发现十字街口有家烟酒商店,于是快步走过去,还没走到街口,就听到我妈大声喊我名字,原来她和我爸在超市门口,手里还拖着一辆装满东西的购物车。

原本计划的堵守行动,被他俩打破了,抽烟的欲望也消失了。我从我妈手中接过购物车,伸手拦下一辆出租车。上了车,我妈刚对司机说出我们家所在的位置,司机就说:"哦,那地方,我晓得。你们家是住在巷子最里头,旁边是三间瓦房的那家?"我妈点头称是。司机又开口说:"你们隔壁那家现在是租房子住那里的吧?家里有个瘫痪的老太太,老头儿每天出去捡破烂,为供养一个在国外留学的孩子,把家里的房子都卖了,可怜哪……"

出租车停在我家大门口,我付了车费下车。出租车在隔壁人家门口的空地上倒车时,我的脑海里还在反刍刚听到的那番话。

我父母想把爷爷送到医养中心去。爷爷今年九十岁了,过去二十年,他和奶奶一直长住我们家。奶奶病危时,姑姑把爷爷接到了他们家。奶奶才去世,我父母就要把爷爷送到医养中心去,我为爷爷感到难受。我告诉父母,我得先去医养中心看看那里的条件怎样,如果好,我就放心带爷爷去。

我妈说:"条件不错的,我们今天已经陪爷爷在那里适应了一天,他在那里蛮好的。"

原来她已经把爷爷送到医养中心了,那还跟我"商量"什么呢?我一路来到由当年的政府招待所改建的医养中心。这里门禁森严,我对门卫说要去看爷爷。他从开了一半的玻璃窗口喊话说:"按照规定,没有出入证,外人不能进。"我把积攒许久的憋屈聚集在右手,猛地一拳砸碎了那半扇玻璃窗。很快有人从那栋过去是贵宾楼的办公楼里走过来。我站在原地,任鲜血爬满手背再跌向地面。

来人中那个穿白大褂的女人(谁知道她是不是医生)见了我,"哟"了一声,让保安给我一只口罩,让我赶紧戴上,二话不说便让我跟她一起进了主楼。在一楼那间浅蓝色的诊室里,她熟练地给我的伤手做了冲洗、消毒与包扎。她做完这一切,才摘下了口罩。

"你!"我惊呼。居然是当年的学妹!

"行呀你,这么多年,居然还这么豪横!"她转身从饮水机里接了杯水递给我。

她嗔怪我说:"当初打你手机被告知号码已停机,第二年我高考后去你家还书时,阿姨告诉我说,你和女朋友旅游去了。好家伙,没想到你移情的速度这么快。这样看来,我好不容易刺探到的关于朱迪的消息就成多余的喽。"

正说着,从走廊最里的房间里出来一个人,我一看,居然是我家隔壁的那老头儿——朱迪爸!我的心狂跳起来,我和学妹异口同声地和他打了招呼,学妹突然望着我说:"咦,你认识他啊?"

我答非所问:"朱迪在这里?"

学妹说:"朱迪哪在这儿啊,人家在美国呢,这儿住的是她姐姐。"原来我在街上看见的是朱迪的姐姐。对哦,朱迪说过,她有个姐姐。

告别学妹,走出医养中心,就是乱哄哄的街道。我不想马上回家,而是朝东城门走去。记得高三下学期的一个黄昏,朱迪让我骑车带她去东门外的水库。东门外的水库是大人口中的禁忌之地,我对朱迪说:"我妈说,前两天那里又捞出一个溺死的。"她什么也没说,一直默默地坐在自行车后座上,我们绕着水库骑了一圈又一圈,直到天黑。

　　我走到东城门,踏着台阶走上城墙,往东城门外望去,过去水库的位置,已经耸起了一栋栋灯火通明的住宅楼。我远远地望向那些灯火时,看见一轮将圆的月亮正缓缓爬上楼顶。我突然想到这么一句话:时间带不走的记忆,现实也会将其埋葬。这时手机提醒,邮箱里来了新邮件。打开邮箱看,居然是面试通知。这些日子,虽然我一直在投简历,但并未抱有希望。能收到这家跨国公司的通知,我感到很意外,更为意外的是,邮件上联系人的姓名居然叫 Judi——朱迪的英文名就叫 Judi 啊!

　　我走下城墙,穿过不再熟悉的街道,回到了巷子深处的家。爸妈正坐在客厅里看电视,我跟他们打了个招呼,便上了楼。拉窗帘的时候,我往窗下看了一眼,隔壁三间破旧的红砖蓝彩钢瓦顶的主屋正中,一扇老式防盗铁门紧闭着,从铁门内敞开的木门透出电视里含糊其词的对白。月光落在院子里,将那张裸露着木质原色的旧椅与一只歪歪斜斜的矮木凳照得更显凋敝。这些物品都来自朱迪过去那个我从没进过的家吗?我知道,明天黄昏,隔壁的老头儿在闹钟响起后,就会推着那辆叮当作响的自行车出门。我很想仔细地辨认一下,他的车是不是很多年以前,我曾骑过的那一辆。

2022 年 8 月 26 日定稿于合肥
刊于《青春》2022 年第 11 期

飞翔的列车

一

乘务员引导她坐进自己的座位,并周到地帮她把行李箱放好,问她要什么饮料,她略迟疑了一下,说:"白开水吧,谢谢。"

这时,前座的旅客扭过头来。商务座的座位如按摩椅般阔大,他左右扭动都无法回头看到她的正面。而她,却一眼认出了他。她扯了扯旗袍下摆,感觉心脏像处于失重状态般,猛地一沉,旋即又被一双无形的手捞了起来,那手劲儿有点重,让她感觉有点儿疼。不过,就疼了那么一下便止住了。她努力稳住自己的呼吸和嗓音,轻声说:"你好!"

前座的旅客起身,站起来,三两步走到她面前,那双熟悉的眼睛隔在黑框眼镜后面,也掩不住惊诧。他的声音还是那样低缓:"刚听着说话声,感觉像你的声音,真是你啊!"

她微笑着颔首,笑容藏在浅蓝色的口罩里。两人再无他话,就那样彼此相望着,塑着一般。

乘务员送了一杯白开水来。她道了谢,接过水,把水搁在座位侧前方的窗边。她顺便看了一眼他那边,窗台上放了一杯咖啡。他还是喝咖啡,她这么想的时候,不小心叹了口气。

那口叹气被他捕捉到了,于是,有了话题。"你没有变,连叹气的声音都没变。"他说着，摘下了自己的口罩，露出了整张脸。她望着他那刚刮了胡须的下巴，眼神凛凛地泛着青光。原本那下巴上是有点肉鼓鼓的双颊，如今瘦下来了，时光将那张曾经的娃娃脸雕琢得坚毅而略带沧桑。

能不沧桑吗？他已五十一岁了。居然不用算，她的脑海里即刻浮现出了他的年龄。同样不用算的是，她清楚地记得，他们已阔别了二十一年。

他大概是觉得站在她面前有点别扭，便走到自己的座位旁，侧身坐下来，扭过身，和她说话："你这是出差？"大概是觉得侧过身没法与她对视，他又站了起来，回到她面前。她仰起脸，望着他的眼睛，摇摇头说："不是出差。"

"哦。"他的眼睛里闪过一丝疑虑，她真的几乎没有变化，还是穿着旗袍，戴着遮阳的草帽，瘦。认识她的时候，她还不到二十岁，站在太阳底下，戴着一顶帽檐上别了朵向日葵绢花的宽檐草帽，穿一件苔藓绿底浮着白色水草花的旗袍，挺拔地站在嘈杂的人群中，特别有辨识度。从他那个角度看过去，她那高过别人的头颈，白天鹅般高傲而美丽。后来，熟识了，他把对她的第一印象说给她听，并在私下里称她为"白天鹅"时，她拒绝了这个称呼，她伸出她的手臂，拂柳一般地在他眼前摆动着说："瞧我黑得跟炭似的，叫我白天鹅岂不是讽刺我？"他捉住她那条细细的长胳膊，去吻她的手。她的手指头细长尖削，一根根小锥子似的朝他心里直戳。他把她当孩子似的喜欢，一不小心，喜欢得过了头，变成了爱。等他发现自己每时每刻都想知道她在那一刻在做些什么的时候，他才暗恼：坏了！

知道"坏"时,便已迟了。

二

"你这样看挺累的,我也站起来吧。"她说着,肩膀前后摆动着,把身体往座椅外沿移了移,双手按着扶手,站了起来。

他注意到,她竹枝般枯瘦的十指上光秃秃的,没有美甲,也没有戒指。他的心一动。"这辈子,我只能是你的,不仅这辈子,我觉得上辈子、下辈子、下下辈子,我都只能是你的……"当年,她说过的话又飘了回来。他在想,她手上没有婚戒,不会是真的没有结婚吧?他突然有点愧悔,其实这二十一年间,他有很多机会见到她,即便不见她,也可以通过很多途径了解她的状况。但他没有,之所以没有,到底是为了她好,还是为了自己好?而如今,他们真的都好吗?一股凄苦的滋味漫上来,呛得他开了口:"你过得好吗?"

"你说呢?"她站起来,后退了两步,靠在车窗上,说话时偏了偏头,还像当年那个小女孩一样,带着几分挑衅似的顽皮,显得灵黠可爱。

"孩子多大了?"他想了一下,没有直接问她婚否,而是自作聪明地以这种失礼的方式问道。天知道,问这句话的时候,他的心乱了套似的瞎蹦跶。难道当年的那场意外,让她失去了做妈妈的机会?

她扭过头,看着车窗。窗外,错落的田垄泛着秋日的斑驳。车过隧道,车厢里陡然暗了些。须臾,刺目的光又回来了,她依然侧着身子倚在车窗上,腰身像纸片似的,上身倒是丰满了许多,以至于把她身上蓝白格子旗袍上的格子都绷得变了形。她还是没有摘下口罩,看不见她那张生起气和高兴的时候都爱嘟着的小嘴,也看不见她小巧圆润的鼻头,以及鼻梁上一片俏皮的小雀斑。那双没有被口罩遮蔽的眉眼和神情,没有改变。但当初那双细长丹凤眼,不知怎的居然变成了双眼皮,难不成是记忆出了问题?据说,太想一个人时,会忘记他(她)的面貌。他也没有太想她,但这些年一直忘不了她倒是真的。

她摘下了口罩,露出了一张略带倦容的巴掌脸。用他家乡的方言夸女孩子生得清秀时,总少不了一句关于脸形的描述:"巴掌大的小脸。"她把口罩对折了拿在手上,用另一只手去端水杯。轻呷了一口水后,她抬眼问他:"你呢?"他发现,她对他的问题一个也没有回答,全用反问句撑了回来。他在心里叹了口气,心想:该!这是自己欠她的。

"我老了。"他叹息着说。

"他们呢?"她接着问。

"在国外,都挺好的。"他的眼睛朝着她脸的方向看去,却没有将目光聚焦于她的眼睛,他怕从那里看到任何表情,也不想让她从他的眼神里看出点什么异样。

"哦。"她回复得淡淡的,从语气与声线里没听出什么情感。

三

"请问先生、女士,需要什么餐品?我们这里有三杯鸡套餐、红烧牛肉套餐……"乘务员轻轻地进门询问。

"有红烧牛肉面吗?"他问乘务员,又转过头问她,"你还吃红烧牛肉面吗?"熟稔得仿佛他们才刚一起用过餐似的。

他这么问的时候,令她想起了他做的红烧牛肉面。他每次都会用半天的时间把牛肉炖得烂烂的,与牛肉一起炖的土豆都炖成土豆泥了,他才把火关上。等她到了,他烧水下面,捞出面,把红烧牛肉当浇头,然后望着她美美地吃,听她边吃边大声地赞美,那对于他真是一种幸福啊!他不仅把她当女人宠爱,更把她当孩子疼爱,可能是因为那时候她身上的女人味不足、孩子气旺盛吧。而如今,她穿着鱼尾摆的改良旗袍,盘着乌黑的发髻,静立在窗边,不仅散发着淡淡的香水味,更彰显着浓浓的女人味。

她说:"谢谢,我不饿。"

他也只好陪着她不吃。乘务员走了,车厢里又只剩下他俩。他不知接下来该说些什么。她神情寥落地望着窗外,并无继续说点什么的意思。"那就坐下歇歇吧。"他说罢,颓然地坐回自己的座位上。她没作声,依旧倚着窗,茫然地望着窗外,她看见一棵树孤单地立在田野里,那树冠硕大,就像……但还没来得及细看时,它已经被时速三百多公里的高铁抛在了身后。

"不晓得大院里的那棵泡桐树还在不在?"她突然转过脸,望着他问。

"大院都不在了,已经拆了好些年。学校整体搬迁了,你不知道吗?"这么问的时候,他倒是舒了一口气,看来她对他和他所在的城市一无所知,那么就不用担心她知道有关他的事儿了。

"真可惜啊。记得春天,那棵泡桐树开满了紫色的喇叭花,一嘟噜一嘟噜的,可好看了!"

"我还从地上捡了花给你做了个花环,你戴着那花环拍的照片,我还有……"他说着,拿出手机,把眼镜往额头上一推。她看着他的手指在手机屏幕上笨拙地戳来戳去,暗忖"他真是老了"。过了好久,他才找出了那张照片,把眼镜重新架在鼻梁上,微笑着将手机递给她。

四

她接过手机,看见一张模糊的老照片,照片上还有反光,想必是在夜晚的灯光下,冲着蒙了玻璃纸的老影集翻拍的。照片上,短发的女孩头上戴着一个花环,笑得眼睛都眯成了一条缝。印象中,她从没见过这张照片,所以乍一看,她简直不敢相信照片中的女孩就是她自己。二十一年前,那个还不到二十岁的她。照片的右下角上横着一道姜黄色的线,她仔细辨认了一下,原来是老照片的拍摄时间——数字有些模糊,但还是被她认了出来。辨认出那个时间后,就像揭开了尘封许久的老屋屋顶上的瓦块,一连串过去的日子便如蝙蝠般从老屋里成群结队地飞了出来。

很多年前,5月20日就是一个普通的日子,微信还没有被研发出来,数字红包也还没有出现,人们还不兴把那个日子作为"我爱你"的谐音,从而把"520"当情人节来过。她之所以记得那一天,是因为那一天是一个让她感觉无比疼痛的日子。她腹痛晕厥被送到医院的时候,检查结果是宫外孕。学校通知她的家长,却被她父亲的单位告知,她父亲出了车祸,脾破裂,正在医院急救。

她手术出院后,在学生处,像个罪人似的被审讯,她拒不交代男方是谁。离开校园的时候,母亲拎着行李箱走在前面,她背着沉重的双肩包,双手各拎着一大袋杂物往公交车站台走。出校门的时候,刺目的阳光里,她仿佛看见了他们——他骑着摩托载着他的妻儿。她泪光一闪,别过头,大步走到母亲身边。

绿皮火车"咣当咣当"把她载回家乡,那座三年前让她风风光光离开的小城。因为被开除,她枉读了三年大学,只能持高中文凭找工作,找来找去,总算进了刚成立不久的联通公司。小城很小,藏不住秘密,很快,周围的人都知道了她的秘密。她索性凛然无畏地傲娇起来,每天高昂着她的"天鹅颈",面无表情地坐在柜台里,给人开卡、补卡、缴费、查通话记录。

她把手机还给了他。他说:"加个微信吧,我把照片传给你。"

她迟疑了一瞬,从包里摸出手机,打开网络,点开加微信好友的二维码,让他扫。他扫完,微信里跳出新好友的认证消息,她在点确认之前,又犹豫了一下,将朋友权限设置成了"仅聊天"。她不想重温旧梦,不想旧事重提,更不想了解他的现在并让他窥见自己的现状。

加上好友后,他发来三朵玫瑰的表情包,紧接着便把她那张老照片发了过来。发了之后,立即又撤回了,他说:"等一下,我发原图。""原图",那两个字在她心里碾了一道印子,所谓原图,不过是旧照的翻拍。原来的一切早已被时光碾得粉碎。

五

"原图"发过来了,她保存了图片,又把手机放回包里。手机仿佛不乐意似的,在包里闹了起来:"给我一个空间,没有人走过……"她有点羞赧,慌忙把手机拿出来:"喂,我还有两个小时到家,唔……知道了,好……同同呢?同同呀,想妈妈了吗?乖……"

他听出,她的手机铃声是齐秦的老歌《原来的我》。当年,在学校的晚会上,他弹着吉他唱过那首歌。记得她说过,他弹吉他的样子很酷。当年他心爱的吉他,那只红色的木吉他,早已不知被丢到了哪里。人生就是不停地丢失的过程,丢失心爱之物,丢失心爱之人,丢失青春,丢失记忆,丢失健康……最后,直到把自己也弄丢才算了事。

听到她在电话中温柔地对孩子说话,他在苦涩中感到一丝安慰。还好,他没有让她失去更多。

等她挂了电话,他问:"孩子多大了?男孩女孩啊?"她笑笑说:"三岁,是个女孩。""有照片吗?我看看?"他起身,她却绕开他,坐进了自己的座位里,无声地拒绝了他的要求。

记得那时候,她也曾向他要求看看"他们"的照片,他也是无声地拒绝的。

他们是怎么开始的?他回忆的场景与她记忆中的并不一致。他说,是那场晚会彩排后,他请她和另外几位主持人去校门口吃炒面。而她记得的开始,是她在校医院输液时,他给她送了一杯热茶,那茶杯上还贴着一个标签,写着"一杯茶,一辈子"。不然,即便和他有交集,身为学生的她也不会对自己已婚的老师乱动心思。往事在每个人的记忆里,投下了不同的影像。所以,很多时候,与故人一起谈论往事时,往往会让人觉得大家经历的不是同一件事儿。回忆令过去变得可疑。但他们避而不谈的那件事，却成了一根长在心里拔不掉的肉刺。

那一年的那天是他三十岁生日，在图书馆附近的那株泡桐树下，她怯生生地将两道杠的早孕试纸拿给他看，问他怎么办。他说这是最好的生日礼物啊。其实，他当时并没有想好"怎么办"。那会儿，他心里也很慌乱。但他为了掩饰自己的慌乱，拾起泡桐树下的落花，将那一朵朵紫色的小喇叭花穿成了一个花环，戴在了她的头上。在他的记忆中，她当时是哭着的，可为什么她在这张照片中笑得如此灿烂？往事里藏着许多难解的谜。也许，说"往事"还显得太狭隘了些，说"世事"才更妥当。

六

在他们陷入沉默的时候，高铁也停了下来。车门打开，乘务员引着一个年轻的女孩走过来，女孩穿得很清凉，上身穿的白色吊带背心不掩腰背，下身穿着一条破洞牛仔短裤，裸着一双白得发光的美腿。女孩戴着蓝牙耳机，左右环顾了一圈，坐在了和他们隔壁的窗边。她特意瞅了瞅坐在前排的他，她发现他的脑袋正偏对女孩那边。她感到一丝不悦，但很快就意识到自己的不悦很不妥。关你什么事呢？难道半生已过，还不能接受"男儿本色"的现实？

女孩坐下后就摘掉口罩，拿手机当镜子，涂起了口红。涂了口红的女孩那饱满的红唇娇艳欲滴，把她的目光都引了过去。她看见女孩点开微信，拨打电话，视频里出现一个戴太阳镜的男人的脸，只一闪，画面就转换成了绿色的草地，然后镜头就追着一只在草地上欢跳的大金毛身上。她听女孩旁若无人地叫：

"凡高,凡高!"她想,这女孩肯定是个美术系的大学生。摘掉口罩的女孩,露出一张吹弹可破的娃娃脸,虽然女孩的腰肢盈盈一握,但因为年轻,脸上的婴儿肥还没有褪尽,这样的脸一眼看上去便可推算出年龄,不会超过二十岁。这正是她当年遇见他的年纪啊。她又把目光从女孩身上收回,投到他身上。岂料,阔大的座椅靠背给他当了掩体。看不见他,她又把目光锁定在女孩的手机屏幕上,那只金毛活泼的样子让她想到了她的泰迪。那只无比黏人的泰迪,她开始是很烦它的,但养着养着就爱上了。她有时暗想,对这只泰迪的感情,可不正像对她家里的那个人似的,原本不喜欢、无所谓,结果处着处着倒离不开了。女人的感情就是这样,会被岁月之火越熬越浓。而男人的感情呢?是女人熬制的浓汤,盛出来,搁在那里,渐渐凉了,不可口了。

她搭在包上的手指感觉到手机在包里震了震——方才,她把手机调到了振动模式,以防手机铃声再响起。那铃声是当年她最喜欢听他弹唱的歌,过了这些年,这首歌依然是她的最爱,但她不想让他听到后自作多情地以为,她对他还念念不忘。她忘不了的其实并不是他,而是她青春的记忆。如今,她可不愿让坐在她前面的这个身形臃肿的中年人置换掉她记忆中的那个玉树临风的他。有个"他"多好哇,在沙漠里看北斗星的时候,可以想到与他一起看星空的夜;一个人吃红烧牛肉泡面时,可以想到他为她精心制作的牛肉面;游泳的时候,可以想到他教她游泳时,总会乘她不备偷偷吻她……如果没有记忆中的那个"他",她往哪里找幸福呢?虽然当年她家里的那一位说过,他会让她永远幸福的,可婚姻向来都只是幸福的坟墓,即便他们的婚姻还不至于像坟墓,但在生活的重压下,老夫老妻的,谁还没事找幸福呢?

七

她家里的那一位,是个很精干的小个子。年轻的时候甚至谈不上精干,而是出奇地瘦,以至于结婚时去买西装当礼服,怎么都买不到合身的。小城所有西装店里的西装就像全都合起伙来捉弄他似的,连最小码的穿在他身上都晃里晃荡的,让他看上去像个耍猴的。一气之下,在十一月的深秋季节,他只穿一件白衬衫,扎条紫红色领带当结婚礼服。为了御寒,他在白衬衫里鼓鼓囊囊地穿了件保暖内衣。事后,她简直不忍看结婚时的照片和 VCD 中那个滑稽的新郎,他那模样简直像演喜剧片的。为此她还悄悄哭过,真是一朵鲜花插在了牛粪上!那时候,她常常拿家里的那一位和他作比较。对比的结果是,还是他好,高大、帅气、幽默、温存……哪哪都好,只可惜认识他的时候,他已经是别人家的那一位了。

渐渐地,她不再频繁地把家里的那一位和他作比较。因为没那闲心去比较了,她被麻烦事缠上了:结婚五年,她还没有怀上。家里人都急了,催她去看看。大家都以为是她的问题,早年她宫外孕做过手术的事儿在小城几乎尽人皆知。但实际上,她只被切了一侧输卵管,并无碍生育。倒是家里的那位,毛病大着呢。但为了他男子汉的尊严,她一直保守着这个秘密。她之所以这样做,是因为她对他始终有感恩之心,是他给了她稳定的婚姻、体面的生活。如果没有他,在小城里,像她这样因为宫外孕被大学开除的女孩,真不知会遭遇怎样的生活蹂躏。她从没问过他,是怎么爱上她的。她能记得的是,在联通公司工作的时候,他总在她上班时去缴费、查清单。有好事者在她之前看出了他的居心,便悄悄对他说了一些坏话——上学时"搞破鞋"被开除的烂货。当时,就在营业大厅里,他挥拳把好事者的鼻血给打了出来。然后,他冲进柜台,把呆若木鸡的她给拽起来说:"这是我的女人,你们给我听好了,以后谁敢在背后说她坏话,当心我这拳头!"说着,他挥了挥拳头。她真不知道,他那么瘦小的一副小骨架,怎么会有那么大的能量,并且还能对他人有那么大的震慑力。

从那时起,她就成了这个比她矮半个头的小个子男人的女朋友。那会儿,他每天骑着一辆白色的太子牌摩托车,载着她从小城的街道上呼啸而过。一年后,他们结婚,她辞掉工作,坐在他的家具店里当起了老板娘。

八

手机又在包里震了起来。同时,他从座椅里探出头,有些别扭地冲她说:"梦秋,看手机。"

她掏出手机,微信里,他又陆陆续续地发过来不少照片,有翻拍的老照片,还有他自己新近的照片。在她看来,那些老照片完全陌生到勾不起她的任何回忆,而新照片则令她不悦地想到那是他在炫耀。因为有张照片,是他正经八百地坐在主席台上讲话的照片。看照片中横幅上的字,她猜测他是想告诉她,他已经是那所大学的领导了。她所在的小城刚刚建了那所大学的分校,这一次,他就是到分校来,在开学典礼上给新生们讲话的——他在她看照片时补白道。

她合上了手机,没有搭话,也没有在微信里回复他一个字,甚至一个表情。那一刻,她对他充满了厌恶。她扭头望着窗外。火车正停靠在一个小站,站台上的乘客全都戴着口罩,让人猜不出口罩下藏着怎样的秘密。就像她时常怀疑,她所看到的世界背后到底隐匿着怎样的真相。

见她没有回应,他站起身,走到她面前,殷勤地从窗台把那杯已经变冷的白开水递给了她。她接过来,在手里握着,没多会儿,又把那一次性塑料水杯搁在了窗台上。火车启动时,杯中的水微微地晃动着。她透过车窗看见那些旅客在快速地倒退。她有时候也会在公园里倒退着走,医生说,那样对她的腰椎好。这些年她已经不记得自己上了多少次手术台了,因为那些手术,她接受了无数次椎管内麻醉,害得她腰椎坏透了。

她做了整整十年的试管婴儿,见证了这些年人工生殖技术的进步。她想起早前没有麻醉技术取卵时的痛苦,那些仅比筷子细一点的长针从下身穿进卵巢,一针一针地戳向卵泡,再把卵泡吸进针管里。后来去新疆旅游,她看见一个当地的孩子拿了一个向日葵花盘,用手抠花盘里的瓜子时,立马想到自己的卵巢就像那个向日葵花盘似的,被医生用粗长的针管一颗颗地抠下瓜子般的卵泡。那些被粗暴地从卵巢中剥离下来的卵泡被送到实验室,在人工干预下与精子相配,培养成胚胎,经低温冷冻后放在实验室保存。而这时,她又要经受注射黄体酮、做宫腔镜的痛苦,再动手术,将可怜的人工胚胎植入体内。十年前,她经历了林林总总、形形色色的失败。最接近成功的一次,是她在胚胎移植成功,连续注射了九十多天的黄体酮,屁股被戳成了马蜂窝后,又静卧了两个月,去医院做产前筛查时,发现她肚子里的那个小东西患有唐氏综合征。

九

剖腹拿出了那个只有五个半月的胎儿后,她心如死灰。出院后,她按规矩坐月子,每天吃五顿,每顿饭成盆地吃。月子期满,她简直胖成了球。没有做试管婴儿前,她怎么努力吃,体重都上不了九十五斤;做试管婴儿的十年间,她被激素催成了一个一百三十斤的胖子;而坐完月子后,她在一百三十斤的基础上又长了十斤。她站在穿衣镜前,简直不敢相信那个把睡衣都撑圆的肥女人是自己。她生无可恋,每天脑子里想的都是怎么去死,但她又没有死的勇气,她怕疼。一个疼痛阈值那么低的人,居然能忍受做试管婴儿的痛苦,这是母性的力量,熟悉的医生对她说,她简直就是个勇士。

满月后,她家里的那一位不知从哪儿弄了只泰迪回来。她知道那是他的好心,想让泰迪给她解解闷儿。自从做完剖腹产后,她几乎没有说过一句完整的话,只用"嗯""好""不"来回应别人的问话。他觉得她是抑郁了,所以想让泰迪当药来治愈她。但她对泰迪很冷淡,不仅对泰迪,她对一切都提不起兴趣。后来,有一天,她在客厅的沙发上盘腿坐着,小泰迪衔起她的拖鞋,跳上沙发讨好似的递给她,她不知怎的,望着泰迪那黑豆似的小眼睛,突然哭了。她无端地觉得泰迪就像她肚子里的那个孩子。

她家里的那一位告诉了她泰迪的生日。她听罢,心像被蜇了似的:那日子不仅是"他"的生日,也是她第一次测出怀孕的日子啊。很多年过去了,她还是偶尔会想起他。有时她想,也许,她注定今生命里无子,因为她曾经很郑重地发过誓,说自己今生今世只会做他的女人,只会给他生儿育女。

她摇了摇头,真不该瞎发誓呀。人只是命运的棋子。人生可不是自己想怎样就能怎样的,每一步都充满了变数,而且是自己无法摆脱的命数。不过,今天这会儿,她倒是对自己人生的这一场变数感到庆幸,如果不是化疗,现在出现在他眼前的岂不是那个一百四十斤重的狗熊似的大胖子?真那样的话,她是断不会与他相认的。虽然此刻,她的发髻是假的,乳房也是假的,但至少看起来她还算是美的。女人以瘦为美,女人一白能遮三分丑,瘦和白,此刻她都兼备了。自从乳腺癌手术后,她做医美的频率比做化疗的频率还高,她这张光洁的脸,是修了眉、种了睫毛、做了嫩肤、打过水光针的,甚至她还听美容师的话,做了韩式双眼皮手术。如今,她不怕疼、不怕死,只怕不美。

"再有半小时,就到站了。"他站在她身边,望着她说,"你住哪儿?等下有人来接站,咱们一起,先送你回家。"

"呃,不用,谢谢,我老公来接我。"她突然意识到自己眼眶发热,忙掩饰地低下头,假装在包里翻找手机。

"老公,还有半小时就到站了,你别迟到哦!"对面的女孩说。

她翻出手机,打她家里那一位的微信,忙线中。她感到有些尴尬,被他看见她的慌乱。她又拨家里那一位的电话,电话通了，她听见了气喘吁吁的声音，仿佛还有一只狗在撒娇似的叫，并不是同同的叫声。

女孩又把手机当镜子，捋了捋头发，然后开始自拍。

他等她挂了电话，说："既然你先生有事，还是跟我的车吧。"她边说不用，边低头从包里取出口罩戴上，重新调整好坐姿，静静地等待列车驶向站点。

2022 年 8 月 14 日作于合肥

刊于《椰城》2023 年第 4 期《三重奏》栏目

中篇小说

寻找栀园

一

开车去单位的路上,我心绪纷乱,视频通话里父亲那张两腮下垂、眼角耷拉的脸,不时浮在前挡风玻璃上。短短一段路,被我开得险象环生,差点儿闯红灯,追人车尾。

终于到了单位停车场,泊好车,我打开车窗,点了一支烟。这时,我的手机响了,拿出手机,是儿子铭铭打来的电话,我忙灭了烟,接了电话。铭铭说:"爷爷真潮,不仅潮,还特壕,他刚从微信上给我转了五万块!"我忙问:"你收了?"他兴奋的神情骤地一黯,说:"收了。我开始说不要的,爷爷非让我收……"我叮嘱他,别动那钱。说完,便挂了电话,下车往办公室走。

打开门,一眼看见干枯的吊兰残骸从铁皮文件柜顶上匍匐而下,那串欲断还连的枯焦叶梗在我休假前还是一盆叶肥花俏的好吊兰,二十天的时间,它便活生生地被催成了干尸。之前办公室有位和我对面坐的小姑娘,掐下吊兰枝叶放入盛了清水的奶茶杯,养出几十棵水培吊兰。小姑娘考公离开后,那些吊兰被当作垃圾扔了。此刻,那些水培吊兰的母体,也成了垃圾。我把花盆从文件柜顶上搬下来,那是一只简陋的白色塑料花盆,花盆边沿被我手指轻轻一碰便折碎了。老旧的塑料花盆,像老人缺了钙的骨头一样脆。我忙把它丢进垃圾桶,一手拿起茶水柜上那块咸鱼干似的抹布,一手拎着垃圾桶去水房。

我打开水房角落里的垃圾桶盖,将裹着吊兰残骸的黑色垃圾袋丢进去,空垃圾桶在吞下垃圾袋的那刻,发出沉闷的一声"嗵"。我如默哀般呆立原地。

"小宋啊,回来啦!"招呼声如惊雷般在我身后炸响,主任手扶裤腰从水房旁的卫生间走出来。我忙合上垃圾桶盖,回他:"昨天晚上到家的。"

"好好好!小宋,高考出分了,孩子考得不错吧?"主任理好皮带,在水龙头下洗了手,边甩手边问。

"正常发挥,与平常成绩没大差。"我走到洗手池边,捞起刚才放在水龙头下的那块抹布,咸鱼干似的抹布被水浸泡后,又显出布的模样。

"好好好!正巧,又来个活,你瞧我们这里,走的走,病的病,休假的休假,干活的就剩你我了,我手头还有领导安排的活得干,这个活就辛苦你了啊!回头到我办公室,我把文件拿给你,你看着办。"

在主任的办公桌上,我看到那份已接近上报限期的文件。我说时间太紧,最好马上去现场。主任连连称好,立即给我打印出一份公函,催我赶紧去。离开二十天的办公室,我连二十分钟也没能待,就又关门大吉了,好在,办公室里已无花可摧。

其实不去现场也行吧,但因为他,我想借机去一趟。到停车场,我给铭铭打电话,和他说主任安排我到寿州出差的事,我问他要不要和我一起去,他"喊"了一声,说他才不要跟我一起,他要去南京"提前看看学校去"。这小子这次考得不错,所以在我面前狂得很。他所谓的看看学校,是指去南京大学。他妈当年南大硕士毕业,丢下我们爷俩去了加拿大。我没接他这话茬儿,问他"是一个人去还是和人一道",他不耐烦地反问一句:"干吗?"我说:"不干吗,就问问,我马上回家,把车停好就去寿州。"他说,巧了,他马上就去高铁站。我让他等我一起。

铭铭满十八岁了,但没有老师家长陪同的独自外出还是头一遭,我不太放心。在去高铁站的地铁上,我反复叮嘱他出门的注意事项,话说多了,他竟把挂在脖子上的耳机戴在了耳朵上。"这个熊孩子!"我只得闭嘴,在心里暗骂一句。到了高铁站后,我忍不住撸了撸他的头发,他摇摇头甩开我,迈开被黑色Nike短裤和AJ球鞋衬得更长的双腿,背离我而去。我一直盯着他,直到他的背影移出视野,我才离去。

去寿州的高铁开通五年多了,我还是第一次乘坐。时间还早,我坐在候车位上,打开公文包,抽出书来。我知道,在候车厅,一个腆腹谢顶的大叔捧着本书,着实有些"装",但我没办法,我有干眼症,如果让我刷十分钟手机,我眼睛便干涩无比,视物模糊。今天这本《地下室手记》,已被我读了不下三遍。记得几年前,我把这本书带回家时,铭铭讥诮地说:"呦,《地下室手记》!老宋你看得懂吗?"我当时没搭理他,这小子的神志跟他妈当年挖苦人的神态一模一样。说实话,刚开始看这本书时,我真是读不下去。但想到儿子的讥讽,我就坚持读。读着读着,我居然读进去了,不仅读了进去,我甚至非常理解书里无名的主人公,理解他那舞台剧般精彩的内心戏。其实这些年来,我内心也常常上演各种戏。无论古今中外，人心是相近的，一个在现实生活中失意的人，缺乏社交，没有和他人演戏的机会，便只能在心里演独角戏。

开始检票了，我把书装进公文包，起身排队。站在队伍里，我掏出手机，给儿子发微信。消息刚发出去，他就敷衍地回复了一个"OK"。到检票闸口，我拿起手机，掏出身份证，往闸机上刷。闸口骤地一开，我快步迈进去，跨上自动扶梯，走向那列即将载我而去的列车。

上车后，我走到自己的座位旁，看见旁边坐着一个捧着书看的小伙子。我轻咳一声，男孩抬起头看了看我，忙缩起双腿，为我腾出了空间。我尽力缩紧自己，挤过他的长腿与前座间的缝隙，坐到了自己靠窗的座位上。我犹豫着要不要从公文包里掏出我的书，同时有点好奇，想知道那小伙子在读什么书。

我瞄了一眼他的书脊，发现竟是《卡拉马佐夫兄弟》。我又轻轻咳了咳，男孩这次没有再看我。我只得主动开了口："你喜欢陀思妥耶夫斯基吗？"话音刚落，我便后悔了，这句话问得突兀。

男孩抬起头，用镇定的目光注视我一秒后，很老到地回答："谈不上喜欢他，我只关注作家的作品。"

"唔，"我说着，从公文包里掏出已经翻旧的《地下室手记》，亮给他看，"很巧啊，我也在看他的书。"

"我不喜欢《地下室手记》。"小伙子冷漠地说完，便又埋头看书了。

一路上，我手捧着书，但一个字也没能看进去，我像《地下室手记》里那位无名主人公一般陷入了内心戏中。好在,车程并不长,四十分钟后,在列车到站前,我提前离开座位走到车门处等候。

二

刚下车,手机响了起来。我刚拿起,铃声便断了。闸口外传来熟悉的乡音:"欢迎宋主任,辛苦啦辛苦啦!"我看着接站的人群中,耸着一个满脸堆笑的瘦高个儿,他正越过众人的脑袋朝我招手,我挥挥手冲他点点头,掏出身份证往出口闸机上刷,闸门打开,我快步走出。瘦高个儿冲过来,抢过我手中的公文包,热络地说:"瞧这大热天的,还惊动宋主任亲自来……"

"应该的,工作嘛。"我不喜与人寒暄,忙打断他的话头。

然后,他把我领到一辆与他极不相称的红色 smart 前,看我一脸愕然,他笑着说:"委屈宋老师了,这是我老婆的车,我平时都是骑电动车,油费太贵了,我们家里养不起两辆车……"看来这小子是个话痨。我决定不予回应,由他说去。

我打开车门,坐进了副驾驶位。一瞬间,我便感觉到了逼仄。系上安全带后,我做出闭目养神的样子以对抗他旺盛的倾吐欲。

他开始自言自语地评判行人与车辆的不文明行为,我始终保持缄默。直到他喊我:"宋主任,看您挺疲惫的,要不要先到酒店休息,咱们下午再去正阳关?"我一听他说"正阳关",立马睁开眼,问:"怎么,要去正阳关?传承人不是在古城吗?"

"宋主任,您有所不知,传承人原本是在古城的,但今年过年期间演出忒多了,把他老人家累病了,出院后还留下后遗症,他家人把他接回正阳关照顾。唉,人老了,身子就成了纸糊的,经不得风受不了雨喽……"

听他说着,我眼前再次闪过父亲那张颓如废墟的脸。"直接去正阳关吧。"我说。

半小时后,车到正阳关。小车的优势在正阳关那蜿蜒狭窄的小巷里体现了出来,他灵巧地转了几把方向盘,把车停在一座青砖砌成的小院的墙根下。"宋主任,到梓园喽!"

"梓园?"我思忖,自己好歹也在正阳关生活到十岁,怎么从未听过梓园这所在?

我下了车,看瘦高个儿小心翼翼地打开车门,从车门与砖墙间形成的小夹角处钻出来,得亏他长了副薄身板儿。

下了车,他伸手撸了撸头发,露出发光般的笑容,对我说:"宋主任,传承人就住在梓园。梓就是梓树的梓,离这不远的正阳关中学有棵百年梓树,每年四月梓树开花时,学校都会举办隆重的校园艺术节……"

"那和梓园有什么关系吗?"我打断他,问。

"这,呃,我还真没听说,回头向老王家人打听打听。"他终于缄口,沿着院墙走到一扇油漆斑驳的铁门前,他拎起门上的铁环,用力晃了晃,铁门发出"咔嗒嗒"的响动,院子里传出狗吠和女人的斥责后,又传来一阵急促的脚步声。"哪个?"女人隔着门问。

"我,非遗办的。"瘦高个儿弓着腰冲门里喊。

铁门咔嗒咔嗒地打开了。当我与开门人的目光相撞时,内心倏地一震,我及时地稳住了自己的表情,她双手拉开大门后,扭头对着院子喊:"宋老师,宋老师,你快来看看谁来啦!"

父亲推着辆轮椅,轮椅上坐着一个勾手歪嘴的老人。父亲缓缓来到院门口,耀眼的阳光下,他头发花白、眼袋沉重的样子格外刺眼。

"爸。"我听见自己以多年前下班回家和他打招呼般寻常的口气喊他。

他走向我时,步伐缓慢;他望向我时,表情变得迟缓。他走过来的那一幕,如四倍帧率的慢镜头,我清晰地看着他颓败面庞上眼睑的张合,皱纹的流动和肌肉的颤抖,看着他僵硬的腿脚无力地滑过地面,他手中推的轮椅,更像是支撑他的拐杖。他下颌的一排稀疏胡茬闪出银光,刺痛我双眼,我抹了抹眼,走向他。

"院门口这么热,宋老师,快领大家进屋凉快凉快吧。"她说着,从父亲手中接过轮椅的把手,轻推着走开了。没有轮椅在面前的父亲,摇摇欲坠似的站在那里与我对望,他浑浊的双眼击退了我内心逐渐弥散的怨恨。我向前一步,扶着他的手臂,无声地走向那个垂挂着一道有点歪斜的尼龙纱的门,我伸手一推,便将紧吸着的两扇纱门缝条间磁铁的吸力破坏。门开了,我们如一对相亲相爱的父子,并肩,不,是我揽着他走进厅堂。他们也紧跟了进来,小小的厅堂顿时变得逼仄拥堵。

父亲这才说话:"红玉,给客人倒点水,我带宋霖到我屋里坐坐。这屋里空调开得太冷,我坐不住。"

又掀开一道纱门,我走进那间看上去不足十平方米的房间。南窗下摆了一张老旧得看不出漆色的木桌,桌上放着铭铭的百日照,那相框被成摞的书、一只放大镜、几个药瓶等杂物环绕。床边挨着北墙的是张笨重老式木床,抵着西山墙的原木色床头板上,是木刻的牡丹花浮雕和几个原本描金的字,金色已被岁月腐蚀,磨损得仅剩几点斑驳,字应该是"花开富贵"。一边靠着床沿,一边抵着西墙的新式烤漆床头柜,与整个房间20世纪的陈旧感格格不入,这个洋气的白色床头柜上放着两本老影集,影集封面上的女明星,是我少年时狂热爱慕的对象。当年我床头还贴过一张穿红裙的她躺在草地上的美照,那是我偷偷从家里的挂历上剪下的。

父亲扭动床头柜上方墙壁上的旋钮,屋顶上老式的吊扇旋了起来。"坐吧。"父亲说。

吊扇在头顶上"呼哧呼哧"地旋转,像老人行动时发出的喘息,中间还夹杂着"咯吱吱"的尖锐噪声,旋即又转换为老人的喘息。我环顾四周,发现这间屋子里没有空调。我把桌旁的椅子拉出来,坐在上面。椅背上搁了只靠垫,硌在我的腰窝处,很不舒服,我因此扭动着身体。父亲坐在床沿上,问我:"想上厕所?"我摇了摇头。小时候,父亲看着我写作业,不许我中途上厕所,有一次,我小便胀急了,却不敢说,身子不停地在椅子上扭动,最终,我坐在那尿了裤子。父亲这一问,令那件隐匿在四十年记忆湖底的一幕浮出水面。当年那个如暴君般的父亲,此刻挺着肚腩挂着眼袋叉着腿坐在我面前,如一棵被烈日晒蔫的瓜秧子。我心头一紧,挑开了横亘在我们父子间长达十年的那根档杆,决定和他聊聊。

"爸,你怎么给铭铭那么多钱?"

"孩子上大学了,得有点钱在身上。宋霖啊,我亏欠你太多,我知道你心里怨我……"

我伸手从床头柜上拿过那本影集,封面上的女明星光彩夺目,可惜,那是属于20世纪的美丽。不久前,我从短视频里刷到她,那张美丽的脸已衰老得令我心寒。翻过她的照片,打开我自己的过去,这本影集是母亲送我的十五岁生日礼物。当年,爱拍照的母亲,在一次与父亲吵架后,赌气买了架海鸥相机,这本影集里面的许多照片都是她用"海鸥"拍摄的。影集首页放着我十五岁生日的照片。那天,母亲为我筹办了一场生日宴会,我邀请好朋友们来家里,她做了一大桌丰盛的饭菜招待他们。照片中,我和一群半大小子围坐在一个大圆桌旁,扭头冲镜头咧着嘴笑。记得当年母亲站在我身后,笑着用"海鸥"将这一幕定格。我眼眶一热,忙合上影集,把它放回原处。

"你妈,她还好吧?"

"挺好的。每天早上打太极,晚上跳广场舞,周末到老年大学学画画,过得很充实。"我掏出手机,点开母亲的朋友圈,她朋友圈一派幸福景象,五个小时前,她发了一组晨光下的荷塘小景——估计是她一早去公园打太极时拍摄的。往前翻,还有母亲去美术馆看展的照片,照片里的母亲,身着一件素色的棉麻长裙,头戴一顶巴拿马草帽,正神情专注地凝望着一幅水墨画。

纱门轻开,红玉端了一盘切成牙状的西瓜和一杯茶进来。我把手机按成黑屏,起身,道谢。她把托盘放在桌上,对我笑笑,我看见她眼角处迅速聚起成簇的皱纹,如箭一般射散开了。她旋即掀开纱门悄然退了出去。

"爸,你在这里过得怎样?"待客厅里有她和瘦高个儿说话的声音传进来,我才低声问父亲。

"挺好,清净。"父亲叉开两条腿,把手掌支撑在两膝上,有点中气不足地说。

有一瞬,我很想把我眼前的父亲拍下来。若母亲因我回正阳关而不悦,我可以将他如今的模样向她展示一番。这个邪恶的念头被我遏制了,因为母亲的诅咒已成真。当年,在地锅鸡店吃了散伙饭后,望着父亲离去的背影,母亲恨恨地对我说:"他不会有好日子过的。"母亲告诉我,她发现了父亲的秘密,他在书柜里藏了一块绣花的方巾,不知是哪个女人的。母亲说:"已经受够了他,一辈子没把咱们家当家,家里大事小事全都不管不问,原以为他只是懒,没想到他还花,现在给他机会,让他浪荡去。不过庐州的房子和积蓄没他的份,房子她先住着,将来过户给铭铭。"母亲拍拍我的肩说:"他不会好过的。"说完便拎包而去,将我丢在喧闹的饭店里。我枯坐良久,木然离去。

那天是我三十五岁生日。除去父母送我的这份"大礼"外,回到家,我又接到铭铭外婆的电话,她洗澡时在卫生间滑倒,已到医院拍了片,是骨折。铭铭在他妈妈去南京读研时便跟外婆生活,那会儿已在外婆家待了三年多。我赶到医院时,铭铭偎在外婆身边,正仰头望着输液器往下滴液的小漏斗,我喊他,他漠然地看了我一眼,又继续观察输液器。他外婆让我先带他回家,他听外婆的话跟我回了家,却对我一言不发。

我给他妈妈打电话,希望地球那端的她能借助网络显影在儿子眼前,给他点安抚。但她拒绝了我的视频通话邀请。我放下手机,把睡着的铭铭抱进卧室放到床上盖好被子。然后,我关上卧室的灯,走到阳台,点燃了一支烟。阳台临着主干道,十点钟的春夜,车灯如流星般从道路上闪过。那一天,始终无人对我说句"生日快乐"。

也许是我父母离婚起的"榜样"作用,那年年底,铭铭妈也向我提出了离婚。和我父母一样,我们俩对于家庭共同财产的分配毫无争议,只有铭铭的归属问题让我们拉锯了一段时间。后来,她主动放弃了铭铭的监护权。签订离婚协议那天,我突然觉得,我和铭铭成了有着同样命运的"难兄难弟"。

我至今没有问过铭铭,我和他妈妈离婚对他有怎样的伤害。推己及人,我不问也知道,在一个家庭中,夫妻离异事件伤害最大的就是孩子。我作为一个婚后便离开父母单独过小日子的成年人,父母离婚都令我感觉心里空出一片。虽然我的童年、少年始终伴随着父母无休止的争执,但我还是觉得有父母的家是我最坚实的大后方。自父母与我在地锅鸡店分别后,我仿若一只浮在海上的孤舟——孤独无助,无岸可靠。从那天起,我成了一个内心戏十足的家伙。

我离婚的日子挨着春节,除夕那天,我带铭铭去奶奶家吃年夜饭。一进门,母亲就迫不及待地向我讲述,她刚刚得到我父亲和红玉在一起的消息。她毫不避讳地当着铭铭的面恶毒地诅咒他们,直到我们吃完年夜饭离开,她连一句关心我离婚后有无困难的话都没说。那晚十点钟刚过,铭铭打了个哈欠,我便以铭铭困了为由向母亲告别。原本我是打算带铭铭在母亲家守岁的,但母亲的态度令我伤心得只想逃离。我帮铭铭穿上外套,把他奶奶给的红包装进外套口袋里,便带他回家了。母亲倒也没多挽留,只在送我们出门时问了句,明天来不来吃饺子?我头也不回地说:"看情况吧。"

铭铭上车就睡着了。我驾车在往日车流拥堵而那刻空空荡荡的高架桥上,路灯一如既往地明亮,宽阔的四车道任由我行驶。一路无车,喧嚣都市在除夕夜沦为空城,光彩陆离的霓虹兀自闪耀,我在畅通无阻地行进中,感到空茫。

"宋霖啊,你怎么样?铭铭马上上大学了,你也该考虑考虑自己的事了吧?"父亲欠起身拿起一块西瓜,递给我。

"我打算把这些年在工作上欠下的债好好还一还。这不,单位安排我出差做寿州锣鼓非遗传承的调研,我就来了。"

"你?做非遗调研?"

"对,我调岗到文化部门了。爸,我这次来,主要是想给寿州锣鼓的传承人做资料存档,没想到他病成这个样子了。"

"关于寿州锣鼓,这些年,我也做了一些记录,都在那些本子上。"父亲说着,目光移向木桌上码得整整齐齐的一排硬壳笔记本上,"天意啊!宋霖,你爷爷是正阳关宋家锣鼓班的传人。按理,这技艺是该传下来的,传到我、传到你、传到铭铭……"

"宋老师,我去买菜,老爷子在屋里,你注意听着声儿。"红玉撩开纱门,站在门口轻声说完,纱门"啪"地一合。她再次悄然退了出去。

三

我随父亲起身到厅堂,老爷子歪头在轮椅上打盹,瘦高个儿坐在沙发上看手机。我对他表示了感谢,请他先回,我说发现了一个好选题,打算深入调查,得在正阳关住下了,吃住都不用他们负责。他客套了几句,便欢快地和我道了别。

送走瘦高个儿,父亲推着老爷子到东屋,我紧随而至,东屋与父亲的西屋的面积大小、布置摆设迥异。西屋得有二十平方米,双人床、整面墙的橱柜,橱柜门是白色烤漆的。看上去,这屋的家具与父亲屋内的床头柜倒像是一套。我见父亲把轮椅推靠在床沿后,便蹲起马步,歪着肩膀靠向轮椅的扶手,伸出双手托着老人的双腿,把老人往床上挪。我想搭把手,但又不知从何下手。见父亲花白的鬓发间沁出了细密的汗珠,我伸手从床头置物架上的纸巾盒里抽出纸巾,犹豫了一秒,伸手朝父亲沁出汗的额头与鬓角擦拭。

父亲安置好老人,接过我手中的纸巾,擦把脸后,把纸巾团成一团攥在手心里,直到我俩在厅堂里坐下喝茶,我也没见他把纸巾团扔掉。

"爸,你都快七十了,伺候老人的事干不动就找个人帮忙吧,别硬撑着!"

"不要紧,还干得动。当年红玉精心带了铭铭三年,我现在帮着她,也是人之常情,好多事都是命中注定。"

我长长地叹了口气,那年除夕,母亲恶毒地诅咒之余,还和我分析,说他俩肯定早就勾搭成奸,不然,为什么给铭铭找保姆时,他那么积极,那么配合,除了找红玉当保姆这件事,家里哪件事他上过心?那时,我还沉湎于自己离婚后悲愤交加的情绪中不能自拔,并未按照母亲的逻辑往深处推断父亲和红玉的关系渊源。没想到,父亲居然主动提起让红玉带铭铭的事。

"你们,呃,你们是怎么想起来要在一起的?"我脱口抛出了这句在心里晃荡多年的疑问。此语一出,我竟尴尬得不能与他对视,低下头,拿出手机做幌子。

"人与人的缘分,有时是上辈子或上上辈子就注定的,磨不开。我这么讲,不是想在你面前给自己找说辞。我们宋家和红玉他们王家,是世交,很多事你妈不清楚,也不怪她,我也是这几年才把两家的关系理出了点头绪。当初你妈从我柜子里翻出一块绣花方巾,不待我解释,就把它毁了。我当时真被她气昏了,宋霖呀,你妈这辈子,欺我太甚,平日家里的大事小事,我都忍让她。但那事我不能忍,那块绣花方巾,是你爷爷传下来的宝贝!所以她说离,那就离吧,受她一辈子气,我是真受够了。那事之前,我就打算退休后回正阳关,把你爷爷生前交代我的事办好。要是不和你妈分开,我根本回不来。我工资在你妈手里攥了一辈子,有时她吩咐我买个菜,回来都要分分角角地对账,简直把我当贼防。"父亲说到这,松开攥着纸巾团的手,捏着那团纸,狠狠地把它掷向茶几旁的垃圾桶,纸巾团并未入桶,而是撞在垃圾桶沿口又弹了回来,落在我的脚边,我伸手捡起它,纸巾团潮湿微温。我起身,走到垃圾桶前,把纸巾团丢进去,垃圾桶里除了瘦高个儿吃西瓜丢的瓜皮,还有一些被撕碎的方格纸。记忆里,父亲早年就喜欢伏案在方格纸上写字,铭铭小时候,他还写了不少含饴弄孙的亲情散文,在晚报上发表。

"爸写的什么?怎么撕了?"我指着垃圾桶,问父亲。

父亲说:"写了篇关于非遗传承的文章。想寄给晚报的,打电话去报社,熟悉的老编辑退了休,新人说报社现在只收电子稿。"

"那也不能丢了呀,多可惜!"我说着,弯腰要去扒垃圾桶。

父亲忙阻止,说:"原稿在我屋里的笔记本上,你要是感兴趣,这几年,我写了好几本,你都拿去。"

我推开父亲的房门,到木桌前,从一摞笔记本中抽出一本蓝壳的笔记本,翻开看:"柜园笔记(3)"——笔记本扉页上,是父亲的字。刚才瘦高个儿说,这是梓园,木字旁放"辛苦"的辛,梓树的梓;而父亲的笔记上,却是栀子花的栀。寿州方言,平翘舌不分,将这一树一花读成了同音字。这个简陋的小院,不知为何竟有梓园或栀园之名。

翻笔记本内页,跳出一张超市购物小票,背面有父亲的笔迹,是笔小账,记了电费、水费和卫生费。移开那张小票,笔记本上,父亲的正楷排兵布阵般整齐地列于横格之上。我读了一段似回忆录又似笔记体小说的文章。

窗外刺进一道光,晃着我的眼。我抬头望向窗外,红玉一手拉着购物车,一手提着塑料袋跨进院门。她将手中塑料袋往院墙上挂的时候,袋子里的鱼扑棱了一下,晃我眼的光,竟是那袋里养鱼水的折射。太阳光落在院子里的水泥地上,看着都热。红玉拉着购物车进了搭着院墙的一间小屋,那应该是厨房吧?这么热的天,那里肯定暑气蒸人。我想到母亲,她应该结束晨练回到家,坐在沙发上吹着空调刷着手机。手机突然响了,我看了一惊,量子纠缠吗?

母亲突然而至的电话,令我慌张。在接还是不接的犹豫间,电话断了。我想了想,给母亲回了电话:"妈,我出差呢,刚才信号不好。"

"哦,那算了,我来找铭铭。"

我听见母亲说话时夹杂有腹痛似的嘶嘶声,忙问她怎么了。

"舞剑时,不小心崴了脚。以为没大碍,撑着劲走回家,歇到现在,脚刚一落地,就疼得很。你忙你的吧。"

我一听,急了,说:"铭铭去了南京,我在正阳关,马上赶回去。"

"正阳关?"母亲凌厉的嗓音从话筒中传出来,正撞上父亲那句"宋霖呀,红玉买了淮王鱼,你想吃清蒸的还是红烧的?"

"你去看他们了?"母亲的声音低了下来。我冲父亲摆摆手,父亲茫然地望着我,我指指手机,回母亲道:"单位安排我出差,没想到正巧遇到……"

"别怪宋霖,我们今天是意外见的面!"父亲凑近了,对着话筒大声说。

我脑袋一蒙,生怕那噩梦般的争吵场面再次上演,我推开纱门,疾步往外走,边走边说:"妈,你千万别动,我现在就回去带你去医院检查。"

"沈姨怎么了?"走到院子里,险些与端着一摞碗碟的红玉相撞,她待我挂了电话问道。她居然还像当年带铭铭时那样,称呼我的父母为宋老师、沈姨。

手机连"叮叮"两声,我忙点开,是铭铭。他发了一连串莫名其妙的表情包。我拿不准这小子的意思,便直接拨打了电话,他拒绝了。可紧接着,他又发了一串表情包和一张南京的街景图,图中的玻璃幕墙上,映着铭铭和一个戴帽子女生的影子。这小子,有女朋友了?未及细想,我听到父亲在西屋唤:"红玉,红玉!"

红玉在院子里接电话。我进了西屋,原来是老爷子尿在了床上,父亲托着老爷子的双腿,我进门,听见他吩咐:"拿块垫巾。"我问垫巾在哪,他告诉我,最边上中间的柜子里。我打开柜门,见到一摞毛巾、布垫,抽出一块,拿给父亲。父亲看了一眼,把垫子从老爷子身下塞进去,老爷子发出一串我听不真切的咕噜声,父亲安慰道:"没事的大哥,宋霖不是外人。人都有老的一天……"

大哥?疑惑如乌云般浮悬脑际,方才在院中听红玉称我母亲为"沈姨"的疑团未散,这个疑团又起。红玉挂了电话,进屋,又出门,端了一盆水,与父亲配合默契地为老人擦好身子后,打开柜门,拿了干净衣裤为老人换上。我默默走出西屋,站在厅堂里,等待父亲忙完出来,为我解惑。

院门传来很响的叩门声,我在犹豫着要不要应声时,红玉跑了出来,她很慌张地示意我不要作声。父亲缓缓地走了出来,站在门前,用他衰老的声音冲门外人低喝:"是哪个?干什么的?"

门外有人应道:"宋老师,红玉在不在?我找她有点事。"

"有事跟我说。"红玉躲进厨房后,父亲打开了大门。

院门口站着一个面色黧黑的小个子男人,他的脚下,还有一只鼓鼓囊囊的旅行包。我站在父亲身后,他上下打量了我两眼,又收回目光望向我父亲。父亲说:"你们都分开这么多年了,红玉她没有钱,你自己有手有脚,养活自己还不行吗?我再说一次,这里已经不是王家了,红玉为了帮你还债,卖了它。是我老宋把它买回来了。喏,这是我儿子,过几天,我孙子也回来。现在,这里是我老宋家的栀园,你明白了吗?"

父亲说完,"啪"地关上了大门。

我随父亲回到西屋时,见红玉已把老人扶靠在床头。老人费力地扯着歪斜的嘴角,说着我听不懂的话。父亲走近了,指指我,对他说:"放心吧,寿州锣鼓不会失传的,宋霖是省里派来专门管这事的。有我在,这老屋没人能动,红玉也没人能欺!"

老人又含糊不清地说了句什么,父亲把我推到床前,对他说:"不要怕,能传下来!他儿子今年十八了,红玉带过三年呢。"又对我说,"宋霖,有空把铭铭带回来看看。让王大伯给你说说寿州锣鼓,说说我们宋家班、王家班!"

当着老人的面,我应承下次一定带铭铭来,但微信上,母亲的追问令我心急如焚。我对父亲说:"我有急事,得立刻赶回去。"父亲看了我一眼,我读懂了他的应允,俯下身和老人告别后,对红玉说了声"再见"便出了门。父亲执意送我,烈日炙顶,我们并肩走在青石板铺的巷道,往街上走。父亲问我记不记得这条巷子,我摇摇头。正阳关留在我记忆中的,仅存我们家居住的那所校园,我去打过针的卫生院,停着船只的码头,门挨门的打铁铺子,小街上的豆腐脑、馄饨摊子,那些记忆投在时光之水中,呈现着缥缈的影像。

四

巷口来车,我忙拉着父亲贴近墙角去避那辆冲进小巷的电动三轮车,结果,那车却急刹在了我们面前。"是宋霖吧?"驾车的老人取下墨镜,目光炯炯地盯着我说。

父亲向我介绍说:"这是你小时候带你玩的沈叔叔,还记得吧?"我笑着点头,唤了声沈叔叔。父亲又向他解释道:"宋霖刚回来那边就有事,得马上回省城,现在去车站。"

"这么热的天,爷俩走到车站太受罪了!"他拍拍后座,对我说,"上来吧,我用'小宝马'送你去车站!"

用"小宝马"送我到车站的沈叔叔,在他取下墨镜的一瞬便从我的记忆库中浮现了。当年,他住在我家前排的单身教师宿舍,我曾捉了只癞蛤蟆装进他的粉笔盒,他在打开粉笔盒的那刻被吓得发出鬼叫,甩掉粉笔盒一蹦三尺高——那些,都是三十多年前的事儿了。沈叔叔恐是早忘了我儿时的恶作剧,他很热情地向我介绍正阳关的变化,很快到了车站,我道谢时,他拿出手机,说:"来,扫码付款。"见我一愣,他哈哈大笑,"傻小子,快点加微信好友呀!听说你在搞非遗,我手里的一麻袋素材,都给你!加上微信好友,咱爷俩慢慢讲!"我忙掏出手机,添加了沈叔叔为好友,他的微信名延续了他的幽默:导游老沈(免费的)。我挥手和沈叔叔道别,登上了去省城的大巴。一个多小时后,抵达省城。我下车后叫了网约车径直奔往母亲家。

我打开母亲家门,却没有如想象中那样看见戴着老花镜的母亲靠在沙发上刷手机。我喊了声"妈",没有回应。阳台、厨房、卧室、客房、卫生间里都没有母亲的身影。我忙拿出手机,给她打电话,无人接听。母亲会去哪儿?我给铭铭打电话,他如常拒绝,却秒发信息,问我干什么。我只得忍怒,打字问他:"知道奶奶去哪里了吗?"他说:"奶奶在奶奶家呀,这么大人了,找自己妈为啥还来麻烦我?"后面又跟了一大串表情包。我无暇理会,继续拨打母亲的电话。电话通了,我急切地问她在哪。

"在社区医院。"母亲说,"刚拍了片子,没大碍。"

我冲下楼,跑到小区门口,叫的网约车已经先一步到了路边。我气喘吁吁地坐上车,疑惑母亲瘸着脚怎么走下楼梯去的医院。

到了医院,我看到母亲坐在蓝色的候诊椅上,正和坐在她身旁的年轻人说话。"妈!"我走到她身旁,轻声喊她,她转过头,指着见到我立即起身的小伙子,对我说:"宋霖呀,多亏小乐,他给我送饭时看我脚不能动,好心把我送到医院,帮我挂号、拿药,忙前忙后跑到现在。"我忙向小乐道谢,他年纪应该在三十岁上下,上身穿着件白色厨师服,裤子是条黑色运动裤,脚下是一双与铭铭同款的 AJ 球鞋。母亲介绍说,他在我们小区门口开了家牛肉汤店,有次她去吃早餐,发现店里的烧饼是多年前正阳关烧饼的味道,因此成了常客。今天因为脚不能落地,便打了电话,请他送饭上门的。我说:"原来是老乡啊,真好。"他笑笑说:"我岳母家也是寿州的,所以听阿姨说话很亲切。"

我让小乐先回去。在医院陪母亲做完治疗后,打车回家的路上,母亲问我:"没在正阳关吃个'团圆饭'再回来?"我嘟囔道:"吃什么团圆饭,我是单位安排到寿州出差,到了寿州才被人送到正阳关的,我没想到,他居然把我送到了栀园。"

"栀园?"

"对,栀园。"我答。

母亲一路无语。到小区后,我下车给保安递了支烟,保安接过烟,看了一眼后,打开车挡杆放出租车开进小区。车停在母亲家楼下,我扫码付款后搀扶着母亲下车。母亲住三楼,二十年前购买这套房子时,父母都还不到五十岁,只想着"金三银四"的选楼层法则,而考虑不到未来自己衰老的腿脚。这栋六层高的多层楼房,没有安装电梯。此刻,我得背着母亲上楼。母亲下楼时也是小乐背的?我将浮动在心头的疑惑都按下,弯下腰,扭头对母亲说:"妈,现在轮到我背你啦,你不是说我小时候最喜欢趴在你背上睡觉吗?"母亲拍拍我的背说:"不用背,楼梯这么陡,搞不好娘俩一起骨碌碌地滚下来。你扶着我,我一只脚跳上去,接下来一个月都得这样行动。"拗不过她,我只得搀扶她一阶一阶挪上三楼。打开家门,我俩都累瘫在沙发上。待喘息平复,我掏出手机,时间已是下午六点。我打开微信,除被我设为免打扰的群如常聒噪外,无人发来消息,包括铭铭。

我给主任发信息,告知他我上午已去采访,但家里有急事,先回来了。主任仿佛端着手机正等着我说话似的,在我发出信息后秒回:"好好好,处理好家里事,再抓紧把这事落实。"他让我"抓紧落实",其意何在?我想了想,觉得还是得找出那份文件来研究一下,看怎么个"落实"法。

我在找文件时才发现,我的公文包不见了。包里除了文件还有身份证、驾驶证和一封信函。我可以确定,下高铁出站时我是拎着包的,上了那辆 smart 后,我还把身份证装进了包里。至于包是落在车上还是父亲家,我忆不起了。我给送我来正阳关的瘦高个儿打电话,他那边传来一片嘈杂声,他说应该不在车上,他马上再打电话给他老婆,让她再仔细看一下。"送您回来,车就交给老婆了,嘿嘿嘿……"

怕他继续啰唆,我立即挂了电话,想给父亲打个电话,让他看下包是否在他那儿。但我觉得当着母亲的面打这个电话,有点尴尬。于是我借口买烟,出门给父亲打电话,他迟迟不接,再打,依然不接。不知怎的,我突然感觉心慌慌的。我边在心里默念"快点接通,快点接通",边往楼下跑。到了楼下,电话通了,父亲气喘吁吁的声音传过来,公文包果然落在了父亲那里。我忐忑的心这才安定下来。我抬头看了看母亲的阳台,阳台外当年父亲请人焊的那排花架上已空空如也,当年花草葳蕤自成一景的阳台因为父亲的离去,很快便荒芜了。父亲说送包来时,我竟一口答应。挂了电话,我在楼下抽了一支烟,想待会儿上楼怎么和母亲说父亲来送包的事。

我在楼下转了个大圈,上楼进门时,看见母亲正踮着一只脚要起身,我忙上前,问她是否要去卫生间,她摇摇头说:"不去!你到屋里来,打开衣柜,从第一个抽屉里把那个白布包拿来。"我遵命,从衣柜抽屉底部翻找出一个白布包,拿到客厅递给母亲。

母亲从白布包里取出一块暗紫色的绣花方巾,她把方巾平铺在沙发上,对我说:"这就是当年我从你爸柜子里发现的,我问他是哪个女人的,他不回答,反而吼着问我把东西放哪了,我就说,我把它给烧掉了。他当时恼得直捶头,捶完头,就红着眼对我说离婚,我从来没对你说过,离婚是他先提的!"母亲说着,激动起来。我不作声,等她继续说。她从茶几上端起杯子,咕咚咕咚喝了两口水后,抚着那块方巾,声音轻下来:"在一起过了几十年,我没见他那么恼过,后来冷静下来,我想这方巾恐怕不一般,就一直收到现在。宋霖呀,你今天见到他,看他过得怎样?那个红玉把他服侍得还好吧?"

我后悔当时没有拍一张父亲的照片,那样的话,直接上照片,就不用我来描述父亲的生活了。"我觉得他过得不好。"我说完,盯着母亲的眼睛,我不知道她是否记得她当年说过"他不会好过的"话,我等着她说"活该"后,补上一句"正好如你所愿了"。不料,母亲神色黯然,一语未发。

母亲默默地叠好那块方巾,递给我。丝绸的柔软拂着我的手掌,我轻轻捏起两角,抖开它,看见一对金灿灿的龙凤腾起两团白色祥云。

母亲朝我微微颔首:"收起来吧,有机会把它还给你爸。"

"哦,那,等会儿我就拿给他?"我犹豫着嗫嚅,"我把公文包丢在他那里了,刚打电话,他说给我送包来……"

"到家里来?"母亲倾起身问。

"还没说定……"我扯着方巾僵在母亲面前说。

"你让他回来一趟吧,有些话,当面说透也好。"母亲说罢,又倚回沙发靠垫上,捧起手机在翻看些什么。

我折好方巾,把它装回布袋,放在茶几上。踱步到阳台,阳台一角,叠放着一摞花盆,最上面的那个紫砂花盆内的珍珠岩已蒙尘。记得当年生在其中的那株春兰,花都开疯了,父亲别出心裁地把兰花焯水后做成一道凉拌菜,吃得我们口齿生香。我杵在阳台,看着夕阳的金光从别人家的窗户折射进来,把那摞花盆投影在墙上,像极富艺术感的墙绘。太多美好都是幻象,我暗自感叹。

父亲在小区门外拨打了我的电话。我把电话开成免提,拿到母亲面前。父亲吁吁的喘气声传出时,母亲的肩微微一颤,我有数了,对父亲说:"进来吧,我马上就下楼迎你。"我希望母亲能说句邀请的话,但她始终埋头于她的手机,一副事不关己的样子。我挂了电话,对母亲说:"妈刚不是说让他回来吗?等下见面好好说哦。"母亲这才把眼神从手机屏幕上移开,将目光越过老花镜,投向我,不置可否地"哼"了一声。

我忐忑地下楼,刚打开门,就看见父亲满头大汗地提着我的公文包走过来,我忙从他手中接过包,对他说:"爸,妈请你回家,说想当面和你把有些事聊开呢。"我又像过去那般,在他们背后两头劝。

上楼时,父亲艰难迈步的姿态以及肺部风箱般的喘气声,再一次提醒我,衰老正张开血盆大口奔向他。我跟在父亲身后,随他以每阶一停顿的节奏往上爬。我在默算,此刻距他一手提着铭铭的小三轮车,一手抱着铭铭,口中唱着儿歌快步登楼的一幕,才过多久?我想到那株被我扔到垃圾桶的吊兰残骸,生命长成的过程是徐缓的,而衰败却如此迅猛。

走到半楼转角时,父亲扶着楼梯扶手弯下腰大口喘气。我心里突然有些愤怒,他自己都老成这样了,还去照顾别人家的老人,简直荒唐!

当父亲松开楼梯扶手,抬起头,畏难地往楼梯上方看时,我忍不住走上前,架起他的右臂,用力把他往楼上送。在我补给的外力的作用下,父亲上楼的速度加快了些,他的喘气声里夹杂着哨音,汗水透过他的衬衫渗到我皮肤上,我第一次发现,他的汗是凉的。终于到了家门口。一束干枯了的艾草斜插在防盗门边上,我松开父亲,掏钥匙开门,父亲伸手正了正那束歪斜的艾草,他大约也发现了,入户门已由当年的铁栅门换成了带纱网的防盗门。打开门,我让父亲进屋。父亲努力地控制呼吸,在门口的踏脚垫上来回摩擦了几次鞋底,才抬脚进门。

"妈!"我先走到沙发前,母亲已将自己半躺的姿势换成了正襟危坐。

父亲在玄关问:"要换鞋吗?"

"没你鞋,进来吧!"母亲的话如令箭,父亲趋步往客厅来。看见母亲裹着绷带的脚搁在地上,父亲急切地对我说:"快把你妈腿脚抬高,向下控着不行!"

"你坐吧,我没事。"未待我上前,母亲已把脚抬放在沙发上了,她指着旁边的单人沙发,请父亲入座。

父亲坐下来,胸口急骤地起伏着。我走到茶吧机旁,取出一次性纸杯,正准备给父亲倒水。母亲却说:"冰箱里有小兰花,用玻璃杯泡。"我一怔,父亲爱喝舒城小兰花的事,我都差点忘了。我把纸杯放回原处,给父亲沏了杯小兰花端过来,父亲欠身欲接茶杯。"烫,先放着。"我说着,把茶杯搁在了父亲坐的沙发扶手上。父亲望着小兰花在玻璃杯中沉浮,眼圈红了。

"妈,你刚才说把……"

"拿过来。"母亲朝茶几上的白布袋扬了扬下巴。

我拿起布袋,正迟疑着该把它递给谁,母亲朝我伸出手。我把布袋交给她后,退到父亲身边。父亲正端起茶杯,我生怕母亲打开布袋后,他会惊掉茶杯。我的防范果然不多余,当母亲取出方巾抖开铺在腿上时,我忙将茶杯从在沙发上挣扎着起身的父亲手中接过来。父亲扶着膝盖站起身,嘴唇抖动着,发出不甚清晰的音,我辨不清他说的是"老伴"还是"老曼"。我母亲叫孙曼平,自我记事起,就没听过父母当面喊过对方名字,他们总是以"哎、喂、你爸、你妈或爷爷、奶奶"称呼对方。上午在正阳关,翻《栀园笔记(3)》时,我看见父亲写到有关"老曼"的往事。

父亲几乎是扑向那块方巾的。没有被父亲摔掉的茶杯,被我慌乱间打落在地,发出清脆的炸裂声。我顾不上收拾地上的残渣碎片,紧盯着父母。父亲已将那块方巾拿在手里,我站在他身后,看不见他的表情,但越过他的肩,我看见母亲的眼角渗出了泪滴。

小小的客厅,空间被静默压缩得几乎要爆炸。我夸张地推开单人沙发,抓起茶几上的纸巾,蹲下身去捡地上的玻璃碎片,不慎被一片玻璃扎进我手指,我故意发出一声"哎哟"。小时候每当父母陷入冷战时,我便有意将自己弄出小伤病引起他们的注意,以此中止那令人窒息的冷战。几十年过去了,这招居然还灵。母亲探起身,父亲转过身,一起向我投来关切的目光,异口同声地问我怎么了。我晃了晃裹着纸巾的手指,说没事。母亲吩咐父亲拿绿药膏,父亲应了声好,放下手里的方巾,斜着臃肿的身子,从我与茶几的窄缝间走过,轻车熟路地走向电视柜,打开最中间的抽屉,拿出我们家至少用了四十年的绿药膏。当父亲扯下我裹在手指上的纸巾,将草绿色的药膏涂抹在我中指指腹上时,我的鼻腔顿时涌起了一股酸胀。

五

我提着父亲收拾好的垃圾袋下楼,丢了垃圾,遵母命去买晚餐。在楼下花园,我仰起头看自家的阳台,阳台玻璃被灯光与婆娑的树影叠出了层次丰富的画面,我深吁一口气,那幅画的背后悬着更为繁芜的生活。抬头看天,夜晚与白昼撕扯时分,天空布满伤口般的裂痕,绯红的霞光是白昼与黑夜撕咬流出的血,难怪人世沧桑,连上天亦难逃苦殇。

走出小区大门,我左顾右盼,去找给母亲送饭的那个年轻人的牛肉汤店。在偏角处,我看见了挂着"老寿州牛肉汤"招牌的小店,径直走进去,店面不大,用玻璃隔断将内外分出了操作间和摆放三排木桌椅的就餐区。操作间内,小乐一手晃着大汤勺在大汤锅里烫粉。就餐区,食客仅两对。玻璃档口处,一个女孩接过一碗做好的牛肉汤往桌上端,她看见我后露出了夸张的笑脸。小乐也发现了我,在里面朝我咧着嘴笑。我对女孩说,要三碗牛肉汤、四个烧饼和一个卤猪蹄,请她替我打包。我说完,女孩朝我一番比画,我疑惑地望向小乐,他正晃动着大烫勺,没能接住我的目光。但我已明白,女孩是哑的。小乐烫完粉,从操作间走出来,我再次报出自己所要的餐食。他随口问:"家里来人了?"我说是。他又说:"阿姨爱吃牛肉面,要不给她换一下?"听他这么说,我才想起母亲不吃粉丝,忙回"好"。

小乐在里间操作,女孩手脚麻利地打包,我对照店里张贴的价目表,算好总价,给女孩看,女孩点点头,指着墙上的付款码,我便扫码付款。我提着吃的回到家,打开门,家里居然一派死寂。我探头看,母亲倚着沙发,神情寥落。父亲不在客厅,大概是上卫生间了。

我把三人的晚餐在茶几上摆放好,静静地看着卫生间,等父亲出来。许久未见动静,我走到门边轻轻喊了声"爸"。无人回应,我推开门,父亲不在里面。母亲这才出声:"他走了。"

"走了?"

"走了!"

这我就不懂了。我出门才半个多小时,父亲就走了?"妈,你不是说要把事情说清楚吗?"

"说不清楚。"

"到底又怎么了呢?"

"红玉一个电话打来,他便火急火燎地要走。到底还是年轻好,能勾住人。"母亲说着,许久不见的刻薄表情又浮上了她的脸。

我拿起手机,边拨打父亲手机号码边开门下楼。父亲的电话一直无人接听,我一口气跑到"老寿州牛肉汤"店门前。脱了白色工作服,穿着黑色紧身背心的小乐正在关灯。见我气喘吁吁地立在门口,他一脸疑惑。我单刀直入地问:"你有车吗?"

"有。"他说着指了指店门外车位上停的一辆灰扑扑的小车,"我现在要关门了,我老婆家里临时有事,我们要去趟寿州。"

我继续拨打父亲的电话,依旧无人接通,我想他一定是打车走了,便问他:"我想搭你的车一起去,方便吗?"

他疑惑地看了我一眼："你也要去正阳关？呃，方便的。"他说罢锁上店门，走到车前，打开后车门，示意我坐进去。上车后我依旧不停地拨打父亲的电话。车从小区大门前转弯时，我看见了父亲的身影，在我喊"停车"时，小伙子已踩了刹车。我喊了声："爸，上车吧。"父亲惊慌地后退两步，忙打开车门。

父亲上了车，用手背拭去额头的汗，疲惫地靠在车座上喘了口气。忽然，父亲摸了摸裤兜自语："咦，手机呢？"

难怪我打他电话一直无人接听。我问他是不是落在家里了。他说也许。我便给母亲打电话，母亲说："刚才好像听到卫生间有响动。"她说去看看，我让她千万别乱动，我马上回去。她语气一变，问我哪去了。我忙说马上见面再说。

车开进小区，停在母亲楼下。我匆匆跑上楼，径直到卫生间，看见父亲的手机躺在马桶旁的地上。想必是父亲小解后，弯腰擦拭马桶圈和地面时，手机从口袋里掉落了。便后擦地是母亲订下的规矩，过去的许多年，马桶边沿和地上的尿渍都是引发一场家庭战争的导火索之一。我拾起手机，走到母亲身边，告诉她："红玉父亲病危，老人是寿州锣鼓的非遗传承人，今早我就是去采访他，意外遇到这些事的。"母亲怔了怔，喃喃道："原来红玉是锣鼓王的女儿。宋霖，你陪你爸一起去吧，帮我带份心意去。"说着，她扭身将搁在沙发靠背上的背包拿下来，从中取出一只小布囊，抽出一沓纸币，数了十张百元大钞交给我。

我方才寻父心切，忽略了母亲的伤，此刻，母亲让我走，我又担心母亲行动不便。刚才买回的三人晚餐搁在茶几上，汩汩地冒着香气和热气，令我想起当年地锅鸡店的散伙饭。见我不动，母亲催我快走,她说饭就在眼前,她自己坚持一晚是没问题的。电话声响起,是铭铭打来的电话。他问我明天能不能去趟南京,有人想见我。我告诉他,奶奶腿受伤了。他一听,便急着要看奶奶的伤腿。我把镜头对准母亲,铭铭一看奶奶腿上裹着绷带,便急得忙问怎么了,我听到他那边传来一道女声,她说了句什么后,他语气稳下来,说他马上回家。这样正好。楼下响起喇叭声,是车在催促。我挂了电话,给母亲倒了杯水,便下了楼。

快到正阳关时,红玉打来电话,说老爷子现在生命体征平稳了。我和父亲松了口气。

车进正阳关镇中心卫生院时,父亲说:"医院没有停车场,车得停在院外。"在他的指挥下,车停在与卫生院毗邻的正阳中学大门前。然后小乐和他老婆便把车开走了。

下车时,父亲一趔趄,险些跌倒,我忙扶着他,踏着被路灯拉扯变形的影子,往卫生院去。三十多年前,我们父子也曾有这样的相扶而行的夜晚,那是父亲率队和正阳中学的叔叔们打篮球比赛,取胜后,父亲在一位叔叔家喝酒,喝得东倒西歪,我扶着他踏着月色回家。那个场景在我脑海里得以留痕,缘于那晚我们回家后,父母开启了一场激烈的战争,家里的电视机都被砸碎了。那场激战后,父母的冷战一直从初秋持续到中秋,直到我摔破脑袋到医院缝针为止。那时的父亲,高大健硕,用一只手臂便把我挟起,狂奔到卫生院。而今,父子俩的这段路,走得多不同。

卫生院的急救室里,老爷子躺在病床上,连在他身上的心电监护仪跳闪着与他的生命体征相关的数字。他的鼻孔里插着氧气导管,双手被束在病床上,床头的输液架上吊着还剩三分之一药液的输液瓶,一根透明的导管从吊瓶连通到他老树般的手臂上,药液一滴一滴从输液漏斗里滴淌,宛若具象化的时间在流逝。生命诞生于时间,也消亡于时间。

"锵、锵、锵……"老爷子口中一直断断续续地发着这个音。父亲走到老爷子身边,握住他的手说:"大哥,放心吧,都能找到,都能聚齐。今天,我把宋家锣鼓队的绣巾找回来了,王家锣鼓队的绑腰肯定也能找到!"父亲说着,从背包中掏出绣巾,在老爷子眼前展开抖了抖。老爷子歪斜的眼眶淌下了浑浊的泪。心电监护仪发出刺耳的警报,医生以病人需安静为由,驱逐了围在病床边的我们。

我们走出病房,挤在走廊上的一条长椅子上坐下。红玉让我父亲和我先落座,我挨着父亲坐下,我坐在长椅最里面,又往边上挪了挪,空出一块地方,说:"这边还有空儿,坐下歇歇吧。"父亲也拍了拍空位。

夜风吹散了消毒水味儿,灯光落在人脸上,凸显了每个人企图掩藏的不安。没有人说话,此起彼伏的虫鸣声伴着持续传出的仪器提示音,声声如弦叩击我心。我起身,走出深深的廊道,踱向紧闭着的医院闸门,立在那儿,燃起一支烟,掏出手机刷朋友圈。这于我"鸡犬不宁"的一天,朋友圈里依旧一派岁月静好,有人晒美食,有人曝美照,有人秀恩爱,有人旅行,有人健身,有人逗萌宠——繁复的生活经朋友圈的滤镜呈现出千篇一律的美好,这令人生厌的虚伪的无趣的美。

再往下翻,沈叔叔发的一条朋友圈引起我的关注,那是一组老照片构成的九宫格。那组黑白照片上,有我熟悉的铁匠铺和我不熟悉的老戏台。我把那些老照片一张张点开看,在第八张老照片里,我竟看见了熟悉的月门!

走廊的木椅空了,大家又拥入了病房,围在老爷子的床周围。我看见床头的心电监护仪上的数字不断跳闪,医生神色凝重地站在床边,护士持注射器往扎在老爷子臂上的留置针内徐徐地推注药液,我突然感到一阵眩晕。

梦境中,我骑在月门上往下看,一口巨大的水缸旁,卧着一只老狗。"宋霖!"忽然听见有人喊我名字,我被吓得一哆嗦,睁开眼,沈叔叔的脑袋探在我眼前,大叫一声:"醒了醒了!"我忙坐起身,父亲坐在我身边,手里摇着个广告册,让我想起小时候夏夜在院子里的竹床上纳凉时,他拿书报或蒲扇为我驱蚊。"哈哈哈,你这小子,从小就胆大包天,没想到居然晕针!"沈叔叔边说边夸张地大笑起来。

"小声点!"医生制止道。

沈叔叔放低声音,对医生说:"这就是我常和你说的宋霖哥,当年他爬上墙头看锣鼓队排练,从园门上摔下来,摔破了脑袋……"

"园门?"

"对,园门,现在你爸住的这个小院,就是过去你们家后面的栀园呀,你不记得了?"

我摇摇头。我的记忆库里完全没有"栀园"二字。在影影绰绰的童年记忆里,我辨不清它们的真实样貌,无法将过去与现在勾连在一起。那些过去亲近的人与亲历的事,渐渐地模糊了,远去了,残存在记忆里的那部分,如被时间风化的石刻,不再鲜活,不再实用。然而,就是那些看似无用的记忆,铺就生命的底色,承载人生的要义。大到文物考古,小到寻根溯源,都是人从时间海洋里打捞记忆的方式。记忆筑造出世界的完整样貌,并指向通往未来的路径。而我,却将关于"栀园"的记忆弄丢了。

沈叔叔掏出手机,点开相册,翻出一张老照片让我看。那张黑白照片简直就是从我梦境里拓出的,只是月门前的大水缸旁,多了一个站在老狗旁的胖娃娃。"喏,这是他小时候,"沈叔叔指了指正在老爷子床旁观察病情的医生,接着说,"狗是你们搬家时留下的。"

我从病床上探起身,朝老爷子和医生那边看过去,我从医生的侧颜里看见了沈叔叔年轻时的样子。静默下来的心电监护仪令人心安神定,红玉的面色已恢复了平静。我父亲坐在床尾的方凳上尽显疲态,那块令他在晚年离家的绣巾,像块擦汗巾般搭在他的肩头。我真想问他,为了这么个物件,抛下一个家,值得吗?

见我起身,沈叔叔说:"宋霖呀,听说你在给非遗传承人做小传,这事有意义。我呢,退休后自己找事,在搜集正阳关的历史典故和故事传说,故事收了一箩筐,堆在家里都快烂掉了,我正愁着它们没处放呢,没想到中午在栀园外遇到你,晚上我来给小沈送饭又见到你,这说明咱爷俩有缘,故事该讲给你听。"

"关于栀园的故事?"

"有,但不止这些。我这'筐'里还装着你们老宋家和老王家的恩仇录呢。"

沈叔叔刚说到这儿,心电监护仪又发出了刺耳的响声,我立即意识到这是一具保守秘密的老躯体给泄密者的警告。沈叔叔被这警告噤了声。所有人都神色紧张地杵在地上,只有我父亲,始终坐在床尾的那只方凳上,一动不动。我轻轻唤了声"爸",走到近前,轻轻推了推他的肩,他身子一趔趄,竟歪倒了。

六

秋雨绵绵,我坐在办公室,将完稿的寿州锣鼓传承人小传存入"非遗"文件夹,抬眼望向办公桌上的一盆水培栀子花。二十天时间可以杀死一盆吊兰,我也可以用三个月时间,将这株被园丁从绿化带拔出扔在路边的栀子花给养活。与这盆新生栀子花一起复活的,是尘封的往事。

那晚突发心梗的父亲,跨过了死亡的关隘,也迈出了自己划定的怪圈。他不再执迷于父辈乃至祖辈的恩怨情仇,离开栀园,回到庐州,住进铭铭的房间。我将他在栀园的那摞笔记本运回庐州,那些笔记作为重要资料,支撑我完成了《寿州锣鼓》之章的撰写任务。

原居寿州城的王家,当年跑鬼子反时逃到正阳关,王家一人在正阳关码头卸货时,遇见我们家祖爷爷,因为都是锣鼓班的,两人便结拜成了兄弟。至此,两家人共用我们宋家一条渔船,度过了鬼子肆虐的几年艰险时光。终于等到鬼子投降,往昔热闹非凡的正阳关再次沸腾起来,青石板铺就的长街上,日夜车马人喧,王家将藏起来的锣鼓翻出来,重又敲响。宋家被那锣鼓声诱得慌忙上了岸,将扣在船舱里的锣鼓挂在胸前,赤脚踏在老街的青石板上,走一步,敲一声,王家遥遥地击鼓应着。

"为组锣鼓队,宋家上了岸,在被鬼子炮火炸毁的西门外,搭了间茅草庵,想把过去一起敲锣鼓的人找回来,但上岸后才发现,那些人,找不齐了。"笔记里,父亲在这段话下,画了一个很抽象的茅草庵,那草庵搭在两根石柱上,他用极工整的小楷在一根石柱上写:"世虑顿消除,到绝胜地,心旷神怡,说什么名,说什么利,说什么文章声价,放开眼界,赏不尽溪边明月,槛外清风,院里疏钟,堤前斜照。"另一根石柱上写着:"湖光凭管领,当极乐时,狂歌烂醉,这便是福,这便是慧,这便是山水因缘,涤尽胸襟,赢得些萧寺鸣蝉,遥天返棹,平沙落雁,远浦惊鸿。"大约是为了把字写齐整,画中的石柱粗大如碑,而草庵的顶则象征性地用钢笔草草画了几道线,若不是他在画下注"宋家草庵",谁也猜不到那是个啥。

至于画中石柱上的字,我原以为是父亲写的。但翻完他的《栀园笔记》,我断定,他绝无这般文采。于是,我求助沈叔叔,让他帮我分析此联的出处。沈叔叔果然不是盖的,我刚把父亲画的那幅"宋家草庵"图发给他,他就告诉我,说正阳关西门外的淮河岸边原有一座凉亭,名曰"观澜亭",亭上刻有无名氏撰写的102字长联。"这里正是102个字,这恐怕就是当年那座观澜亭上的对联了。"沈叔叔说,当年他在正阳中学读书时,曾听校长讲过"观澜亭",校长当时还吟诵过那楹联,说那102个字写出了观景者在亭中见淮水巨澜翻滚时的感思,校长教育学生们写作文要学习这对联状物抒情的手法。沈叔叔说,因年代久远,他不记得联文,但那副对联有102个字,他记得清。

那么,撰联的无名氏是谁?是我敲锣鼓的祖先,还是另有高人?沈叔叔摇摇头说,很多事发生后,即便是当事人,经过时间打磨,也很难还原真相了。确实如此啊,我知道,真相埋藏在历史的尘埃里,我无力掀动历史,索性安下心来,做好手头能做的事儿。

父亲经历了一次与死神擦肩而过的险难后,变得怯懦而敏感。出院后,我将他接回家,把他安顿在铭铭的房间。母亲的脚伤愈后,每天过来探望、陪护父亲。但她始终拒绝留下来,也从未提出过让父亲搬回家。红玉带着子女过来探望了几趟,有天红玉走后,父亲很小心地问我,今后也不送他回正阳关了吗。我朝他摊开双手,摇摇头,这是我小时候向他提出过分要求时,他的规范动作,如今,我经常用他那时对付我的方法对待他。紧接着,他小心翼翼地说:"那样的话,就把栀园卖给红玉可以吗?但她现在手里没钱,得慢慢还……"

我点头答应了他的决定,并为此去了一趟正阳关。沈叔叔开着他的"小宝马",非要载我逛古镇。那个秋日的黄昏,"小宝马"行驶在青石板铺就的巷道上,穿过石砌的城门,驰骋在长长的淮河大堤上,沈叔叔把车停在正阳港前的空地上。下了车,我们沉默着踏上栈桥,从书有"正阳港"三个大字的门廊走近淮水,曾经奔腾着掀起巨澜的淮水,那一刻静默着。望着浮在淮水之上的落日,我想起父亲笔记里画的草庵,和撑起草庵的那102字长联。沈叔叔长叹了口气,我望向他,他指了指岸边一个庭院大小的石台,对我说,那是迎水寺的遗址。

"过去迎水寺香火旺盛,每年农历二月十九的庙会,王家和宋家在迎水寺前敲锣打鼓,来自四面八方的香客简直挤破山门……"

"迎水寺?"我插嘴问。

"是啊,当年那么大的一座寺庙,被1954年的那场大水给冲没了。"

那么,父亲在栀园笔记里所写的引发王宋两家矛盾的寺庙应该就是它了。当年,庙会上,王家锣鼓与宋家锣鼓的对擂,是掀起庙会高潮的一个重点节目,据说,擂胜方的班主将顶着一方绣巾被众人高高地抬起,两家一直胜负轮转,到1954年,王家获胜。就在那一年夏天,迎水寺没了。

消失的迎水寺、观澜亭,记忆中与现实里的栀园,它们在虚拟的锣鼓声中沉潜,渐渐隐没在苍茫的暮色里。所有的这些,让我寻到一把打开记忆之门的密钥,此后,往事栩栩在目,我踏着父辈、祖辈的履痕走近了不曾相认的祖先。

2024年10月21日定稿
刊于《绿洲》2025年第1期
《小说选刊》2025年第3期选载

天鹅之舞

一

被手机震动惊醒的云朵，恰好错过了梦里的一个电话。梦中，手机在她的半裙口袋里狂"声"大作，她却无法抽出手去掏手机。醒来后，她翻过身，将床头柜上的手机拿到眼前，刚接通，便愤愤地挂断了——是教辅机构打来的骚扰电话。为躲避这些无孔不入的骚扰，非工作日，云朵的手机多为关机或静音状态。中秋节的早晨，她能在熟睡状态下被手机闹醒，算个意外。

拿起手机时，云朵看了一眼时间，八点零五分。昨夜辗转难眠，几点入睡也不知，居然一觉睡到八点多，她一惊，但又想到今天是中秋节，不用上班。她在床上伸伸腿脚，索性起床洗漱。盥洗间的镜子里，她看见自己的脸上有几滴水，泪一般沿着脸庞缓缓下滑，那不是泪，而是溅到镜面上的水滴。与真实如此接近的幻象，令她陷入瞬间的恍惚。

云朵知道，梦里未能接听的电话，还是三年前那场噩梦的延续。她仿佛又看见三年前，接完警察电话便奔出会场的自己。她坐在副驾驶位上，一手攥着手机，一手撑着车前储物盒的边沿，仿佛那推力能让车跑得更快些。她双眼紧盯前方，脚掌暗暗使劲，脑子里乱成了一锅糨糊。终于到达目的地时，浑身瘫软的她已无力拉动车门。驾驶员跑过来,替她打开车门,她挣扎了好几次,才把脚移出车门,踏向地面。下车后,她如醉汉般趔趄了好几步,终于稳住脚步,踏过台阶,穿过门厅,被人引进大楼的一间办公室。

在那间该死的办公室里,她被警察告知:"孩子没了。"瞬间天旋地转,她扶着桌子让自己顺靠在椅子上。"孩、子、没、了",这四个字音虽听进去了,但她搞不明白这四个字到底是什么意思。孩子,没了?谁的孩子?怎么没了?这到底是怎么回事呢?她愣怔在那里,脑海里布满了问号。然后她突然明白过来,既然是跟她说"孩子没了",孩子当然是她的孩子楚凌,"孩子没了"就是楚凌死了……

云朵用擦了脸的洗脸巾抹了一下镜子,模糊的镜面让方才浮现在她脑海里的那一幕暗了下去。连续做了几个深呼吸后,云朵从盥洗间来到厨房,打开冰箱,取出一块手工月饼,又拿了盒酸奶,作为早餐。手机在睡衣的口袋里震动起来,她把月饼和酸奶放在餐桌上,掏出手机。正是她所等待的那个电话,她深呼了一口气,按了接听键:"喂……"

"好你个坏朵,居然这么久不联系我……"

放下手机,云朵端坐在餐桌前,继续吃她的早餐。她咀嚼食物的同时,回味着刚才的对话。云朵有点恼火,凭什么,断联三年,这人居然倒打一耙,说什么"居然这么久不联系我",又像没事人似的,三言两语便订下她们的约定!唉,就凭三十多年的友情吧,她叹口气,默默劝慰了自己。

下午两点钟,云朵准时走出家门,去往她和朱槿在电话里约定的茶室,茶室位于东内环的文创街,离宾阳门不远,茶室名为"春申君的下午茶"。云朵曾腹诽,古城以春申君为名的商家,有几人读过司马迁在《史记》里对春申君所下"当断不断,反受其乱"的结论? 这座两千多年前的楚国郢都,原是楚王赐给春申君的封地。楚王攻秦失败后,春申君劝说楚考烈王迁都至自己的封地寿春,谁料,寿春成为楚国郢都后,春申君居然被自己暗藏野心的门客李园刺杀于城门之内,那些处处想讨口彩的商家,居然毫不忌讳春申君的悲剧命运。云朵又想,那些载入史册的传奇与蜚短流长的传闻,皆为贪欲人性的袒露。但腹诽归腹诽,这个茶室到底还是因其名给她留下了深刻印象。云朵这才哂笑自己,恐怕并非商家无知,而是商人更懂,趋其利避其害罢了,喏,能被记住店名便是好事。

中秋节,古城拥入了大批游客与返乡过节的游子,为防堵车,她决定步行赴约。身材纤细的她穿着外搭淡蓝色开衫的黑色吊带长裙,走在人流如织的古城,依然会引来一些回眸。这些回眸是无声的赞美,让云朵挺直了脊背,迈着轻快的步伐边走边预演与朱槿相见的场景。

早餐后,云朵到盥洗间,贴了片面膜后,凑到镜子前仔细查看头发,她发现发梢干枯、毛躁,但想到"理发三天丑"的老话,便弃了去理发店剪发的念头。她想了想,取出一瓶护肤精油,倒在手心,揉搓后涂在发梢,干枯与毛躁的发梢被精油滋润后,呈现出柔和的光泽。可以了。她满意地走出盥洗间,去卧室挑衣服:黑色亚麻吊带裙,淡蓝色针织开衫,衣服不新也不旧,色彩不亮也不暗。她当即换上这身衣服,去照镜子。镜子里的她,看起来很不错,这身衣服既显身材,又没有刻意打扮的痕迹,正是她想要的效果。

做好这些约会前的准备工作后,云朵又来到书房,打开那台很有年代的电脑,耐心地等待它颇费时长的开机启动,然后登录QQ,将时间耗至正午时分。云朵以一顿清淡简单的番茄鸡蛋面为午餐,简单地收拾完厨房,到盥洗间化了个不落痕迹的淡妆,便出了门。

她出小区后门,沿着护城河岸,过宾阳桥往宾阳门走去。未料,仅供步行与骑行的宾阳桥上也形成了小规模的拥堵。寿州文旅出圈儿后,这座过去一直待在"深闺"人不识的楚国故都,如今成了在央视新闻上频繁出镜,诸多旅游博主青睐的新晋网红旅游地。每年自春节起,每逢小长假,小城便宾客盈门。

被人潮推拥着向前的感觉让云朵想起她小时候,那会儿,她刚从乡下来到城里,正赶上农历三月十五的古城庙会。大伯大妈带着她从南门口往家去,一路上,她都是被人推搡着,辫子被挤散,鞋子被踩掉。鞋掉时,她想弯腰捡鞋,但成簇的腿脚瞬间把她的小鞋踢远了。她为弄丢妈妈连夜给她做的新鞋大哭起来,大伯听到她哭,才弯腰把她抱起来。到家后,大妈替她洗完澡,抱她上床上,告诉她,要改口,不能再叫他们大伯大妈了,得喊爸爸妈妈了。她又哭起来,说:"没有鞋了。"大妈笑着说:"叫妈妈,就有新鞋了。"小云朵边呜咽边含糊地叫了声"妈妈"。果然,第二天醒来时,她的床头有了一双带搭襻的红皮鞋和一双带洞眼的塑料鞋。大妈把那双透明的塑料鞋套在云朵的小脚丫上,云朵惊奇地发现,她的脚指头居然在鞋外面。大妈告诉她,这叫凉鞋,夏天穿着凉快。大伯看了也呵呵地笑着说,今后小云朵就是城里孩子,再不用穿破烂的布鞋,踩稀烂的泥地了。几天后,大妈拉着穿红皮鞋、背紫红人造革书包的云朵去上学。在巷口,遇到一个剪着娃娃头、背着黄书包的小女孩,大妈拉过那女孩,对云朵说:"这是槿槿。"大妈从口袋里摸出一颗糖,递给槿槿,嘱咐她和云朵结伴上学,放学了再一起回家、一起玩。朱槿扑闪着大眼睛打量云朵一番后,大方地向她伸出手,和她手拉手往前走。

突然响起的一阵惊呼,将云朵浮游的思绪拉回,原来,护城河里浮着一个硕大的"月球"。众人拥向桥栏伸长手臂举着手机去拍那"水中月"。云朵趁机从桥身冲出了重围,踏着被古人踏了千百年的青石板,穿过搭着戏台咿呀唱戏的宾阳门瓮城,拐往东内环那间叫"春申君的下午茶"的茶室。

二

在茶室门口,云朵的双肩被一双从背后伸过来的双手紧紧攀住了。云朵头也不回,就说:"槿槿!"

"哈,朵,我以为能吓你一跳呢!"

云朵扭过身,面向朱槿,发现她那张原本丰腴饱满的脸,如久置脱水的苹果般干瘪皱缩,唯有左脸那半月状的酒窝未变。朱槿像四十年前与她初次见面般,拉起云朵的手,两人相视一笑,携手走进茶室。在茶室小小的隔间里,她们盘腿隔着矮几对坐在地垫上。一壶铁观音在烛炉上煮得茶香四溢,云朵喝完茶盏里的茶,拿起茶壶,将自己的茶盏添满。朱槿的茶还没动,她说:"胃不好,不敢喝茶。"云朵说:"那就再点一壶滇红,红茶养胃。"

红茶端上来,缓缓注入杯中,金色茶汤散发出花果的香气,云朵把那杯红茶移至朱槿面前的茶垫上。朱槿端起茶盏,轻轻地晃动着,她一直沉默着凝视茶汤,直到袅袅生香的茶水变凉,她才将没有沾唇的茶盏放回茶垫上。

"你气色不错,是遇到对眼的人了吧?"放下茶盏的朱槿,一扫刚才的凝重神色,欢快地调侃着云朵。

云朵被问得一怔。她在猜度朱槿到底为何沉郁时,人家又逗起趣来了。

"死丫头,还这样不正经!"云朵扬起手作势要打朱槿。朱槿灵巧地起身,从对面移到云朵身边,搂住了她的腰,顺势在侧腰那挒了一把,说:"哟,朵看着挺瘦,没想到腰上一圈肉肉!"那是云朵自小就护的"痒痒肉",云朵用力一挣,甩开朱槿的手后,夸张地叉开十指冲向朱槿,用两根手指轻轻地捏了捏那凹陷的脸颊。两人笑闹着,直到刺耳的手机闹铃声大作,她们才分开,各自找寻手机。云朵刚掏出已经寂静的手机,朱槿便将狂叫的手机从包里取出,关闭了闹铃,两人相视一笑,笑她们使用了同款闹铃声,也笑两人年龄加起来快一百岁了,见了面还会像小时候那般嬉闹。方才的一番笑闹,将云朵心头那道与朱槿失联三年产生的裂隙迅速地合上了缝。

云朵伸手拿过朱槿面前的茶盏,倒去凉茶再添上一杯热茶。朱槿埋头在包里翻找一番后,取出一只透明的小塑料盒,用食指打开盒盖,仰头往嘴里倒进两颗药丸,端起茶盏一饮而尽,将药丸送服下去。

"怎么了？"云朵问。

"吃药啊。"朱槿耸耸肩，一脸无所谓的表情。

"还是医生呢，居然用茶水送药，胃不好，还不注意养着点！"云朵故意和她斗嘴。

朱槿摇摇头，嘴角动了动，话还未说出口，泪就先坠下了。

云朵起身，坐到朱槿身边，拿纸巾替她揩了泪，一只手握住她鸟爪般枯瘦的手，另一只手轻拍她的后背。良久，朱槿才止住泪，将头歪靠在云朵的肩上，低声说："我的胃没法养了，年前动了手术，切了大半个胃。"

云朵的手落在朱槿的背上，拍不动了。昨晚得知朱槿回古城的消息后，她便在等。睡觉时，她把手机放在枕边，意外地开着机。楚凌出事后，她患上了睡眠障碍。医生说手机的蓝光会影响人的睡眠，从那以后，她晚上睡前关机，午休不关机，但她会把手机放得很远。远离手机的好习惯让她重新拥有了正常的睡眠。睡好觉后，人便有了精气神，换房、调岗，渐渐恢复了正常的生活。只是，她不明白，为什么朱槿在楚凌出事后，居然连一个安慰的电话都没有给她打过？她做出过种种猜测，甚至还关注了朱槿所在医院的公众号。她猜测过，是不是朱槿有了麻烦，出了医疗事故？收受患者红包被发现？她和她老公离了婚？但云朵没料到，朱槿会遇到这么大的麻烦，胃癌哎，这不是在开玩笑！

三年前，云朵给朱槿打电话，因无人接听，她便在微信上留了言。可那条信息，朱槿一直没有回复。至今，云朵微信里，与朱槿的联系记录，还是三年前那条"在手术吗？"的信息。问句下始终没有回复。云朵不知翻出两人的聊天记录看了多少回，许多次，她忍不住想给朱槿打个电话或发个信息，却终被那条未被回复的信息阻拦着。既然朱槿不回，她周云朵干吗非要主动去找她呢？这世界上，没有任何关系是永恒的，父母、老公、儿子都会离弃自己，朋友又怎能强求永恒？

早上接到朱槿的电话，云朵先是激动不已，继而又想到自己三年来的等待、疑惑与无处投递的愤怒。她精心地装扮自己，希望出现在朱槿面前时能令她感到意外，她这人淡如菊的状态哪有中年丧子的悲惨？谁料，朱槿先把自己失去了大半个胃的意外抛给了她。

包间的门被叩响。待朱槿用纸巾揩完脸，云朵才说了声："进！"

推拉门被拉开一道缝，逆着光，一个庞大的身影嵌在门口，冲她们喊："嘿，两位天鹅！"

朱槿和云朵同时惊呼："呀，胖兜！"两人又异口同声问他是从哪儿冒出来的。

他"喊"了一声道："刚打门口过，看这茶室不错，居然透窗看见俩美女在里面搂搂抱抱的，我好奇，难不成有啥稀奇？就多瞄了两眼，没想到是你俩！赶紧起来，跟我去华子那看看吧！我也是好几年没回来了，回来后见城里改造得这么好看，忍不住发了抖音。华子看到我发的抖音，非要我去她店里坐坐。走，你俩也别窝在这儿，咱们一起去看看老同学吧！"

"华子？"云朵和朱槿面面相觑。

"你俩不会是贵人多忘事，把人家华子给忘了吧？"

"没忘,只是不知道她什么时候也回来了。"云朵说时,朱槿麻利地把药盒装进包里,与云朵一同起了身。两人走到门口,各朝胖兜身上擂一拳后,云朵快步走到吧台,要埋单,老板娘笑着指着胖兜说:"单埋过了。"胖兜冲云朵扬了扬下巴,眨了眨眼,还是小时候那股淘劲儿。

朱槿率先出门,回头冲两人说:"你俩该不是旧情复燃了吧?"

云朵扬起手作势要打她:"我们哪有什么旧情? 倒是你俩,当年不知撇下我多少回。对了,我前几年还从家里的老电脑里看见你俩在东门口的合影呢,啥时拍的? 连我都瞒下了,要不是……"说到这儿,云朵突然噤了声。她险些说出"要不是找工程师打开楚云天那台老电脑"。她不想在他们面前提及逝去的楚云天,更不想说出她找工程师解锁楚云天电脑密码的事。

朱槿说:"什么合影? 我怎么不记得?"

胖兜说:"你和云天高考结束后找我,我们仨骑车玩,在东门口,还是云天给我俩拍的合影,这你都能忘?"

云朵听"云天"的名字被胖兜如此随意地提起,突然生出一种幻象,仿佛他们还在少年时。胖兜说高考后他们仨一起骑车出去玩——是他们仨,没有她哎,而她的记忆里,但凡与同学游玩、聚会,从未有过朱槿缺席的场景。

朱槿没有再追究照片的事儿,云朵见胖兜面露一丝讪色,故作轻松地提议:"走,咱仨也去城门口合张影吧,我也是好久没见到庞总啦!"

"喊,还庞总,就叫他胖兜,叫了几十年了,要改口,他得给改口钱!"朱槿说着,甩起包撞向胖兜那腆起的肚子。

"服了,两位天鹅,随你们,爱叫啥叫啥吧!要钱没有,要命一条,只是我这一条命,你俩不好分吧,哈哈哈……"

"滚!"两人再一次异口同声。

嬉笑着,三人走到宾阳门前,云朵举起手机,将三人的笑脸定格。然后,按照胖兜的提议,为避拥挤,三人未登城墙,而是沿内环路往华子所在的报恩寺街走去。

三

如今已是庞总的胖兜,是云朵和朱槿的小学同学,"胖兜"这诨号还是朱槿给他取的,缘于他儿时小胖墩的样貌,外加他还戴着幼儿园时期的兜嘴儿。算来,三人的"友龄"已超过四十岁。云朵边走边修三人刚才的合影,修好照片抬头时,才发现他俩已把她落在了身后一百米。她故意站着不动,可他俩边走边聊,直到卷入报恩寺街的人潮,也未回首寻人。云朵只得快步跟上去,脑海里浮现出三个少年并肩骑车的画面,只是,那画面里为何没有她?

"白天鹅,快点!"胖兜终于发现他们的队伍里缺了个人,忙回过头冲她喊。

云朵故意放慢了脚步,朱槿也回过头来,拿手机冲她拍。云朵走近了,问朱槿:"拍的啥呀?"朱槿晃了晃手机说:"拍美女!"

"我看看!"云朵说着凑过脸去看朱槿的手机,朱槿避闪不及,被云朵捉住了手腕,手机里是云朵朝镜头走来的视频,朱槿甩开云朵的手,把手机锁了屏。锁屏图在云朵眼前一闪,那是一张猴面小龙兰的图片。云朵突然有种失重般的心慌,她家曾养过一盆兰花,开的花如猴脸,散发出淡淡橘香,楚云天告诉她,那兰花学名叫猴面小龙兰,很珍贵。那兰花,楚云天养了多年,但花似乎只开过一回。

行至报恩寺山门前的照壁处,导游正在对一队游客讲解壁上那幅狂草作品的由来。云朵驻足原地听了几句,再举步时,发现朱槿已和胖兜朝报恩寺走去。她忙跟上,抬腿迈进这座唐贞观初年建的古刹,方才的嘈杂市声顿时隐遁,寺中古木蔽日,清幽静穆。

胖兜请了香,在大殿上跪拜。云朵与朱槿则绕到挂满许愿绸的古树下,云朵举起手机拍树,朱槿则翻看着树上的那些卡片。翻着翻着,朱槿突然惊呼:"云朵,快看!"云朵收起手机,走到朱槿身边,看她拿在手上的那张卡片,卡片上写着:"希望能顺利考入医科大学,救治自己。"卡片下端署名为"楚凌",所注日期为"2021年2月12日"。卡片的空白处,画了一个被捆绑的卡通人像。云朵见了那张卡片,身子便摇摇欲坠。朱槿忙上前搀住她。

云朵挣开朱槿,双手捧着那张卡片,脑海里浮出楚凌出事那天警官的话:"今天早上七点三十五分,110接到报警,说楚都小区的地下车库有人自缢。派出所出警后发现,车库的梁上吊着一个人,浑身被硬包装袋捆绑着,蜷成一团。人放下来时已经没有生命体征,不过警察还是把人送到医院抢救。现在人在医院太平间。我们在案发现场发现了一个书包,书包里的校园卡上写着他的名字,一查就知道,他是你家楚凌……"

她歇斯底里地让警察快抓凶手。警官沉默了片刻,说现场没有发现搏斗痕迹,并问她平常有无发现楚凌出现异常行为。她说没有。实际上,楚凌上初中后,她发现自己的丝袜总是失踪,有次她无意中在楚凌房间发现了被拧成麻花状的丝袜。问他时,他低头不语。但后来,她再没穿过丝袜。当警官说要去他们家里找线索时,云朵紧张了,楚凌会不会偷买丝袜呢?

云朵在警察赶到之前慌忙赶回家,把孩子的房间搜查了一通,果然从床垫下翻出了几条丝袜。没想到,警察还是从楚凌的床箱里找出了一根绳子。那是用一次性口罩上的小松紧带一根根接起来的绳子,足足接了三米长。警察说:"这根绳子的打结方式与楚凌身上包装袋的打结方式相同。"楚凌案最终定性为因自行捆绑造成的窒息。云朵晕厥醒来后,默认了这个结果。

古树下,云朵手持那张卡片,卡片上被捆绑的小人在眼前旋转着,回忆如锋利的刀刃刺入她的心,她疼得几近窒息。洪亮的钟鼓声从报恩寺的后殿传来,云朵猛地抬起头,放下手中的卡片,嘴角牵起一丝笑,对朱槿说:"这孩子的字写得真好,我家楚凌写不出这个字,也没有这个志向。"

"走吧,钟鼓声响,山门要关了。"云朵转身离开了那棵一千多岁的古树,但她在心里默默记下了那张许愿卡片的位置。

"走咯!"云朵听见身后传来胖兜招呼朱槿的声音,她头也不回地快步走出报恩寺。

报恩寺街上的人似乎更多了些,重重叠叠的人影与喧嚷嘈杂的人声让云朵生出逃离的念头。朱槿在她身后喊:"朵,等等我!"

她止住步,一个孩子举着棍头上绑着绳索的手工火把与她擦肩而过,她眼前一黑,险些摔倒。她脑海中浮现出楚凌被丝袜绑着,缩在床角的场景,那是她唯一撞见楚凌捆绑自己的一幕。那次她出差,半夜到家时,见楚凌房间的灯还亮着,便蹑手蹑脚地走近,猛地打开门,本以为会逮到一个正在打游戏的小孩,谁知却发现了那一幕。她吓坏了,忙拿剪刀把丝袜剪断……

朱槿和胖兜也跟上来了。走在前面的胖兜指着一家"王的奶茶店"说:"喏,那就是华子开的店。走,我请你们喝寿州的网红豆乳奶茶去!"

胖兜大猩猩般甩着双臂奔向奶茶店,朱槿挽住云朵的胳膊,悄声说:"她怎么有勇气回来的啊?"云朵正处于火把带来的惊吓中,心悸未定,她茫然地听着朱槿的话,未作回应。胖兜已走到奶茶店门口,冲她俩夸张地招手道:"两个天鹅,快点飞过来吧,这里还有个天鹅等着你们呢!"

话音未落,一个身材硕大的女人从奶茶店朝她们冲过来,张开臂膀以迅雷之势与她俩搂作一团。云朵觉得自己被一条手臂箍得几乎要窒息,还好,女人松开了手,往后退了一步,三人对望着,女人率先开口道:"你们认不出我了吧?瞧我,快胖成狗熊了,你俩还和当年一样苗条漂亮!"说着,她又伸出双手,一手拉一个,将云朵和朱槿拉进了奶茶店。

"华子,你什么时候回来的?"朱槿问。

"过年时。回来陪奶奶过年,发现现在城里变化这么大,过年时那么多外地人来玩,我就想着,干脆回家开个店吧,还能照顾老人。"华子边说边快速地摇动奶茶杯,转眼间便将三杯奶茶递给他们。

云朵接过奶茶问:"华子,我们多少年没见了?

"二十年。"华子说。

"有二十年了吗?"胖兜问。

"整整二十年。"华子说完,继续忙活着手里的活儿,奶茶店里不断响起新订单的提醒声。

华子转身拿奶茶杯时,云朵看见她的右脸上有道从耳后蜿蜒至颧骨的瘢痕。她想,恐怕这就是当年华子被人用剪刀戳的伤。细算一下,事情可不就是已经发生二十年了吗?楚凌要是在,已经二十一岁了。记得那天下午,她和楚云天带着楚凌去新开的影楼拍周岁照。影楼隔壁就是华子家的玉石店,当时店门口围了好几圈人,人墙里传来"杀人啦,杀人啦……"的惨叫声。楚云天怕吓着孩子,让云朵抱着孩子赶紧进了影楼。云朵在影楼里,听着警车的呼啸声传来,又远去。云天进影楼后,告诉她,华子被人用剪刀戳伤了。

后来,华子的事断断续续地传入云朵耳中,但每个人说的都不尽相同。忙完楚凌的周岁宴后,云朵想去医院探望华子,但婆婆不让,说那是个害人的狐狸精,他们老楚家的儿媳妇可不准跟那种货色沾边。但云朵还是背着家人,去医院看了华子。不想,那一别便是二十年。

华子店里订单声不断,又有游客围过来,胖兜对华子说:"先不打扰你做生意,咱们回头再联系!"

四

走出奶茶店,胖兜对云朵和朱槿说:"我一直有个心愿,想去一中的校园看看,不知今天二位愿不愿赏光陪我去参观你俩的母校?"

朱槿听罢哈哈大笑,问他:"真的假的?当年不肯念书的小混混居然会向往一中?"胖兜说:"每个人心里都有愿望嘛,只是这些愿望,在无法实现时,人就不愿说出来,甚至会故意编造理由,自欺欺人。"

朱槿收住笑,转向云朵说:"没想到华子大变样了。朵,你还记得当年她的舞跳得最好吗?"云朵应了声"是",便不再多话。三人缄默着朝老一中旧址所在的大寺巷走去。一中十多年前便搬迁至新城区,老校区如今被一分两半,前院为党校,后院是老年大学。三人行至校门口,见铁门紧闭,警卫室里有位头发花白的保安隔窗盯着。胖兜突然泄气般垂下头,手一挥说:"算了,不进去了!"

朱槿站在原地扭头环顾了一圈说:"大变样了,外面全都拆了,过去的那些小饭店、出租屋、台球室、书店,都没了呀。"

"是啊,以前这位置有个包子铺,也没了。"胖兜指向校门正对面的一个小花坛说。云朵站在校门外那棵高大的合欢树下,努力回忆也没想起那家包子铺,倒是忆起第一次见到楚云天的场景。高一校运会的开幕式上,云朵和朱槿被班里同学推选出来,临时组队排练歌舞,她俩被选为《丹顶鹤的故事》的伴舞。校运会后,朱槿在校门口等到云朵后,愤怒地告诉她,她们跳的那段舞成了笑料,她班上一个叫楚云天的混混儿当众笑话她,说她们跳的是蹩脚的《天鹅湖》!

正说着,一个骑赛车的男生吹着口哨从她们身边经过,又回过头来挑衅般地喊了声"小天鹅"。云朵气坏了,狂跑上前,拽住那男生的夹克衫,男生左脚点地,停住车,回过头。见他那副无所谓的痞样,云朵倒无话了,松开手,回头朝向朱槿。朱槿跑上来,指着那男生说:"他就是楚云天!"楚云天一脸无所谓地看了她俩几眼,便吹着口哨扬长而去。

而今,楚云天已从这个世界"扬长而去"十年了。

朱槿倒是记得那个包子铺,她说:"我们最爱吃那家的豆沙包。"云朵把朱槿这句话中的"我们"在心里画了道线。"我们"指的是朱槿和谁呢?反正没有她周云朵,她不爱吃包子,更不吃豆沙包。

胖兜说:"那家包子铺是我家的。当年爸妈下岗后在家门口卖包子,让我觉得很没面子。所以中考时我故意不好好考,上了二中。"

"鬼扯吧你,你们二中不就在隔壁?是你自己考不上一中,过去几十年了还找借口!"朱槿毫不留情地点破胖兜的谎言。

"你这人真没劲!"胖兜故作恼怒道,"瞧把你给嘚瑟的,一中毕业的,人家也不放你进,还不是和我一样吃闭门羹!"

在朱槿和胖兜斗嘴之际,云朵掏出手机,打了个电话,然后她拿着手机到门卫室,敲敲窗,示意门卫接听电话。门卫开窗,从云朵手中接过手机,附在耳上听了几秒,应了声"好",便把手机递还给云朵。他随即按了遥控按钮。门开了,云朵道谢后挽着朱槿,向胖兜做邀请状,三人进了校门。

朱槿兴奋地向胖兜介绍自己的母校,两人还像少年时那般,打嘴仗归打嘴仗,要好归要好。云朵又落在他俩身后,心头浮上层霾,无论何时何处,她总是人群中那个落单的人。

"这儿,以前是大礼堂,拆了。"朱槿指着停车场向胖兜介绍,"哎,云朵,还记得吧,以前咱们的联欢会就是在这里开的。"朱槿说着跑过来,拉着云朵在空旷的停车场上转起了圈儿。没转几圈,她便气喘吁吁地丢开云朵的手,捂住胸口,摆手说:"不行了,不行了,年纪大了,真疯不起来啦!"

云朵却仿佛被惯性带着似的,又兀自转了两圈才停下来。胖兜夸张地拍手鼓掌,说自己大饱眼福,居然有幸在一中旧址看了两个天鹅跳舞。这场景,当年他是读了楚云天写给他的信后想象的,可惜,他的想象总是没有背景,只有朱槿、楚云天和华子在虚空中旋转的幻影。

朱槿打断他:"噫,不会你也喜欢华子吧?"

"问得真傻!谁不喜欢她?"胖兜挑衅地说,说罢,似乎觉得不妥,又补了句,"除了云天。"

云朵听了胖兜的话,知道他是顾虑她的感受。其实,楚云天喜欢华子也没错。华子又美又飒,上小学起就展示出与班上女同学不一样的味道,她说话利利索索的,走起路来甩着一根扎着蝴蝶结的马尾辫,一双黑葡萄似的大眼睛顾盼间有别样的神采。华子生得美且爱美,穿校服裙时,她会在裙子的腰节处系根宽腰带。放学出校门时,乌泱泱的女生群里,就数她最显眼,她挺着小胸脯,扭着细软的小腰肢,迈着修长的双腿,目不斜视,走得不急不缓。按照大人的话说,她心思不在学习上,中考时,她没考上高中,上了不包分配的幼师班。她能歌善舞,上幼师如鱼得水。当年云朵、朱槿她们的天鹅舞,领舞者华子是一中的排舞老师特意请来的外援。

云朵不知不觉走到了停车场前面的那排青砖瓦房檐下。楚云天高考落榜后复读时,曾在其中的一间教室里待过一年。如今物是人非。云朵正绕着如今已闲置的老教室看时,胖兜也走过来了,他专注地察看着窗台下的砖墙,不时屈起中指敲着砖,不知是在做啥。

捂着胸口坐在圆球挡车石上休息的朱槿,见胖兜神神道道地敲着砖,起身凑上前,见胖兜从左侧窗下抽出半块灰砖来。云朵见状,不由得倒吸一口气,愣在那里。云朵想起了当初老宅装修,楚云天指导装修工制壁龛的情景,他亲自示范,如何起掉砖块……

胖兜把那半块砖放在窗台上,掏出手机打开手电筒,用那光对着那墙洞,伸手进去探。朱槿用力拍了拍他的手臂,说:"搞什么鬼?那里藏了宝不成?"他把手猛地一抽,故意往云朵和朱槿面前扬了扬,说:"这里有藏了快三十年的宝贝,要不要?"

朱槿拽着胖兜的袖子,要看他手里到底抓了什么。他摊开蒲扇般的手掌,掌心里空空如也,沾满灰的手指张开时,也将灰尘扬起,呛得云朵咳了起来。

"我们走吧,我知道他没有骗我就行了。"胖兜转身把放在窗台上的那半块砖又填进墙洞后,拍了拍手说。

"谁骗你啊?"朱槿问。

胖兜没答话,迈开大步朝大门口走去。朱槿紧跟着胖兜,追问他刚才伸手进墙洞的事。云朵又看了一眼那半块灰砖,她想,这恐怕又是楚云天的某个秘密。但她已无探秘之心,人心深如海,藏在心里的秘密如海里的盐,是打捞不出的。

云朵快步跟上胖兜和朱槿,朱槿还在不厌其烦地追问着。云朵真想告诉她,不要那么执着于打探他人的秘密。揭秘会生瘾,一旦好奇心被勾起来,就想要探明真相,真相往往被秘密层层包裹,生成骨头长成肉。要揭秘,就会撕皮带肉流血见骨,会疼死人的。这滋味,云朵几年前就尝过。

那个黄梅天,家里到处湿漉漉、潮兮兮,云朵怕家电因为长期不开而受潮,便打开了楚云天去世后就一直闲置的电脑。电脑慢吞吞地加载了很久,才把开机图案给亮出来。然后提示:需要输入用户密码。云朵愣住了,密码?这电脑什么时候设置了密码呢?家里就俩人用它,既然她不知道密码的事,那么这密码就是楚云天设置的了。他干吗要设密码?那就是有事要对她保密呗。密码是什么?她试了很久,电脑显示屏始终冷冰冰地跟她讲:密码错误。既然密码错误,电脑就始终无法打开。

五

朱槿非让胖兜说出墙洞里到底藏了什么秘密,胖兜意外地保持着沉默,出了校门便沿大寺巷往西阔步而去,朱槿小跑着与他并肩朝西。云朵站在校门口,仿佛看见了飞车东去的楚云天,她猛然转身追了过去。

在接近报恩寺街的"三步两桥"处,胖兜和朱槿一起追上了云朵。胖兜气喘吁吁地摇着手里的手工木棍火把,对云朵说:"咱们好久不见,又正赶上中秋节,今晚好好热闹下,玩玩火把,把烦恼都抛掉!"云朵不敢细看胖兜手里那两支绑了绳索的木棍火把,忙把目光投向朱槿,可朱槿手里也拿着一支同样的火把。云朵一阵晕眩,自从楚凌出事后,她便不能看清一切被捆绑的物品。为防摔倒,她靠着"三步两桥"的讲解石碑,缓缓坐了下来。

朱槿突然尖叫:"哇,真有'三步两桥'哎!"

"是啊,前两年这边修路时,掘出了它。可惜,云天没能看到它。"云朵说罢,将目光投向阴云密布的天空。

前两年,古城修整巷道时,在一直被传为"有名无实"的寿州城内八景之"三步两桥"处,掘出了与清代《寿州志》中记录相符的两座跨渠搭建的桥体与水渠的遗址。城里的百姓恍然大悟,原来,代代相传并成地名的"三步两桥"确有其桥。云朵倚着石碑,将目光从天空移向地面,落在今人在清代"三步两桥"的遗址上所做的复原桥上。盯了几秒后,云朵突然起身,冲着朱槿喊:"木槿花开!"

朱槿愣了一下,有点蒙圈地问:"什么?"

"你的QQ名是'木槿花开',对吧?"

"我好些年不用QQ了。"

"但你曾经用过,你有个叫'三步两桥'的好友。"

胖兜说:"什么?你们还用QQ啊?"

"没你事!"云朵与朱槿异口同声地撑胖兜。胖兜的手机响起,他接通电话后,对云朵和朱槿说:"华子要我们过去呢!"

云朵和朱槿像玩"谁是木头人"的游戏似的对望着僵在那里,都不动。胖兜见状,说了句"你俩玩吧,我先去了",便抛下她俩往华了的奶茶店走去。

云朵问:"说吧,到底什么情况,你俩?"

"我俩?没情况!信不信随你。"朱槿说着,转身就要离开。

云朵一把拽住朱槿的包带,狠狠一拉,把朱槿带了个趔趄。朱槿站稳后,回过身来,有些哀怨地望着云朵说:"何必为了一个死人闹?"

"死人!你居然说他是死人,你怎么能这么恶毒?"云朵咆哮起来,她用力地扯过朱槿的包,将它扔在地上,顿时,包里的手机、口红、药片、钥匙散落一地。云朵弯腰去捡手机,摔碎屏幕的手机被云朵拿在手中。云朵愤怒地追问:"你手机的屏保图哪里来的?"

朱槿一把抢过手机说:"难怪都说你……"

"都说我?你给我说清楚,是谁跟你说我什么了?"云朵抓住朱槿的手腕,胸口剧烈地起伏着。

朱槿扬起脸冲向云朵:"你爸妈说你,说你神经病!"

云朵败下阵来。她松开朱槿的手腕,感觉自己飘了起来,像一枚银杏叶,正从高枝上缓缓地坠落,又像当年跳天鹅舞,在舞台上飞旋着裙摆,同时,回忆的片段也在她的脑海里飞旋着,还原成现实的面貌……

楚云天去世五年后的一个黄梅天,云朵意外发现家里电脑设置了开机密码。她为此一夜未眠。待一早送楚凌去学校后,她找了电脑工程师回家。重做系统后的电脑,几乎成了白卷。

做系统时,工程师就告诉她,C盘的内容会丢失。她却忽略了楚云天迥异常人的习惯,他习惯把一切都搁在电脑桌面上。云朵被自己的错误逼疯了,她恨不得砸了电脑,她压根没有想到,那个温开水般的楚云天,居然是口深不可测的古井。

云朵对着那个藏匿了巨大秘密却被格式化成无辜空白的电脑,崩溃地大哭。电脑工程师落荒而逃。父母进房间时,她正将鼠标狠狠地砸向墙。墙上挂着她和楚云天的结婚照,她那只涂着恶俗红指甲的手轻浮地搭在他的胸口,她一直都看那张照片不顺眼,但她婆婆非要选这张照片挂在墙上。多年后,鼠标终于帮她在他的胸口,在她一直看不顺眼的那只手的位置砸了个窟窿。

养了云朵二十多年的父母,第一次见到她歇斯底里的样子,她妈妈被吓坏了,当即心脏病发,进了医院。云朵从那天起,就像变了个人似的,她对一切充满怀疑,凡事都想探究一番。她整日想从楚云天设了密码的电脑里寻找谜底,并且想揭开楚云天的死亡真相。她突然不信警察的那套说辞——居然说他是钓鱼时打瞌睡不慎落水溺水而亡的。怎么可能?即便是打瞌睡掉水里了,掉进去也会醒的呀,他水性那么好,怎么可能会溺在浅水里?

云朵取下了被砸破的结婚照。镶在精美相框里的结婚照,是一层并不结实的布,一戳就破。而婚姻竟还不如这层布结实,就像一张纸,轻轻一扯,就破碎了。云朵在销毁相框和照片时想,她的婚姻压根没有经历过撕扯,居然就这么无缘无故地破碎了。

云朵很快发现,凡事皆有因果与缘由。在丢结婚相框的时候,她看到了相框背面上一串九位数的阿拉伯数字,她瞬间想到了QQ号。她立马在空荡荡的电脑上下载了QQ软件,将那九个阿拉伯数字输入后,她选择了忘记密码。楚云天的手机号码一直没有被注销,选择忘记密码,使用手机号码验证,登录成功。

"三步两桥"便是那个QQ号的名字。在寥寥的好友列表里,有个使用美少女战士头像的"木槿花开"引起了云朵的注意。她按照好友排列的先后顺序,依次发了打招呼的信息。等了许久,始终无人回应。

从此,云朵每天下班回家后就钻进房间,像个守株待兔的猎人,对着那台老电脑,守着那个始终无人回复的QQ,想找出关于楚云天、关于婚姻,乃至关于命运的秘密。她不再像过去五年那样,把全部心思都放在楚凌身上,她也不再像前三十年那样努力做懂事的女儿。时间未能冲淡她探秘的执念,反把她磨成了锐利的刃,不断地自伤与伤人。

云朵想到那年除夕,她坐在电脑前,父亲喊她吃饭,她只答应而不动身。等她终于起身去吃饭时,发现了一桌冷残的年夜饭。父母不在,楚凌不在,她在空荡荡的家里大哭着,砸碎了所有的碗碟。她坐在一片狼藉的地板上,觉得自己的人生莫不如此,于是打开了煤气。

云朵的命是楚凌救回来的。去爷爷奶奶家过除夕的楚凌,在陪爷爷奶奶看完春晚那个喜欢的相声后,执意要回家。他开门看见躺在一堆残羹剩饭与破碎碗碟里的妈妈,赶紧拨打了120。

或许是年近七十的养父母,在养育她三十年后,发现不仅得不到应有的反哺,还要担负她一触即发的癫狂。他们彻底绝望,在那个除夕夜出走后,便再也没有走进过云朵的家门。当然,他们的门也不再对云朵敞开。

被往事的绳索绕动旋转的云朵,终于停了下来,她缓缓将目光投向紧紧挽住她胳膊的朱槿,像一股被拉紧后突然松开的橡皮筋般,懈了下去。

六

胖兜和华子来到"三步两桥"时,发现朱槿正竭力地想扶起摔在地上的云朵。胖兜放下奶茶,跑上前扶起云朵,面色苍白的云朵紧闭着双眼,华子吓得大叫,朱槿却说:"没事的,她很快就醒了。"果然,云朵的睫毛翕动着,眉头紧锁,眼皮颤了颤,终于张开了眼。华子忙上前去,将云朵从胖兜的臂弯里搂过来,与云朵的目光对视后,突然紧紧地搂住了云朵。

胖兜扯开华子的胳膊,拍拍她的肩说:"好了好了,你们女的见面怎么这样啊?多少年没见了,在一起聊聊天喝点酒不好吗?非要整得跟电视剧似的,哭哭啼啼要死要活的,你们要这样,我撤了啊!"

朱槿甩起包砸向他,说:"就像我们很稀罕你似的,还想撤,你往哪里撤?今天索性找个地方,好好把话说明了,免得让我背锅。"

"什么叫让你背锅?你是说我让你背锅了吗?别装了,你和楚云天在QQ小号上聊天是怎么回事?!"云朵从华子怀抱里挣出来,冲朱槿怒吼着。

越来越多的行人聚集过来,刚才胖兜已经制止了一些拿着手机悄悄拍照和录视频的路人,他怕人越聚越多后,再被人拍了视频发在网上,便示意朱槿不要作声,他和华子把云朵夹在中间,离开了"三步两桥"。

他们错开极度拥堵的报恩寺街,走进逼仄的一人巷,谁料巷口卧着一只没有项圈、没有拴绳的老狗。胖兜说:"先别动,免得干扰了老狗的美梦,惹恼它,会咬人的。"

云朵不顾胖兜的建议,跨步上前。"嘟嘟!"云朵轻轻唤它。老狗缓慢地睁开了眼后,探起身,摇了摇尾巴,云朵弯腰朝它伸出手掌,老狗的鼻子凑过来,绅士般嗅了嗅那掌心。云朵又伸出另一只手,抚摩着老狗的头,老狗立起身。云朵回头,望着背后那三张神情惊愕的脸,示意他们过。胖兜领头,朱槿和华子挽着手快步走进巷子,三人回头看时,云朵已跟了过来。

朱槿问:"嘟嘟这么老了啊,它怎么会在这里?"

"你怎么知道嘟嘟的?"云朵将犀利的眼神投向朱槿,反问道。

"好了,好了,现在啥也不说,咱们找个场子,先一起吃个饭喝口酒再说,跑了一下午,我现在只想坐下来歇歇脚。"胖兜说。

"去东街老鹅馆吧,我请客。"华子说着,挽住了云朵的胳膊。

四人疾步前进时,雨也从云里疾落下来。四人如落汤鸡般来到东街老鹅馆后,华子熟络地领他们从隐在角落里的陡峭楼梯上至二楼的一间小包厢。待他们仨坐定后,华子又下楼安排酒菜,端来茶水。她撸起黑色针织开衫的长袖,露出半截浑圆的胳膊后,拎起茶壶将茶水注入四只玻璃杯,一人面前摆放了一杯茶后,华子才挨着云朵坐下来。

"来,咱四个发小,也算发小对吧？先以茶代酒干一杯!"华子说着,端起茶杯与他们一一碰杯。

茶刚喝完,楼下喊:"华子,华子!"

华子应了一声,放下茶杯就往楼下去。

胖兜起身,关上包厢门,神秘地对云朵和朱槿悄声说:"各有各的不易,华子刚对我说,她白天看自己的奶茶店,晚上还得来这个老鹅馆忙,回头你们注意看,楼下那个歪嘴的老男人,就是……"

上楼的声音让胖兜立马噤声,起身开门,气喘吁吁的华子端来了一大锅鹅汤。汤锅放在桌上的电磁炉上,华子弯下腰,从桌下捞出一个按钮,按了几下,又转身下楼。再次上楼,她拿着一个提篮,拎来了青菜、千张、豆腐、绿豆丸和两瓶酒。待把酒菜、碗筷摆放妥当,鹅汤已沸腾。

华子把菜加入鹅汤后,又开始倒酒。朱槿说她不能喝酒。华子和胖兜不知隐情,一起劝说她喝点儿。云朵把华子放在朱槿面前的酒杯往自己面前一挪,说:"她的酒,我来喝。"

说着,她将朱槿面前的茶水倒掉,拿水壶倒了杯白开水。朱槿双目婆娑地望着她,她却不接那目光,只是端起自己的酒杯,与华子和胖兜响亮地碰杯后,将杯中酒一饮而尽。

华子拿起漏勺给他们布菜时,云朵又举起酒杯与胖兜干了一杯。两杯酒喝完,面色酡红的云朵站起了身,她又给自己倒了满满一杯酒后,举起杯对华子说:"华子,欢迎你归来!"说罢又举杯一饮而尽。当她再次向酒瓶伸手时,朱槿起身,抢过酒瓶,对云朵说:"朵,别喝了!你想知道什么,我都说给你听!"

云朵却嘶吼道:"快把酒给我,你什么都要跟我争。如今,酒你喝不成了,还要抢我的酒瓶子!"

华子忙按住了云朵,并把酒瓶从朱槿手里拿过来,她说:"今天,在这里,我们四个,想喝就喝,想闹就闹,几十年的感情,什么都经得起!来,云朵,我给你再倒点儿,你少抿一口,我喝干!"

云朵不依,拗着非让华子将她的酒杯斟满,又一仰脖喝干了。华子喝完杯中酒后,拉着云朵一起坐下,从沸腾的鹅汤里捞出一块鹅肉,放进云朵碗里。云朵埋头用筷子拨弄着那块鹅肉时,华子开口了:"在你没醉倒之前,朵,我想问你一件事。"

"问。"

"当年,我跟你说的事,你告诉过云天没?"

"当年?你说过什么事?"云朵一脸蒙态。

华子侧过脸,指着左耳处的伤痕,问大家:"当年我的事,云朵知道,你俩肯定也听说了吧?"

胖兜站起来端着酒杯打哈哈道:"八百年前的事,不提了不提了,尽在杯中吧!"喝完杯中酒后,他朝华子亮了亮杯底,"说说眼前吧!"

"眼前的一切是从过去垒起来的,说眼前还得从过去讲起。"华子说的这句话,胖兜无从辩驳,云朵与朱槿也点头认同。

时隔二十年,华子谈及往事里血淋淋的那一幕时,表情平静得像在分享热播剧的剧情。当年,华子在古城街头巷尾的热议度,等于上了如今的热搜榜。在华子受伤住院期间,同病房的病人和病人家属也对她指指点点。当年,不顾婆婆反对去医院探望她的云朵,在护士站询问她的床号后,没走几步就听到两个护士在嚼舌,她转身回去,愤怒地指责,没想到还把事情给闹大了。在云朵忆起当年自己碰掉护士端着的治疗盘,引来警察时,华子突然情绪激动地说起了自己被讯问的事。

云朵望着面前声音粗哑如鸭、身形壮硕如牛的华子,想起了自己最后一次看到的她——靠在病床上的她,虽被白绷带裹住了半边头脸,但更添了几分令人怜爱的美。云朵推门进病房时,华子正低头按着手背。云朵走到她床边,才发现她的输液针掉了,手背的针眼处正在出血。华子见到云朵,露出惊讶的神情。发现同病房的人窃窃私语时,云朵转过身,捉住了几道斜向她俩的目光后,挑衅地回望过去,逼得对方收回目光,停止私语。

云朵想起来了,就在她去找护士重新给华子扎针时,华子拦住了她,悄声告诉她,自己怀孕了,怕输液影响胎儿,所以私自拔了针。如此算来,华子的孩子现在也成人了,云朵想。

"朵,你照实说,当年是不是你把我怀孕的事讲出来的?"华子突然把手按在了云朵的肩上,把沉浸在回忆中的云朵吓了一跳。

"没有,那件事我从没对任何人说过,不信问槿槿,我和她无话不谈的,这事连她我也没说过……"

华子却摆手说:"算了,都过去了。"

云朵却哭了出来,怎么能过去呢?她没说就是没说啊,当年,因为华子,她在医院招来警察,要不是公公的面子,说不定她还会被带回派出所。但事后,她被婆婆数落了许久,这些事,华子皆不知情,她只认定,是云朵泄了她的密。

七

百口莫辩的云朵被华子一句"算了,都过去了"给激哭时,大家都认定云朵喝多了。朱槿用自己的白开水替换了云朵面前的酒杯时,云朵心里一暖,她没有喝多,她只是难过。华子继续说她的经历,在讲述那些如狗血剧情般的往事时,华子居然不时爆出笑声。

云朵不哭了,她伏在桌上,他们仨以为她睡着了。华子说她怀孕的秘密被泄露后,父母逼着她打掉了孩子。打掉那个孩子后,她再也没能正常怀孕。她曾用十年时间做试管,也终以失败告终。她"啪啪啪"地拍响自己凸出的小腹,说:"这身肉就是十年来打无数排卵针,被激素'拿'成的虚胖,这身肥肉怕是甩不掉了。"

"你们相信命吗?过去我不信,这几年,我信了,不仅信命,我还信报应。你们说,她是不是遭了报应?"华子说到这句时,云朵一个激灵站了起来,她仰起泪痕满面的脸,问华子:"你是说我遭了报应?"

胖兜忙起身,按住云朵的肩膀,说:"没说你,快坐下,快坐下!"

华子却直面云朵道:"我就是在说你。因为你告密,我这辈子没有孩子,所以,你才会丢了孩子……"

"啪!"一记响亮的耳光打在华子肥胖的脸上,那是朱槿抡起她细瘦的胳膊狠狠抡过去的。

空气凝固了几秒。

胖兜开口了:"唉,不喝了不喝了,我看现在是酒老爷当家,没法再好好说话了!"

云朵冷冷地说:"必须好好说话!今天大家都要把话给说清楚!"

华子这才抬起左手,抚了抚挨了一记耳光的左脸,坐回位子上。

朱槿说:"华子,我刚给你的那一巴掌,是帮朵打的。你知道,我和朵从小就是无话不谈的,但你怀孕的事,我从没听她说过。当年你的事,传得比流感都广,你自己不知道而已。记住,这世界上没有秘密的,泄密的源头绝不会只有一个。你只道你把秘密告诉了朵,就疑心她泄密了。你忘了,朵不是这样的人,她是最守得住秘密的人,不论别人的,还是她自己的!"

听到这里,云朵又泪如雨下,在外人面前,朱槿还是那样护着她,但这些年,独自守着众多秘密的她,身心早已被秘密的"辐射"所伤。她想刨掉那些盘根错节茂密成长的秘密,让心园空阔、干净。不然,她真的要疯了。

"华子,我从没向外人说过你说给我的秘密。不仅你二十年前怀孕的事我没说,更早时,你应援我们跳天鹅舞时,告诉我的秘密,我也没说。"云朵说完,华子一愣。

华子埋头对付碗里已变冷的鹅翅膀时,云朵又把话锋转向了朱槿。

"槿槿,你说得没错,这些年,我守了太多秘密,为了别人的脸面而保守秘密,到头来伤的却是自己。今天,我想把那些沤烂的事扒出来,其中有一件,就需要你来解答。我想你说实话,你和楚云天到底有没有私情?"

"胡扯!我和云天?"朱槿站起来,嗤笑一声朝大家摊开双手。

"云天'三步两桥'这个QQ小号上的好友'木槿花开'是不是你?"

"没错,是我,但那不代表我们就有私情呀。"

"没有的话,为什么神秘兮兮地用QQ小号聊?"

"聊了些什么,你看过吗?"朱槿问。

因为没有看过聊天记录,云朵才陷入了无边的猜测。见云朵不作声,朱槿说:"好,既然你非要揭谜,我们就来揭吧。朵,有时候,揭秘就是揭伤疤,会很疼的,你得忍住了。"

云朵不置可否地斜睨着朱槿。

朱槿端起面前的水杯,喝了一口才发现是刚跟云朵调换的酒杯,她喝的是酒。很好,这久违的酒,化成一道热线,从口到嗓再到心窝,钓出了埋在朱槿心底许久的秘密。

十八年前,刚取得心理咨询师资格的朱槿,以"木槿花开"为名活跃在一个心理咨询群里。后来,她发现那个群里像她一样取得资格的心理咨询师寥寥,多数是咨询问题的人,"三步两桥"便是咨询者之一。朱槿说当年是她主动添加"三步两桥"为好友的,因为看到这个名字便想到了家乡的地名。加为好友后,"三步两桥"便向她陈述自己的"症状"。朱槿说她一开始就断定他是寿州人,便用心地回复他咨询的问题,因此取得了他的信赖。说到这里,朱槿深吁了一口气。她深深地看了一眼胖兜,接着说,她确定"三步两桥"就是楚云天的时间是在胖兜结婚那天。

朱槿说完这句话时,胖兜、华子和云朵的目光像三只探照灯,齐刷刷地射向她。

"胖兜,你也是个藏有秘密的人,对不对?"朱槿话锋一转,目光灼灼地盯住胖兜。

"瞧你说的,谁还没个秘密?"胖兜歪着脑袋,伸手捋了把头发,又一甩头发,大家都知道,他在故意模仿《上海滩》里的周润发耍帅。

他这属于掩饰自己紧张的行为,逃不过朱槿这位心理医生的目光。朱槿说:"我说的是云朵想探索的秘密。你心里也藏了一份,索性一起说出来吧!"

胖兜笑道:"我怎么会有云朵想探的秘密?我跟云朵从小就清清白白,你可别乱说,当心我俩一起揍你……"

"你这样故意转移视线,更证明你是知情人。"朱槿一听,立即有了主任医生查房时的威严范儿。

胖兜不作声,低头转着手里的酒杯,那酒杯在他宽大的手掌里转了一圈后,被他擎起,向虚空一晃后收至嘴边,他喝了半杯酒,开口道:"不是我不想说,而是,我不敢……"

胖兜放下酒杯后,拿出手机,亮出一张照片给朱槿看。朱槿拿过手机看了一眼,便向他投去疑惑的目光。胖兜指着手机中的那张图说:"这是云天走的那年,他给我发的一条信息里的图片。"说着他又把照片亮给云朵看,云朵接过手机,将图片放大后,呈现在眼前的是一张泛黄的老照片,照片上有个模糊不清的人影。

胖兜从云朵手中接过手机问:"你们能认出照片里的人是谁吗?"

"你!"华子看都没看,就扯开嗓子说。

三人齐刷刷地把目光投向了华子。华子说不用看她也知道,因为那张照片是胖兜当兵时寄给她的,楚云天得知后,央她给了他。"他发这张照片给你看,是向你表白?"华子的问题一抛出,云朵立即呆了,她愣愣地望着华子。

华子接着说:"事到如今,看来这个秘密早已不是秘密了,只是我们每个人都扯着一角,把这个秘密兜在一张包袱皮里,谁也不想展开它。再说,人要凑不齐,只是打开一角,永远看不清全貌。"

胖兜说:"他给我发来这张照片时,告诉我,这张照片,是他当年复读时藏在教室窗户下的一个砖洞里的,它陪着他度过了非常艰难的一年。他说如果没有它,也许他会死。"胖兜说当时他没多想,甚至没有看出那是自己当年的照片。

"为什么不把这件事告诉云朵,或者告诉我?"朱槿质问。

"刚说了,我不敢。"

"就是你的'不敢'害死了他!"

鹅汤锅发出"咕嘟咕嘟"的响声,煮沸的鹅汤腾起的水汽,如云雾般缭绕在四张围桌对坐的面孔间。突然,窗外鼓声雷动,马嘶声烈。胖兜起身,探首窗外,惊喜地对大家说:"快看,宾阳门的灯光秀!"

四人聚首窗口。云朵望着成为光影幕墙的古老的宾阳门楼上,正上演着一千多年前发生于宾阳门外的淝水之战,如今浮着假月亮的淝水,浮起过云天的身体,更流淌过千万兵士的血。最终,时间容纳下所有。曾千疮百孔的城承载着记忆,孕育着新生,人又何尝不能?

云朵道:"胖兜不是说去玩火把吗?怎么又不作数了?"

"作数,作数!"

"走呀!"

"走!"

八

四人下楼,楼梯转角处,云朵忽一踉跄,紧跟她身后的华子忙伸手扶住她,云朵回头,二人目光相接时,华子忙缩回手,云朵却伸手拉住她那只粗胖的手,触到她掌心坚硬的茧时,云朵又紧紧地握了握她的手。过去,华子是那个脊背挺直、目不斜视的美少女。云朵和朱槿手拉手,交头接耳地跟在她身后,偷瞄她绑在发辫上那个随风飘舞的蝴蝶结。那蝴蝶结有时是大红的,有时是粉红的,有时是天蓝的——与她的花边袜是同色的。有次,朱槿将她发现的这个秘密分享给云朵。如今,华子稀疏的头发被一根黑皮筋绑住,像个老鼠尾巴似的杵在她肉鼓鼓的脖颈上。云朵心头又一紧,她忙移开目光。

胖兜和朱槿先下了楼。楼下大厅里还有零零散散的客人,歪嘴男见他们下楼,瘦削的脸上浮动着由皱纹堆出的似笑非笑的表情,在他眼睛痉挛般地快速眨动时,云朵脑海里浮出了当年参加她和云天婚礼的信贷部主任——云天的顶头上司。在婚礼上敬酒时,主任连连挤眼的动作,让云朵愤怒地把它当成了一种轻慢的调戏。事后,和云天说起这事时,云天解释,主任是当年在部队打靶时落下的眼周肌肉痉挛的毛病。云朵又看了主任一眼,华子对他说"走了"时,他歪着嘴眯着眼点了点头。他就是当年那个出事的主任?

四人出门,往宾阳楼走。古城的中秋夜,一场骤雨冲散了如织于街巷的游人。那一刻,被雨水冲洗洁净的街道上,终于空出了可供四人并肩而行的空间。新一轮的光影秀又起,他们在战鼓与马嘶中如义士般铿铿前行,如穿越时光隧道,走过光影幻变的宾阳门。

雨停了,但天空仍乌云密布,本该大放光彩的中秋月被厚重的云幔遮蔽着。好在,那枚巨大的"水中月"在宾阳桥所跨的泗水中,散发着虚拟的月光。宛若一场梦,下午走过宾阳桥时,沸腾的人群如露水般被蒸发了。胖兜从怀里掏出火把,递给云朵,云朵本能地退缩着,但奇怪的是,火把头的绑绳似乎没有引爆她的那个点。她的心没有钝痛,她的身体没有战栗,于是她伸出手,接过那根火把,她发现自己没有坠倒的危险后,松开了紧攥着的华子的手。她望着手中的火把,一根麻绳绕着杆一圈圈紧密缠绕。过去,但凡见到捆绑状的物体,她眼前便出现楚凌被捆绑的样子,瞬间晕厥。刚才下楼时看见华子被皮筋捆绑的发辫,也眼前一黑。

在老鹅馆,朱槿斥责胖兜隐瞒楚云天的秘密不说,是"害死了他"后,掏出手机,登录"木槿花开"的账号,翻出多年前的空间日志,递到云朵面前。云朵咬腮读了几篇被命名为"治疗记录"的日志后,把手机递还给朱槿时,搂住她瘦弱的肩膀,不停地说"对不起,对不起……"。原来,连老狗嘟嘟都是朱槿当初建议楚云天养的宠物。楚云天走后,云朵的公婆把嘟嘟带回了老宅。

朱槿并不知,云朵不仅是向她道歉,更多的"对不起"是对她自己与对楚凌说的。在看到朱槿的"治疗日志"后,云朵才知道,原来楚云天一直在与自己做斗争,她对楚云天意外溺水的死因结论表示怀疑,虽已无据可查,但以情理推断,怕是所疑非虚——他的死亡,是自己有意而为的决断。

当年和云天结婚时,婆婆就交代,云天金贵,凡事要谦让些。至于为何金贵,云朵是渐渐了解到的。婆婆在生云天前,曾生过一个男孩儿,据说那男孩格外聪明漂亮,可惜三岁时回老家,被比他大不了几岁的小姑姑带到村口玩,跌进了水塘,没救回命来。时隔五年,才有了云天。因为得来不易,民间又有女孩命贱一说,云天自小便扎小辫、穿花衣,被当女孩养了十二年,直到他小升初的那个暑假,过了十二岁生日后,才剪掉了垂在腰下的两条麻花辫,脱下女装,理了男孩儿的发型,换上了男装。

朱槿和华子举着燃烧的火把将云朵夹在中间,她们见云朵的火把尚未点燃,便回头喊胖兜帮忙。没有火把的胖兜,正打开手机的手电筒举过头顶,像看演唱会助唱那般卖力地摇晃着手臂,轻声地哼唱着。见她们回头,胖兜索性大声唱出声来:"你总是心太软,心太软……"

老歌是勾起回忆的诱饵，朱槿和华子竟忘了喊胖兜的初衷，她们也举起火把，跟着胖兜一起大声唱了起来，从《心太软》到《光辉岁月》再到《青苹果乐园》，宾阳桥成了他们的舞台。朱槿、华子拉着云朵一起舞了起来，云朵举起了没有点燃的火把，跟着她们一起旋转。

　　"华子，当初你被信贷部主任的老婆伤成那样，他都没出来制止，现在他又老又病被扫地出门后，又来找到你，你不觉得亏？"

　　"出走半生，归来还有故人，不也是一种幸福吗？"

　　"胖兜，为什么要回来？"

　　"回来续命。打拼二十年辛苦垒起的家业，像中邪着魔似的，朝不保夕，日日焦虑，夜夜失眠，走投无路。每天就像玩'打地鼠'一般慌乱。"

　　"槿槿，为什么要那么拼？"

　　"二十多年，从实习医生、轮转医生、住院总、副主任医生到主任医生，往上走的每一个阶都在玩命，不然，就像玩电游，要么晋级，要么"game over"，能怎么办呢，只有继续，哪怕在继续的过程中，一点点丢掉了自己。"

　　云朵握住没有点燃的火把，把它当作麦克风，对她的老友一一进行访谈后，让胖兜替她点燃了火把，她对着浉水挥动着燃烧的火把。

　　"我的爱如潮水，爱如潮水将我向你推……爱如潮水它将你我包围，……"20世纪90年代风靡华语歌坛的情歌王子张信哲的歌声隔水传来，云朵先止了步，水那边是宛如演唱会的万人合唱。胖兜一拍脑袋,大呼一声:"篝火晚会!差点忘了!"说罢,便抓起华子的手跑了起来,华子的手拉着朱槿的手,朱槿的手拉着云朵的手……

寿州古城的中秋夜,这四个中年男女像小朋友般手拉手往前跑着,宛如一幕动人的天鹅舞。在游客集散中心的广场上,那白日里在街巷里如潮水般漫流的人群,正围着篝火舞动着,欢唱着。云朵、朱槿、华子已汇入人潮,她们跳起三十多年前在一中舞台上表演过的天鹅舞,献给那场晚会的缺席者胖兜。在生命这场盛大的篝火晚会上,每个人都是生命的舞者与观众,舞者若有心,观者自动情。

2024 年 11 月 30 日定稿于鲁院

附录:评论

意蕴丰赡:"亲密关系"及其伦理的书写
——黄丹丹《南有嘉鱼》读札

陈振华

某种意义上,这是一个急遽变化、充满不确定的年代,人类的"亲密关系"也莫能例外。文学关于"亲密关系"的书写,也从古典时代、神圣时代、世俗时代让渡到现代、后现代。尤其是在缤纷复杂的当下,"亲密关系"的神话在不断建构的过程中也在不断地自我解构。在自我解构的途中,又试图重新建构其神圣性的精神向度。黄丹丹的短篇小说《南有嘉鱼》就是当下"亲密关系"及其伦理的审美建构。这篇小说之所以被《小说选刊》选载,编辑是有独特眼光的:"小说在有限的叙述空间里展现了三辈人各个家庭的生活状态和内心困扰,探讨了父女、祖孙、夫妻、姐妹等多重家庭关系……呈现了一幅宴会般丰富热烈的当代城市生活图景。"(编辑胡丹语)

首先,《南有嘉鱼》的小说命名不落俗套,别具意味。读者阅读伊始,想到的可能是一个令人期待的其乐融融的家庭伦理氛围。《诗经》里面的家庭欢宴或者君臣之间的宴飨,其氛围、其色彩、其格调都是欢愉的、祥瑞的、和谐的、融洽的,充满了血缘伦理、家庭伦理以及君臣伦理的温情脉脉。然而,随着小说叙述的展开,古典诗词里的"南有嘉鱼,烝然罩罩。君子有酒,嘉宾式燕以乐……"中呈现的乐陶陶、乐悠悠、乐平安、劝满觞的温馨场景并没有出现,反而被拧巴、别扭甚或龃龉的家庭气氛所颠覆。小说以郑家瑜和郑家亮一对双胞胎姐妹的命运故事,展示了她们之间的关系从别扭、紧张、猜忌到最终消除误解,重归于姐妹温情的过程。从叙述基调看,小说并不是反讽的叙述,而是对家庭亲密关系的正面建构。小说的结尾:"我和小瑜像两个逃学的小孩子似的,撒开脚丫子奔跑在春夜的新城大道上。"——文本叙述最终曲终奏雅,实现了"南有嘉鱼""鼓瑟吹笙"亲密关系的文本书写意图。评论家陈培浩在分析徐坤长篇小说《神圣婚姻》时曾言:"从反讽到正谕既是徐坤知识分子书写立场的内在变迁,也是从新时期文学到新时代文学某个内在变迁的侧面。"从这一个层面来分析,黄丹丹的《南有嘉鱼》也具有文学意识上的新时代性。作家不是解构一个时代,而是要在碎片化、冷漠化、原子化的关系时代,真正书写人的"亲密"关系,在一个神圣性零落成泥的时代,建构亲密关系的正当性、神圣性。小说借文本亲密关系的叙述,发出了深沉的生命追问与重新回归亲密关系伦理的价值姿态。

其次,小说对亲密关系的审美书写意蕴丰赡。《南有嘉鱼》里面对亲密关系的书写主要体现在这几组关系之间:双胞胎姐妹关系(郑家瑜与郑家亮),爷爷和双胞胎姐妹的祖孙关系,父母与双胞胎姐妹的关系,父母之间的夫妻关系,"我"和儿子蝈蝈的母子关系,"我"和丈夫之间的夫妻关系以及婆媳关系,等等。小说中的亲密关系主要体现在血缘伦理的亲情关系以及夫妻两性、婆媳的非血缘关系伦理及其现实情状的复杂纠葛中。它们共同构成了意蕴丰赡的小说审美内涵。"既生瑜,何生亮"是小说的开篇,揭示了郑家瑜和郑家亮这对双胞胎姐妹在成长过程中复杂、紧张、对峙的姐妹关系。她们从生下来就被人为地分开,之后不同的成长环境与命运轨迹造成了她们之间关系的隔膜与裂隙。姊妹情深的血缘伦理被现实的境遇、遭际不断消解,与传统的伦理温情相去甚远。爷爷对"我"的平淡与对郑家瑜的在乎和重视形成了鲜明的对比,仅仅是因为"我"跟着父母长大,而郑家瑜跟着爷爷奶奶长大？为何要将双胞胎姐妹分开养育？是什么导致了亲姐妹关系的变异？随着叙述的渐次深入,伴随着姐妹关系主线的其他血缘关系也逐渐显露出真实的面目。爷爷对双胞胎姐妹表面上的厚此薄彼,郑家瑜和爷爷奶奶的特殊感情,郑家瑜和父母之间的关系的怪异,"我"和姐姐郑家瑜的貌不合神亦离(当然,双胞胎的长相是非常相似的),以及"我"和儿子之间的亲子关系,还有"我"和父母之间的微妙关系等,都在短篇小说有限的篇幅里得到了擘肌分理的摹写。亲密关系的血缘、亲情及其伦理的纠缠、异变都其来有自。这里不仅有时代思想语境的原因,更有亲情伦理内部的情感逻辑。通过对亲情伦理关系的真实书写,小说揭示了家庭伦理内部"匮乏""缺席"的爱、温暖、光亮、关注,需要更真切的爱的救赎、理解与沟通。除了血缘伦理关系外,小说也揭示了夫妻之间的婚恋以及婆媳等非血缘的"亲密关系"及其伦理。其中,"我"的父母之间的关系,看得出是比较日常化的夫妻关系,在很多生活、情感难题上的相互推诿也比较符合多数夫妻的日常情态。他们之间的夫妻热情已被生活所磨平,更多是搭伙过日子的类型。"我"爷爷与奶奶之间的关系尽管在文中着墨不多,但他们之间的感情更加内敛与传统,可能比年轻一代更加重情重义,这从他们对待死去的女儿的态度及其救赎上可见一斑。而小说中的"我"与丈夫迫于生活的压力,近三年几乎处于分居的状态,儿子蝈蝈则由婆婆在老家看管抚育,还有婆婆和"我"的不冷亦不热的关系状态,所有这一切都写出了亲密关系中非血缘伦理的另一面,它们聚焦的是情爱伦理、家庭伦理的日常或裂变。无论是血缘伦理的亲密关系还是情爱伦理、家庭伦理的亲密关系,它们都经历了沟通不畅、相互怨恨、情感疏离到相互理解、彼此懂得的过程。在这一叙述呈现过程中,多维关系的真切描述,见出了作家的叙述功力与对生活的深度认知,同时也见出了作家对理想亲密关系重塑的叙述伦理——期待用文学的方式建构起融洽、和谐的亲密关系而非分裂和异化。

最后,《南有嘉鱼》体现了较好的艺术完成度。黄丹丹写过散文、写过诗歌,在语言的锤炼方面具有良好的基础。小说的语言当然不能等同于诗歌与散文的,它有自身质的规定性和文体的特征。好的小说必然需要好的语言。这篇小说的语言最突出的特点就是简洁清朗。正像雷蒙德·卡佛所言的:"在诗或者短篇小说中,有可能使用平常然而准确的语言描写平常的事物,赋予那些事物——一把椅子,一面窗帘,一把叉子,一块石头,一个女人的耳环——以很强甚至惊人的感染力。也有可能用一段似乎平淡无奇的对话,让读者读得脊背发凉——这就是艺术之源。"无论是叙述语言,还是小说中人物的语言,在这篇小说中都很简洁清晰,不蔓不枝,非常明快畅然。这也比较符合当下轻逸化的审美书写潮流。与语言的简洁清朗相契合,《南有嘉鱼》的叙事节奏也比较轻快。小说的叙述节奏一般源于情节的节奏和叙述话语的节奏。就本篇而言,简洁准确的语言形成了故事情节的简明,形成了叙述节奏的干净明快。尽管小说写出了人性的复杂性和人心的幽微,但小说读起来并不滞涩。除此以外,这篇小说还有一个突出的特点,就是地域文化元素的有机嵌入,丰富了小说的文化内涵。小说中的博物馆、非遗、护城河、巍峨的古城门以及古寿州的锣鼓、鼓书、舞龙以及周边地域的文化景观、人文掌故自然融洽地构成小说中人物的生存背景与历史景深。这些带有地域文化色彩的叙述有效地避开了同类题材的同质化书写,从而让寿州的小城风貌、生活韵味、历史文化内涵跃然纸上。美国作家韦尔蒂说过:"地方同情感紧密相连,情感同地方又有深刻的联系。历史上的地方总代表着一定的感情,而对历史的感情又总是和地方联系在一起的。"正因为如此,黄丹丹将亲密关系的审美书写落地于寿州这座历史文化古城,不仅丰富了小说的审美内涵,也寄寓了作家内在的生命感受与对故土的深情。

评论家杨庆祥曾言,未来的文学书写,"亲密关系"是其中重要的主题面向。这样的判断当然是基于欲望化、碎片化、快餐化、泡沫化以及后疫情时代亲密关系及其伦理的裂变作出的。现代或当下的"亲密关系"因为出现了大量的问题或症候,才愈加被文学叙事所关注。作为文学叙事的小说或其他文体不能仅仅成为这种现象的旁观者,如何以文学的方式作出该有的反应,如何以文学的微光照亮那些晦暗的角落,则是文学的题中应有之义。黄丹丹作为安徽省文学院第六届签约作家,近些年的文学创作有了长足的进步。她曾说,所有的痕迹都是为了看清自己,我也相信她的生命刻痕会越来越明显。

本文刊于2024年8月30日《文艺报》

(作者简介:陈振华,安徽寿县人,文学博士,教授,评论家。合肥市作协副主席、安徽省文艺评论家协会副主席、中国小说学会理事。在《人民日报》《光明日报》《中国青年报》《文艺报》以及《文艺争鸣》《南方文坛》《小说评论》《当代文坛》《中国当代文学研究》等报刊发表文章百余篇。著有《小说反讽叙事——基于新时期的研究》《升腾与坠落》《当代文学多维勘探与审美批判》《当代安徽文学创作研究》四部专著。曾获安徽文艺评论一等奖、安徽社科奖和军队院校人文学术一等奖等奖项。现为巢湖学院文传学院教授。)

仿生时代的爱情乌托邦
——评黄丹丹短篇小说《飞翔的列车》

石凌

小说是作者凝视世界与自我的呈现。优秀的小说家善于从司空见惯的日常中发现世界的真相与人性的秘密，带给读者强烈的代入体验。黄丹丹的小说《飞翔的列车》就是一篇代入感很强的小说。一个叫梦秋的女子在列车上偶遇了自己曾经深爱过的男子。于是，行进的列车与女子的回忆双向"逆行"，现实与记忆交互出现。当事者双方都在极力追寻记忆中的对方，以及那段感情在自己内心深处留下的印痕。然而，出现在记忆里的画面并不重叠。他对她而言，是暗夜里的北斗星；她对他而言，仅仅是一朵风干在岁月深处的玫瑰。北斗星是唯一的，玫瑰可以有很多种。记忆的不对等，印证的是女性在男权社会里自我意识的模糊。

《飞翔的列车》表面上写的是一男一女偶然重逢的故事，实际上是在探讨男女在两性关系中对自我的认识与定位。时代的景深与人性的隐秘相互交织，深层揭示了两性在婚恋中付出的不对等。"女性是第二性，排除在男性以外的'他者'。"（波伏娃语）《飞翔的列车》中的梦秋是个曾接受过高等教育，但终其一生都没有摆脱男权社会对女性束缚，且被不对等的两性关系伤害得体无完肤的女子。

身体铭刻事件。梦秋的身体不仅铭刻着刻骨的爱情，也铭刻着不对等的爱情派生出来的暴风雪。梦秋在最美好的年华被自己的老师爱上，随之而来的宫外孕像一场意外降临的冰雹，迅速把沉浸于爱情中的女孩打回严酷的现实。梦秋被大学开除，失去了学业与前程，背负着堕落者的名声回到家乡苟活。在看重女人名声与贞节的小县城，梦秋失去了爱的能力，也失去了再次拥有爱情的机会。当家具店小老板为了维护梦秋的名声与人大打出手后，梦秋带着感激之心嫁给了他。

如果说与老师的不伦之恋使梦秋栽进了情感的泥淖，那么，与丈夫的婚姻则把梦秋拖进了现实的深渊。传统家庭把女人看成传宗接代的工具。梦秋因为丈夫的原因生不了孩子，不得不一次次接受人工生殖技术的摧残。长达十年的取卵、备孕把梦秋的身体扎得千疮百孔，她年纪轻轻就患了乳腺癌，一次次化疗使她脱光了头发，形容枯槁。在那些绝望的夜里，她想起大学老师，就像赶路的人望见了北斗星。梦秋之所以反复做医美，是因为她不能悦纳自己，她在内心深处对那段把她拖入深渊的感情仍心存幻想，那是她的爱情乌托邦。潜意识里，她期待着有一天与他重逢。

在小说结构上，《飞翔的列车》可以看作是作者向法国作家杜拉斯致敬的作品。《情人》由偶遇展开倒叙，追忆了一个法国女人在她十五岁时遇见一个中国富商迅速沦陷又快速分离的故事。《飞翔的列车》也由偶遇展开倒叙，追忆了梦秋在二十岁前与大学老师相恋，意外怀孕，被学校开除后的悲剧人生。当事者之间隔了几十年的时光，几十年的时间河道里落满了枯枝烂叶，充斥着支离破碎与不堪回首，那段无疾而终的感情风暴被女主反复咀嚼——仿佛一滴带血的蜜。她们揣着那滴蜜在尘世里辗转,却在一次偶然的重逢里掀开了盖子,让蜜流了出来。杜拉斯带着法国女人特有的自信描述了那段往事。《情人》受到无数写作者的追捧与模仿。高超的模仿者会摆脱被模仿对象的形式束缚,进入独立的艺术创造。黄丹丹正是这样一位高超的模仿者。她只是借助了《情人》的框,装进去的却是中国女人在两性关系中的悲惨遭遇。《情人》开头有一段人们耳熟能详的对话:"我认识你,我永远记得你。那时候,你还很年轻,人人都说你美,现在,我是特地来告诉你,对我来说,我觉得现在你比年轻的时候更美,那时你是年轻女人,与你那时的面貌相比,我更爱你现在备受摧残的面容。"这段话被无数女人奉为爱情的圭臬,尽管"我"的面容备受摧残,"我"仍然坚信有爱。《情人》中的"我"有着法国女人的自信与激情。《飞翔的列车》里相遇的男女却只有中国式情人邂逅的尴尬与不适。男人隔了二十一年的时光看女人,女人依然水嫩饱满,仿佛那场以爱情为名义的事故在女人身上没有留下痕迹。事实上,呈现在男人眼里的昔日情人只不过是一具隐藏在现代仿生技术下的伤痕累累的残体,"自从乳腺癌手术后,她做医美的频率比做化疗的频率还高,她这张光洁的脸,是修了眉、种了睫毛、做了嫩肤、打过水光针的,甚至她还听美容师的话,做了个韩式双眼皮手术。如今,她不怕疼、不怕死,只怕不美"。现代仿生技术掩盖了梦秋备受摧残的面容,也隐藏了梦秋并不自信的内心。"绝佳的外表对她是一种武器,一面旗帜,一种防御,一封推荐信。"(波伏娃语)女性的觉醒首先体现在对自己身体的悦纳上,梦秋自始至终向对方呈现的,是被现代仿生技术反复改造过的假面。

与女人被动接受不同,男人在两性关系中始终占据主导地位。梦秋的第一段感情中,她因为纯情可爱被老师喜欢,继而怀孕。即使不是宫外孕,她也只能堕胎——因为他已婚了,他不可能为了一个女学生放弃给他带来安稳与名利的婚姻。果然,那段感情因梦秋没有向外界说出男人的姓名,对男人没有产生丝毫影响,他不仅没有受到生活的惩罚,反而节节上升,从普通教师升为高校领导,成为生活的赢家。由于没有看到伤害在梦秋身上留下的深刻烙痕,这次重逢对男人也就没有触动。他表现得像是又一次艳遇一样轻松。这从他被旁边座位上的年轻女孩吸引可以看出来。这是梦秋的悲哀,也是无数像梦秋一样缺乏自信与勇气的女性的悲哀。黄丹丹没有对人物进行道德审判,而是像做手术时的大夫一样,一刀一刀地切开造成梦秋悲剧命运的脓包。这种不动声色的描述比梦秋找人倾诉更能打动读者的心。

文化背景不同,造成了《情人》与《飞翔的列车》的差异性。《情人》中的"我"从一开始就带有叛逆色彩,"我"在与中国富商的交往中重视的是自己的体验,"我"既是施予者,也是接受者。《飞翔的列车》中的梦秋则一直在被动应付着婚恋带给她的灾难与事故。杜拉斯生活在存在主义哲学思潮在法国盛行的时代。与杜拉斯同时代的存在主义作家波伏娃,在她的经典著作《第二性》中深刻揭示了世俗社会造成女性悲剧命运的根源。杜拉斯无疑是存在主义哲学的践行者,她不会委屈自己,她笔下的女性有着独立的风采。《飞翔的列车》中的梦秋还处于女性主义的蒙昧状态。精神的独立与受教育程度有关,但关系不是很大。比如《飞翔的列车》中的梦秋。从这个意义上看黄丹丹笔下的人物,既有典型性,也有普遍性。梦秋的悲剧何尝不是无数中国女性的悲剧。

在这两段感情历程中,梦秋都是被动的接受者。她作为人的主体意识始终没有被唤醒。上野千鹤子认为:"承认伤害不是屈服、软弱,而是抵抗、坚忍。""真正的自由是不糊弄自己。"梦秋之所以在两性关系中被伤害得体无完肤,是因为她缺乏一种真正的内心自由,她无法摆脱他人的心理定式。一个始终被动接受命运安排的人注定不会拥有幸福。小说的结尾,黄丹丹没有给梦秋留下丝毫回旋的余地,到站以后,她的丈夫并没有来接她。她打去电话听到的是"气喘吁吁的声音"——这声音让读者浮想联翩。梦秋只能乘着这趟飞翔的列车驶向终点。终点是什么?是彻底失望以后的觉醒,还是陷入绝境以后的自残?小说没有明说,无疑,这次偶遇与回归把梦秋推向了更加孤绝无援的境地。她能不能清醒地认识到"婚姻和家庭都不是女性的人身安全保障品"?(波伏娃语)作品把思考抛给了读者。

在叙述手法上,黄丹丹深谙"冰山"原理,很多需要细节表现的情节通过主人公梦秋的意识流轻轻带出,一篇八千余字的小说中,隐藏着作者对女性悲剧命运的审视与批判,是一篇可以反观当代女性婚恋观的佳作。

本文刊于《椰城》2023 年第 4 期《三重奏》栏目

必须服从的生活逻辑
——评黄丹丹《飞翔的列车》

远人

一对分开二十一年的恋人重逢时会是怎样的感受？黄丹丹用这篇小说给出了回答。

尽管不是唯一的回答，却是一个具有普遍性的回答。

用个体描述普遍，小说才会唤起更多读者的共鸣。

小说的目的是刻画人物，手段则是故事。

黄丹丹为读者提供了一个情感极其微妙的故事。在一列火车上，梦秋与自己的前男友相遇了。他们坐同一趟车。这是巧合，也是生活中或多或少会出现的巧合。所以，这篇小说是在巧合中展开的，也是在生活中展开的。

从曾经的亲密无间到现在的彼此陌生，中间隔着的是时光。

总说时光改变人，其实是时光改变着生活，而生活又顺理成章地改变人的想法。

生活的趣味是这样来的，这篇小说的趣味同样来源于此。

对读者产生吸引力的就是趣味。就像我们都喜欢和生活中有趣的人打交道，但生活的趣味不同于人的趣味。生活从来不会放过对人的刀削斧砍，哪怕当事人展露给外人的，总是他（她）不得不或自觉不自觉展现给外人看的。但曾经的恋人会不一样。小说中的梦秋和前男友之间隔着二十一年时光，也就是隔着各自的二十一年的生活。

若曾经只是认识,只是有过普通的交往,人与人之间的邂逅会变得平常——平常得很难使一个小说家涌起写篇小说的欲望,尽管也可以写一写,但终究比不得两个曾经的恋人相逢后所涌起的内心波动。

黄丹丹的故事展开得很自然,无非是梦秋和前男友的座位一前一后,前男友坐在前面,梦秋坐在后面。前男友听见梦秋的声音时回过头来,小说开始推进。

他们曾经的情感究竟如何呢?从前男友想起梦秋曾经说过的"这辈子,我只能是你的,不仅这辈子,我觉得上辈子、下辈子、下下辈子,我都只能是你的……"话来看,能判断梦秋的情感投入或许要大于前男友的付出。不难体会的是,除非反目成仇,大凡结束一段情感后的恋人,如果还愿回想,大多是一些美好的瞬间和言语。前男友能想起梦秋曾经最令他难忘的话,也就说明,当初两人的分手或许没有到反目成仇的地步。当然,这也只是或许。

黄丹丹的高明之处,是她像一个成熟的编剧,将两人的对话设置在一些看似不着边际的你来我往中,前男友从问她"你这是出差?"开始,也就是从最平常的对话开始。但正因为读者了解他们之前的关系,所以最平常的话也会蕴含最可捉摸又难以捉摸的玄机。甚至作者不厌其烦地让列车乘务员反复出现——目的是打断读者的关注,同时也是一步步抓紧读者的关注。所以,对男女主人公情感结束后的重逢,黄丹丹既抓住了当事人的心理,也抓住了读者的心理。

因为分开的时间漫长,前男友总想刺探梦秋现在的生活,他的问话听起来似漫不经心,实则在步步为营。这就产生了一个更有趣的话题——你知道了又能怎样？二十一年的时光横亘在两人中间,哪怕此刻在一个呼吸可闻的封闭空间,但时间仍然存在。

前男友用尽种种手段,无非是想了解梦秋现在到底生活得怎样。尽管同样的问题是,梦秋生活得是好是坏,都与他再没有任何关系,但他还是想知道,这也是最微妙的人性体现。小说不刻画人性,小说很难会说是成功的。更何况,像小说中这样的情感很易唤起读者的阅读欲望——毕竟,经过二十一年的时光阻隔,小说刻画的,不可能是沸腾的情感,它是来自中年人的情感,这个时候的男女主人公,都经历了各自的人生。他们分别是另外一个女人的丈夫和另外一个男人的妻子,还分别是各自孩子的父亲和母亲。相对完整的生活,笼罩在他们此刻身处的封闭空间之外。所以,不论他们在交谈中闪现怎样的念头,都知道各自的生活离自己不远,尤其是梦秋,当前男友提出加微信好友时,梦秋设置了"仅聊天"。这是把前男友挡在自己生活之外的体现。更令读者感到震动的是,梦秋通过拒绝前男友看自己孩子的照片而忽然交代前男友在与自己恋爱时的已婚身份——当年的梦秋是大学生,前男友则是老师。这就令读者体会到梦秋曾经受到的伤害何其刻骨。

所以,读到这里能发现,梦秋在彼此的对话中,时不时有拒绝和挣扎的原因所在。但她终究没有拒绝,原因是"她忘不了的其实并不是他,而是她青春的记忆"。尤为复杂的是,梦秋对后来的丈夫并不满意,他既不精干,还出奇地瘦,就连结婚照片在梦秋看来也充满着"滑稽"。他处处比不上此刻眼前的这个男人,但不同的是,在丈夫还是追求者的时候,给予了梦秋保护和安全感,尽管后来的生活仍旧一地鸡毛。从这里的确能看出,黄丹丹的运笔始终遵循着生活的逻辑。就像现实中的每个人都不反对生活是冷酷和复杂的说法一样,不需要说出生活究竟冷酷和复杂在何处,这是生活逻辑必然带来的体会和最终无法反驳的结果。所以,当小说结束在梦秋拒绝前男友"既然你先生有事,还是跟我的车吧"的建议时,读者能感受到的是,梦秋无论在怎样一言难尽的生活中,仍然接受了生活给予她的一切。这是中年带来的理性,当人不再冲动时,其实就是告别了青春,进入了最现实的生活,或者反过来说,生活让人服从了它看不见的逻辑。

另外,读这篇小说时,我时不时想起海明威的著名短篇《白象似的群山》。那篇小说同样是写男女主人公在车站里的一场对话。海明威的高明之处,就是只截取了对话的冰山一角,使读者在一场被拦腰截断的对话中体会男女主人公的种种微妙。黄丹丹的这篇小说写得极为饱满,甚至巨细无遗,但从这篇小说的男主人公的言辞和行为上,我发现黄丹丹描写的始终是他的冰山一角。从他有意无意的话语,包括最后的建议中,似乎对梦秋仍想展开某种接近。这使他在整篇小说中,尤其他当时的身份被揭露之后,始终令人有种抗拒,唯独他自己仍然从梦秋的抗拒中渴望深入。这是男主人公时时掩饰的自我逻辑,它与梦秋服从的逻辑正好形成生活的两面。

二者的撕扯,恰恰是这篇小说需要完成的张力。

本文刊于《椰城》2023年第4期《三重奏》栏目

（远人，1970年出生于湖南长沙。中国作家协会会员。作品散见于《人民文学》《中国作家》《山花》《天涯》《花城》《大家》《芙蓉》《文艺报》等百余种报刊及数十种年度最佳选本。出版有长篇小说、中短篇小说集、散文集、人物传记、诗集、评论集等个人著作27部。曾获湖南省十大文艺图书奖、广东省有为文学奖金奖、深圳市十大佳著奖等。现居深圳。）

情愫依依，丹心赤赤
——黄丹丹《北方有佳人》读札

张影

今年的桂花开得很迟，但和一部好作品的相遇却永远不会迟。当淡淡的桂子香飘进我的窗户时，黄丹丹的《北方有佳人》也走进我的书房。桂花不与百花争艳，偏偏开在萧瑟的秋季，正像一位遗世独立的佳人，不与其他美人争妍，却美得高级，美得有辨识度。黄丹丹的《北方有佳人》第一眼看上去并不惊艳，却十分耐看，如迟开的桂花，开得愈迟，香得愈久。而且，这篇小说可以看作是《南有嘉鱼》的姊妹篇，一南一北，交相辉映，匠心独运又浑然天成。

一是古诗妙用，标题构思上匠心独运。

清代学者方苞认为："工之巧在心，而注于目，非规矩绳墨所能尽也。"意思是工匠的技巧在于用心，而不仅仅是依靠规则和尺度，说的就是"匠心独运"的精神。匠心独运不只限于工匠精神，还适用于一切艺术创造。文学上，作家就是工匠，作品就是手工艺品，标题就是点睛之笔。好的标题，不是几个字符的简单排列，也不是千篇一律的涵括全文，而是触发读者感情的钥匙，闪烁着作者大脑思维的灵光。黄丹丹是一个善用古诗的作家，她小说的标题源于古诗，却不限于古诗。古诗妙用不仅能一下抓住读者的心，而且能让整个小说锦上添花，令人耳目一新，意味悠长。

《南有嘉鱼》引用《诗经》中一首贵族宴飨宾客的乐歌："南有嘉鱼,烝然罩罩。君子有酒,嘉宾式燕以乐。"但通读小说全文,并没有推杯换盏、把酒言欢的场面,而是矛盾重重、怨声连连,直到小说结尾两姐妹才冰释前嫌,柳暗花明,读者才豁然开朗,苦后回甘。

《北方有佳人》是汉代宫廷音乐家李延年创作的小诗:"北方有佳人,绝世而独立。一顾倾人城,再顾倾人国。"此诗赞颂了一位举世无双而又独立的绝色美女。小说中并没有对这个佳人做过多外貌、身材、气质方面的描写,也没有赞美佳人这里美还是那里美,而是通过两根麻花辫、手风琴、李佳的侧颜等侧面描写来突出她的美,但读到最后,一个温婉善良、知书达理的女性形象跃然纸上,才能让"我"的爷爷一心挂念。

标题的新颖独特、独具一格也展现了作家非凡的识见能力,不是禀赋奇异,而是独具一双慧眼,能够从古残石堆中发现璞玉,能够把平常故事提升到至美境界。

二是在场感强,视角选择上感同身受。

黄丹丹没有选择全知全能的"上帝视角",而是选择小说的叙述者或是经历者的"主人公视角",用第一人称"我"来讲述故事,让读者身临其境,感同身受,从而产生更多的共鸣。利用这种在场感,将读者直接拉入故事当中,仿佛读者也在经历这样的事情,读者会不自觉地把自己代入小说人物中,跟着小说中的"我"不断思考、猜疑、惊喜、激动,一惊一乍、醍醐灌顶。甚至性格特点都和主人公"我"一样:"正才不足偏才有余""脑子和嘴巴的通道很短""心动即行动"……思路清奇、脑洞大开,爽快果断、说干就干。语言上简洁明了、舒爽畅达,没有弯弯绕绕、疙疙瘩瘩,也没有那么多佶屈聱牙、晦涩难懂的字眼,都是通俗易懂的大白话,甚至还有些方言、俚语、俏皮话,一口气读下来酣畅淋漓,一泻千里。

同时,"我"既是故事的叙述者又是经历者,这一双重性可以在全知讲述和半知讲述之间来回转换,游刃有余,视角的自由切换让叙述摇曳生姿、动人心弦。

三是构思巧妙,情节设计上"小题大做"。

黄丹丹的小说没有宏大壮阔的场面,而是从一场生日宴或一间香草馆开馆这些人们司空见惯、习以为常的小事情、小切口入手,然后从这个小的切口慢慢切下去,越切越深,越切越长,渐次进入主题,在娓娓道来中渐入佳境,主题思想意蕴也慢慢浮出水面,露出笑靥。

《北方有佳人》虽没有《南有嘉鱼》的两个孪生姐妹的正面冲突,直接的怒撑,甚至语言上、肢体上的暴力描写,却于平静的湖面下暗流涌动,这得益于小说精致入微的细节描写。小说细节是情节演绎和推动的草蛇灰线,不经意间一笔带过的文字,却能让读者见微知著,并从这条伏脉中脑补出其他情节,使得多条情节线相互交融,浑然一体。

小说开头"作为孙辈中的老大兼这场寿宴的总策划,我觉得自己忙得就像打理荣国府的王熙凤"。一句话,就把"我"的人设固化了,如王熙凤一样精力无穷、八面玲珑,能同时掌管荣宁二府的大小诸事,还能够思谋周全使所有人都满意。为了让奶奶开心,唤起她的往日回忆,"我"才会在寿宴上安排扎着两根麻花辫的女孩拉手风琴。口琴音是抗美援朝时的《中国人民志愿军战歌》,因为那段岁月让人刻骨铭心,奶奶应该也不例外。接下来,整理爷爷日记,寻找堂妹、马奶奶,不断为家人的事操心着、忙碌着。这个开头设计不仅让人物形象立体、丰满,而且也使后面故事的发展合情合理、顺理成章。

文中并没有点明北方的佳人是谁,但从中也能窥见一二。因为奶奶操着四川话,可见是南方人,泼辣主动、热情外放的川妹子形象赫然出现在读者面前;而马奶奶住在徐州,爷爷和马奶奶的单独合影没有被放在老影集里,而是单独夹在日记本里,日记本是一个人的秘密基地,里面藏着最深、最难以忘怀的记忆。虽然爷爷很疼惜奶奶,但在他的内心深处依然保留着对马奶奶的爱恋,心心念念的还是马奶奶这位北方的佳人。而马奶奶和"我"奶奶见面后,也不再执着于当时"我"奶奶对爷爷说了什么,因为她明白这种执念只会加深彼此的误会和猜忌,所以从内心真正放下、释怀。事实上,从点点滴滴、丝丝缕缕就能窥见端倪,但作者并没有挑明,而是适当留白,给读者意蕴无穷的想象和美感,马奶奶自洽的心、超然的美也跃然纸上。

同时,黄丹丹对小说的驾驭能力很强,亲密关系中的婆媳关系、父子关系、姐妹关系、夫妻关系都能涉笔成趣,而且不落俗套。写到爷爷照片上的大辫子姑娘不是"我"奶奶,而且爷爷对奶奶有愧时,按照出轨的套路写仿佛更符合逻辑,也更能满足读者的阅读期待,可作者却于此处宕开一笔,写和爷爷一起出生入死的北方老战友。老战友因为在战场上受伤,失去生育能力,爷爷把自己心爱的大辫子姑娘让给了战友,自己却忍受后半生的思念和挂恋。这种精神上出轨远比肉体上出轨要更打动人,更能触动读者最柔软的那根弦。战火纷飞的年月足以让人感慨万千,又经历离奇的聚聚散散、分分合合,作者完全可以在最后一段大肆抒情,升华主题,可文中并没有那么多抒情成分和伤感主义,而是把抒情交给读者。结尾只是简单的一句:"她的眼中焕发神采,那眼神为我爷爷的日记补了跋。"然后一曲奏罢,拂袖而去,而读者的思绪还在飘荡,意犹未尽,与小说中的人物一同起起伏伏,流连忘返。

从某种意义上说,黄丹丹的小说可以看作新问题小说,现在当然不再有20世纪20年代时青年关怀的家族礼教、婚恋家庭、妇女贞操、劳工、战争、知识者等诸多方面的问题,但其他问题也层出不穷。如我们最熟悉的亲密关系问题,是生活中必不可少的,但很多又是无解的,就像是一个死结,有的不愿解,有的不知道如何解,或者解开又是一个死结。同时,作者将自己的理想和期许寄托在文本中,希望周围的人都能被救赎、被原谅、被宽恕,而不是活在纠结、拧巴、焦虑、不安、阴影中。即使现实中不能被照亮,也让更多的作家关注到这一困境,用文学的方式让身处其中的困惑者得到启发并觉醒——就像当初鲁迅用小说去呐喊,去呼救,去揭出病苦,引起疗救的注意一样。

在这个急剧变化、流量至上的年代,黄丹丹守着心中的一块文学沃土,即使外面再大的诱惑也改变不了她的一颗赤子之心。娴静的她自有一方春色满园,不必旁逸斜出、红杏出墙,也能得到读者的青睐垂怜、偏爱有加。执着的她致力于亲密关系的书写,不故作高深,不刻意炫技,只是将自己最真实、最素朴的情感倾注于笔端,描写平凡生活中最隐蔽、最幽密、最难以述说启齿、最触动神经的那一抹温情:姐妹情、母子情、爷孙情、兄弟情、战友情、知己情……却情透纸背,直抵人心。

(张影,安徽外国语学院文学与艺术传媒学院教师,合肥市作家协会会员,第十三届安徽暨第二届新疆、西藏中青年作家研修班学员,作品散见于《安徽文学》《安徽作家》《新安晚报》等报纸杂志。)